纸短情长

卜新民 著

SPM 南方传媒 广东人民出版社

· 广州 ·

图书在版编目（CIP）数据

纸短情长 / 卜新民著 . -- 广州：广东人民出版社，
2025.2 . -- ISBN 978-7-218-18437-1

Ⅰ . I267

中国国家版本馆 CIP 数据核字第 20258CV096 号

ZHI DUAN QING CHANG
纸　短　情　长

卜新民　著

出 版 人：肖风华

责任编辑：钱飞遥　黄佳梦
责任技编：吴彦斌

出版发行 广东人民出版社
地　　址：广州市越秀区大沙头四马路10号（邮政编码：510199）
电　　话：（020）85716809（总编室）
传　　真：（020）83289585
网　　址：https://www.gdpph.com
印　　刷：广东鹏腾宇文化创新有限公司
开　　本：889毫米×1194毫米　1/32
印　　张：9　**字　数：**300千
版　　次：2025年2月第1版
印　　次：2025年2月第1次印刷
定　　价：48.00元

如发现印装质量问题，影响阅读，请与出版社（020-85716849）联系调换。
售书热线：（020）87716172

清洌山泉汇江海

序

徐南铁

　　我认识卜新民，是在他已经从领导岗位上退下来之后。那年秋天，我跟省政协几位退休的领导一起外出访问，结识了同行的他。因为趣味相投，一见如故。听闻他平时也写点散文随笔，就约他给我主持的微信公众号"记忆"写写文章。虽然那时我还没有读过他写的东西，但认为他是"文化大革命"前的高中生，受过较为完整的中等教育，又以"老三届"的身份毕业于名牌大学文科，相信他的文字总应该可以信任的。

　　过了不久，卜新民给我发来第一篇文章《纸短情长》。文章感慨妻子对自己人生的全力支持。从文章的婉转流畅来看，卜新民驾驭文字的能力确实足以让人信任。但是更让我感动的是，他做这种看似平常选题的文章，却得心应手，既显露了一个男人的真实情感世界，又展示了一个人面对大时代风云的淡然、守拙和坚毅。

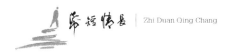

此文在微信公众号"记忆"推送时,我依惯例加了"主编者言":

> 告别妻儿远上北方求学,妻子独自在家耕种田地和操持家务。作者为妻子的不易感慨万千,以饱满的笔触深切表达了对妻子的感激之情。作者没有写自己的不易——只身负笈京城,过大年也未能回家看望妻儿。夫妻俩的那种人生境遇和追求,属于那个难忘的年代。

对于20世纪70年代末刚刚恢复高考制度的那三届大学生来说,怎样"处置糟糠之妻",是摆在一些人面前的难题。卜新民似乎没有受此困扰,云淡风轻,走出了人生的峡谷。

这次出集子,卜新民不但收录了这篇文章,并且以此篇名做了书名,可见他对这篇文章的重视,更可见他对婚姻、家庭、人生的立场和态度。那应是故乡的山野田园滋润的一种精神,朴质而自然,没有任何大话。在另一篇《牵手走过五十年》的文章里,他不无打趣地总结:"蒹葭苍苍,白露为霜。所谓伊人,就在身旁。蒹葭萋萋,白露未晞。所谓伊人,已成老妻。蒹葭采采,白露未已。所谓伊人,白首齐眉。"

2019年2月,"记忆"再次推送他的文章《两次高考:为了把谷壳去掉变成吃米的身份》。这一次,我的"主编者言"写道:

> 77级和78级是如今常提的话题,高考改变命运的例证在他们的人生体现得最为明显。本文作者认为舆论关注有

所偏颇，相对忽略农村子弟在波涛中的颠簸。其实还应包括那些被岁月蹉跎而不敢、不能应考，甚或因此无法考上的人，才是那个时代完整的青春画卷。

我之所以喜欢卜新民的文章，就在于他不事矫饰、没有时令的套话，所展示的都是心灵的流泻。他坦言自己的高考是"为了把谷壳去掉变成吃米的身份"。这种朴实的表述方式甚合我意。其实，这也正是社会心理的形象表述。

由此开始，我跟卜新民结下了文字缘。几年间，我的微信公众号断断续续推送了他的多篇散文，比如《天天都是星期天》《斧声坎坎在幽谷》《梅江船夫：没有书读的漂泊人生》《情牵元魁塔》《死生有命，富贵在天》《周年忆老友》《我的本命年》，等等。其中最令我喜欢的是《斧声坎坎在幽谷》和《梅江船夫：没有书读的漂泊人生》。前者关于山，他写了一个伐木的故事，展示了一个时代青年的内心郁结。后者关于水，是作者与家乡那条江的故事，展示了他在命运激流中的迷茫和抗争。但是字里行间寄寓着生命的洒脱，读来并不压抑。它们寄托了一个乡村少年成长历程中与家乡的山水之情。家乡的山水哺育了他，他的努力、挣扎和奋进面对时代的局限，在这片天地中徐徐展开。他的宿命一直伴随着家乡的山水，那些小小的希冀，还有一个个看似微不足道的快乐、失望，都成为社会在其生命道路上或深或浅的烙印。

推送《梅江船夫：没有书读的漂泊人生》时，我也写了"主编者言"：

作者是中国人民大学毕业的学生，在工作岗位上当了厅官。可要是读读他笔下自己的青少年生活，一定会惊叹人生的反差，并对历史、时代、社会、教育都产生无边的思绪……

卜新民的文章主要围绕自己的人生展开。作为一个亲历者而非旁观者，背景无论是乡村记忆，还是京城岁月，或是职场生涯，他都坦然作为文章的主角。因而其文章情感丰沛、自然。他写家庭和家人的篇章当然更是如此，如写母亲、写弟弟，写到自己的几次哭，淋漓酣畅，令人动容。他的文字凸显的是一个"真"字，体现了他的为人风格。所有的篇章无不与他的人生、他的心灵息息相关。当他将笔锋投向社会的时候，担忧和抨击的是社会现象，同样让人从字里行间体察到一股真气，看到一个怀揣着"真"字的正气形象。

卜新民的写作是本色写作，是真情流露。他的议论不动声色，不急不弛；他的描述情感饱满，映衬着时代沧桑。他不为任何创作理念而写，但是历史情怀在文字中闪烁。他的人生道路，是20世纪末青年生存状态的一种缩影，又是一个成熟男人对生命的热情关注和深入思考。就像清洌的山泉百转千回，终于汇入大江、奔向大海。卜新民用自己的人生跋涉证明了生命力的奔涌与壮阔，又用文字证明了自己对于那些跋涉脚印的珍惜。

后来，我主编了《南方岁月：改革开放年代的人生记忆》一书，组织五十多位改革开放的亲历者、受惠者和努力奋斗者，请他们书写自己的经历和人生故事。卜新民给的文章是

《挪窝·搬家》，依然是写自己的人生故事，依然让我们可以透视时代大背景，感受历史的温度。

源自日常，坦荡无羁；情感随心奔涌，文字鲜亮耐读。这就是卜新民的写作性格，也是他的文章魅力所在。

（徐南铁，研究员、编审、教授，享受国务院政府特殊津贴专家。广东省人民政府文史研究馆馆员、文学院院长。原广东省政协委员，省文联副主席。曾任岭南美术出版社社长兼总编辑，《粤海风》杂志主编。）

目录
contents

乡愁絮语

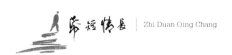

从卜姓的读法说开去

（一）

"卜"字多音，用作姓氏读bǔ，第三声。现实生活中，大家把卜姓念得纷呈杂乱，当我面叫我姓的读法不下七八种。误读最多的是"浦志高"的pǔ和"萝卜"的bo，以及"朴刀"的pō，读成朝鲜族"朴"（piǎo）姓的也不少。

1978年入读中国人民大学。第一天上日语课，老师照常唱名认人，连叫两声"朴新民"我不作回应，再叫，只好站起来说明读法。后来，凡要出示姓名的场合，常有人不是问怎么念就是直接读"朴"，直让我觉得北京人没文化，至少中文没学好。下课后倒好，同班的孙同学给我广为宣传，自此同学们叫我"老朴"，直至现在。"朴"本名词，随风化开放，"朴"音在公众眼里充满了动词属性，叫"老朴"就调侃声里有弦外之音了。自己倒觉得特别亲切，能这么叫的都是人民大学的老同学嘛。

我一直觉得奇怪，中国人碰上不认识的字，有读半边音的习惯。而这些把"卜"念成"朴"的人，则是加上一半后再发音。最离谱的是当年省政府大院几年的同僚，后到广州当负责人时，一次省委开会，很认真地叫我"卞局长"，跟我谈一件事。真是人一阔，脸就变，贵人多忘事。

一次出访澳大利亚，出发前一天才发现，护照英文姓打成了bo，赶快派人到省外事办重办。外事办电脑英文名自动生成，结果还是bo。气得我想拍桌子。再办已来不及了，只好给对方发电传，说中国bo和bu是同一个字，通用。

卜姓人少，还有人以为是少数民族。2007年11月的时点数，全国才51万多人。加之笔画少，他人都说我占了便宜，凡姓氏笔画排名总在前面，容易出名，做候选人更易当选。事实也确实如此，几届选党代表，自己都几乎全票，最后省委文件也直写，选出卜新民等多少名出席省党代会代表。我颇有自豪感。每年省政协开会的委员名单，第一位就是本人；后来有了一个姓丁的，变成第二了；再后来，又多了一个姓刁的，我只能屈居第三，一年不如一年。先横后竖没什么好说，可是"刁"字是横折，怎么能排在"卜"前面呢，绝对是"冤假错案"！

"卜"以技艺而官，因官而姓。古时能摆弄龟甲，认得甲骨文，又能胡诌一通天文地理的，绝对凤毛麟角，百分百的贵族兼高级知识分子。到了我这一辈，虽恪守"不为良相，便为医卜"的古训，承祖业也干些统计预测的"占卜之事"，但一代不如一代破落得彻底，早已没了太上祖的风光，只能状如阿Q，说些"祖上也曾阔过"之类的话，聊以自慰了。

（二）

老家梅县松口，自然村曰中寨，上下两村为上寨和下寨。

据说南汉高祖刘龑，为避灾屯兵扎寨于此，故而得名。中寨村依山傍水，榕荫修竹，500多口人中，除卜姓100多人外都姓李。"李"是松口镇大姓，号称"李半街"，即大街上一半人均为李姓人之谓。

卜姓地少人穷。1951年"土改"，中寨村农会两榜公布，卜姓没有一家富农地主，我家也都是中农，而李姓已有几家地主富农了。第三榜定案前，农会领导开会，李姓委员认为卜家100多号人，也得选出地主富农来才符合政策。

命运落到我家头上。我爷爷像当年梅县许多子弟一样，早年漂泊南洋，在印尼打拼谋生，寄回侨汇养家糊口。曾祖母勤俭精明，持家有方，是个厉害角色，在她操持下购有几亩薄田，算是卜姓殷实之家。第三榜公布，我家成为"华侨地主"；另一家男人在街上卖猪肉，由富裕中农调整为富农。高成分家庭卜姓一个也不能少。1953年复查，我家成分降为"小土地经营"，相当于富裕中农。

从那以后，父辈自不必说，华盖下我们兄弟的成长经历，比其他人多了一层艰难和辛酸。这是后话了。

上世纪（20世纪——下同）六七十年代，要填写的表格特别多。凡表格必有"家庭成分"一栏，特别是在农村，运动此起彼伏，在这种窒息的氛围下填表，对我来说是一种灾难，窘迫、自卑、绝望……五味杂陈。"家庭成分"何等刺眼。一张简单的白纸，因为那两厘米长、一厘米宽的空格，竟能让人心惊胆战，长时间的低沉郁闷。表填多了，人麻木了，认命了，也就不当事了。

（三）

姓氏间的隔阂和倾轧，随集体化的强化和削弱而式微和恢复。

改革开放前的农村，不论何种姓氏，农民都一样被束缚在集体土地上刨食，离开土地几无其他生存之策。生产资料公有，凡事听政府的，削弱了姓氏摩擦的基础，加之集体组织严密，都在体制内生活，姓氏矛盾大大减弱。

分田到户后，许多地方的集体仅存空壳，农民自主经营，谁也管不了谁、谁也不用谁管，实际上也没什么更多要管的。于是，姓氏宗族势力抬头，替代了基层组织部分职能，影响到政府政令，越往下越走样。

卜屋村民小组不到300人，除卜姓200多人外，还有邓、李、张、马诸姓三四十人。多年来，村民小组长非卜姓人当不了。卜屋村的集体活动，除折腾祭祖、红白喜事、华侨请客等主要以姓氏宗族为界的活动外，几无别的举动。

每年春节祭祖，卜姓子孙都要在祠堂里募捐，筹集卜姓老年基金和奖学金。有时也搞专项捐款，用于修缮祠堂、村庄路灯电费等卜氏或全村公益事业。各人自愿捐款，二十、五十……五百，以至一二千元不等。卜姓子孙考上高中、中专、大学，视学校优劣，可获得二百至千元的奖学金。卜姓60岁以上老人，逢年过节派发百元以上慰问金。同处一村，其他姓氏则不参与此类活动，自然也不享受相应福利。于是，非卜姓家庭就有了找不到组织的感觉和抱怨，隔阂加深。

姓氏宗族的组织管理功能，特别是其中的兴办公益、调解邻里家庭矛盾、扶贫济困、奖教助学等增进社会和谐的作用，在强调发展社会组织、加强社会治理的今天，还是可资利用和借鉴的。

总的来讲，国人的"社会"观念，以血缘、宗族、姓氏等为核心画圈圈，圈外之人另眼视之，故难以形成平行、共存的市民社会。费孝通老先生此社会学洞见，仍不过时。

（2012年）

懵懂童年

童年是最纯真、最让人怀念的一段时光。

自己出生成长于粤东北农村，那里村前梅水滔滔，村后大山绵绵；屋前池塘涟漪，屋后碧野田畴。童年的记忆就留在了那屋村房舍、田野山水之间。

假日的快乐时光

家门口的溪南小学，附设初中又办幼稚班，犹如一些大学既设预科又可以硕博连读的设置。自己四岁上幼儿园，忘了是在和平鸽班还是小白兔班，但模糊的记忆也就从这里开始，并有了朦胧的"假期"概念，就是不用上学，整天疯癫玩耍的一连串的好日子，或者说是可以尽情地"野"的快乐时光。

知了在树上聒噪，声声叫着夏天，也撩拨着稚子的童心。几个小伙伴凑在一块，每人找枚大铁钉，在河边大榕树上艰难地用石块凿打，引流出白色的树胶，小心收集在小木棍上，再把小木棍绑在长竹竿上粘知了；用软竹片弯曲成椭圆插在竹竿上，缠绕挂在屋檐下的蜘蛛网，状如长柄的网球拍，到池塘边捕蜻蜓；在河滩地找到土狗洞穴，往洞里灌水，水不够时小伙伴轮流向洞口撒尿，逼出这种六只脚的昆虫抓着玩；把小渠的两头堵住，舀干水捉鱼；捧着沟渠里抓的各自饲养的"彭蒲癞"，小脑袋碰在一起斗鱼。小伙伴们还做纸鸢放风筝，自制水枪打仗，砍树杈制弹弓打鸟，斗泥巴打野战……在大自然里天然自发地变着法子找乐。假期将逝，实在没办法再拖了，我们才匆忙集中突击完成有限的作业。

　　暑期酷热，经常在中午趁家长午睡时，在屋角挖了蚯蚓，找一根补衣服的棉线，一头拴上钓饵、一头捏在手里，几个小伙伴撅着屁股趴在池塘边钓虾。石块砌的塘围，大热天虾藏在石缝里避暑，闻着饵香，慢慢地爬出来，操着大手，把蚯蚓一边往嘴里送一边往缝里拖。小孩心急，往往没等它吃牢就往上提线，十有八九都不成功，小半天碗里也没几条小虾，倒是在毒太阳下，不一会儿就小脸通红满面污浊了。反正小孩的目的不在虾而在玩，接着瞒骗家长偷偷地光屁股在池塘戏水才是主戏。

　　游水是夏季天天上演的重头戏。不用上学的日子，每天下午大人出门干活一走，不到三点，小伙伴们就聚集在我家门口的草坪上，眼巴巴地等着太阳西沉，盼望家长规定的五点以后太阳软了才能下水的时辰赶快到来。当时全村就我家有口烟台牌碗钟，是堂叔从印尼回国读大学时探亲送给母亲的。草地上小伙伴们的心早已飞到了水塘里，百无聊赖的，不到五分钟就派人到我妈房间看时间到了没有。每个孩子都认为钟摆不走似的，时间过得特别慢。几个来回下来，大家没了耐性，七嘴八舌地认为时钟准是坏了、不准，等了这么久应该到五点了。不知谁喊了一声"走"，管不了许多，大家一窝蜂地都跑到池塘边，在豇豆藤下麻利地扒光衣服，跳进了水中。打水仗、骑在膊头上顶牛、跳水、摸田螺……欢笑嬉闹声中偶尔夹着骂声哭声，整个下午池塘就是天堂。闹腾中，不知什么时候就能潜水凫水了，今天自己狗爬的几招泳技，就是那时打下的基础。

"大跃进"的"杰作"

小学二年级，赶上"大跃进"，耳濡目染的都是"放卫星"的奇迹。村里房屋山墙上的宣传画显示：小孩可以稳当地坐在生长着的稻穗上，养的猪比牛还大。家乡中学的水稻试验田，把平时几亩地的秧苗栽种在一亩地里，让学生捡拾荒山野岭的无主骸骨，烧成灰当肥料。然而，稻禾长势密不透风，风泵日夜往田里送风，还未抽穗就倒伏生虫了。辜负了校长喊出的"我的心，十万斤"的一片苦心。

当年大哥五年级，大姐初二。一天晚上，我们仨在吃饭放杂物的"闲间"房子温习功课。八仙桌旁煤油灯下的我，可能是受了全国高热亢奋情态的辐射感染，写完作业忽然激情澎湃，用毛笔在白墙上画了幅二尺见方的稻穗，大哥见状也来了劲头，配上"大家努力加把劲，亩产双万能达到"之类的句子，这幅诗配画一直存留到上世纪70年代中期才被清洗掉。

紧接着，哥俩在院子后面大番石榴树下垒起一畦二米长七八十公分（厘米——下同）高的土堆，创造性地在这土堆的上中下部栽了三层番薯苗。我们不懂"月光花嫁接番薯苗"之类技艺，想着另辟蹊径，用立体种植来获得高产。于是我们勤灌水，

猛施肥，还不时往上撒尿催长，盼着奇迹出现。大树底下没有阳光雨露，薯苗长势瘦弱，也极少分蘖，中底层的更是奄奄一息，最终一根薯块也没有。真是大人狂想小孩跟着懵懂胡来。

也有惹祸不省心的时候

一般做坏事都是跟着大哥干的，童年的我还没有单挑犯事的胆量和能耐。

应是幼儿园时期。一次，大哥和邻居一个年龄相若的玩伴，这是当年的两个孩子王，领着我们几个"马弁"在池塘边玩。先是看谁把石块投得更远，接着是"打水漂"，比赛谁能让瓦片在水上漂的点数多且轨迹漂亮，最后是看谁把石块投得更准。有如"更快、更强、更高"的奥林匹克运动一样，我们也在搞"更远、更美、更准"的全能活动。而祸就闯在了这第三场比赛上。

池塘旁已荒废的一排房子，屋檐下一字排着五六个大瓦坛子，装着不知谁家寄放在这里的先人遗骨。两个孩子王把扣在坛子上的盖子揭开，把坛子当篮球筐，看谁能更准确地把石块投在坛子里。站在线外，开始大家用小石子投射，继而石块越用越大。"砰"的一声，不知谁最先把坛子打破，陶片破裂下坠的哗啦声一下子激发了孩子们的野性。紧接着一阵密集的石雨，我们用更大的石头很快将几个坛子全都打破，灰黑的骸骨裸露了出来。

家乡习俗，人死后土葬，三年后把遗骨捡拾装在坛子里，选个风水宝地建坟，再正式把骸骨葬在坟墓里。这是关系到家族运程兴衰的大事，整个过程每个环节都要拣好时日，做得庄严肃穆，不能出半点差池。说谁家风水好，就是指这一系列动作后葬对了祖先的结果。这么几个骨坛子放在一块，估计是村里哪户人家迁葬家族风水地，把先人遗骨暂厝在这荒屋边上的。谁知碰上了一帮小混蛋，打破了古人的宁静和家园，还由此可能坏了人家的风水，这祸确是闯大了。而我们这帮莽撞小子，根本意识不到坛子背负的沉重含义，仅是觉得打破别人东西似乎不是很对，就各自回了家。

傍晚，邻屋六叔公扯着哇哇大哭的另一个孩子王，怒气冲冲、骂骂咧咧地来到我家，向母亲简约说明了打破坛子的事后，牵了惊恐万丈的大哥往外走，指认现场去了。母亲满脸愧疚，来不及多说，从后面追送了一句："好好教训教训他！"而我则在屋角不敢出声。不知是两个孩子王侠肝义胆，把罪责都揽在身上，还是六叔公慈悲为怀胁从不问，反正其他的小伙伴都没有受到责罚。至于大哥是否受了皮肉之苦、我妈赔了人家多少钱，就不得而知了。只知道大哥天黑好久才回家，村里人也嫌弃了我们好一阵子。

我们村紧挨梅江河边，扼据当年松口镇唯一的大桥——梅东桥南岸。山里人到北岸镇上赶集，都要从我们村里弯曲的直通大桥的乡道穿过。紧连大桥的一段大路，一边是大池塘，一边是建在离大路一丈多高坡上的两座房屋。屋前门坪边上三棵并列的老龙眼树，斜斜地向大路上方生长，遮蔽了大路几十米的天空。这成了我们恶作剧惹祸的又一个场所。

　　星期天又恰逢墟日，我们这群小伙伴有时多达十几人聚集在龙眼树下，先到荒野抽剥牵牛花的藤蔓，这种筷子头大小的东西韧性好可以连接成长长的绳子，当年跳绳用的就是这玩意儿。绳子一头拴住一个沙土纸包，一头捏在小伙伴的手里，纸包挂在龙眼树上，人则藏在门坪的草堆里。这种在树上的"挂雷"，有时一下多达六七颗，专"炸"赶集的山里人。一般是妇女进入"伏击圈"时，树底下的伙伴一个手势，草堆里的同伙随即拉弦，卡在树杈里的纸包散开，沙土从天而降，路人猝不及防，轻则沾点尘土、重则灰头土脸。坡上的我们则装作不知就里的在暗笑。受害者有人满腹狐疑，抬头向树上张望，奇怪怎么会天降沙土；更多的人则马上意识到遭了暗算，疾步走过树底；有个别男人则勃然大怒，虽没有发现具体作恶者，但认定就是上面这帮小子干的坏事，指着我们大骂。有时绳子断裂，整个土包掉下来，砸不着人也把人吓一大跳。一次砸在一位男人肩上，被激怒的汉子除了嘴上不干净外，还作出了欲冲上高坡揍人的架势，吓得我们一干人作鸟兽散，冲进屋里紧闭大门好半天不敢出来。人家好不容易换身干净像样的衣饰出门，却平白遭受无妄之灾，虽不伤身体，但心里肯定窝火难平。他们都是外乡人，也不敢如何动作，最多也就吼两句，吃哑巴亏过了。后来我们又发明了"悬雷"，把绳子悬垂在路上，一些毛糙好动之人路过时，下意识地扯动绳子，"炸弹"从天而降，着了道儿的，也只好自认倒霉了。

　　对于此类恶作剧，自己既爱又怕，看着别人的狼狈相，一阵快感后总觉得很不对劲。人之初性本善还是性本恶，我到现在还是没有弄明白。但在当年，如果你不跟着"作恶"，就很快会跟不上趟，被当头的警告："以后不要你玩！"遭小伙伴们抛弃，这是非常严厉的惩罚，大约相当于现在经常看到的"双开"吧。

说到不省心，对自己第一次喝醉酒把家长害得急眼的事印象深刻。二年级寒假，一天下午，我到邻村陈同学家誊抄因病缺课布置的寒假作业。完事后正赶上他家准备春节的客家娘酒，同学母亲舀了一海碗给我，嘴馋口干的我不知空腹喝酒的厉害，一口气把甜酒喝了下去。一会儿，我满脸泛红全身发热，头重脚轻心慌脑昏，脚步踉跄回到家里，一头醉倒在床上。吃晚饭时全家人找不着我，急得奶奶母亲问完小伙伴后，又跳着脚到各家各户去找，都说没看见。村里人帮忙到河滩树林寻觅，也不见踪影。正不知如何是好时，有人提醒母亲，小孩是不是有什么事睡了。奶奶回房一看，我睡得正死，大家的心才归了位。到现在我还是不善喝酒，一喝就脸红心乱，估计就是那时落下的病根。

消失的童年

著名媒体文化研究者和批评家尼尔·波兹曼，在其《童年的消逝》一书里，阐述了"童年"的产生、发展以及日益走向消逝的过程。他指出，这一过程是伴随人类传播方式的变迁而完成的，信息与媒体与"童年"的起止相伴始终，文字、印刷、电视等都在"童年"的变迁过程中发挥着重要作用。尼尔·波兹曼所谓"童年"的消逝，并不是说特定年龄的生命群体不复存在，而是指在现代媒体作用下，"童年"作为一种文化特征已模糊不清。的确，6岁的儿童和60岁的成人具有同等资格来感受电视、网络等提供的一切。于是，"成人化"的儿童正在兴起，"儿童化"的成人现象也日益严重。但我个人认为，儿童年龄段的孩子，在认知、心智、理解、想象诸方面都与成人有相当的差距，不管现代媒体如何影响人的生活，童心的天真无忌永远存在，而真正让"童年"消失的是当下"不输在起跑线上"的竞争。

不同时代的孩子有不一样的童年生活。我们的童年以泥沙、石头、昆虫、木棍、大自然为伴，而这些离现在都市的儿童已很远了。拥有小飞机、遥控车、大积木、小拼图、网络游戏……的他们，过早地受着社会现实的濡染，在丰腴的生活中缺少了我们当年的率真天性和浪漫张狂，让本应是"金色的童年"泛灰变色。

外孙女上二年级，每天背着上十斤重的书包上学，除了完成并不轻松的学校作业外，每星期还有课外的数学、外语补习，舞蹈、绘画等培训。孙子上三年级，境遇也差不多，一星期七天，他们难得有自己自主发呆的时间。"不能输在起跑线上"已成为家长的信条。"好幼儿园、好小学、好初中、好高中、好大学"，就是在应试教育模式下家长的期望所在。

一次，跟在教育局任职的大哥聊起素质教育问题，我提到，社会需要不同类型层次的人，不是人人都要培养成科学家的，学校尽可以采用放羊式教学，有天赋肯学习的人自然会脱颖而出，足资国家利用，不要搞得孩子太苦，失了童年乐趣，家长、学校也可以由此解套。大哥很平静地回应道，素质教育，老师明白，学校也明白，但作为标尺的分数不明白。你的升学率上不去，首先希望孩子成龙成凤的家长就不答应，考核指标过不了关，老师自己也混不下去，都只能围着应试目标转。局中人简单的几句，一下噎得我无语再发"宏论"。孩子无法改变游戏规则，家长无法改变社会生存法则，大家只能无助无奈被动地顺应潮流。

没有游戏就没有童年。对孩子来说，最大的幸福不是吃穿，而是玩。与伙伴们全身心投入专心致志进行的各种游戏，几十年过去了依然能让人魂牵梦绕回味无穷。玩的过程就是学习的过程，孩子在玩中学会如何与人相处、沟通、分享以及如何化解矛盾，而这些技能在书本上是难以学到的。那些一周上学7天、整日为伴的只是书本而没有同龄朋友的孩子，将来缺失人文精神一点也不奇怪，更不知道他们长大后，还能回忆起些什么成人世界没有的天真与快乐？

玩耍是联合国《儿童权利公约》规定的儿童权利，但这种权利在今天的中国已被不少家长、学校遗忘。许多家长将所有的希望寄托在唯一的孩子身上，过多地把自己对未来的焦虑转嫁给孩子，过早地把竞争压力引入了孩子们的生活，使他们在竞争焦虑的氛围下背负攀比的重担，失去了应有的童年欢乐。造成这种状况的是转型时期的心浮气躁、急功近利，抑或物欲横流、精神贬抑，还是保障不足、看不到未来……我总觉得社会在哪里出了点问题。

（2014年）

校园里的一些难忘记忆

那段特殊时期已经远去，当年的喧嚣场景也渐渐模糊，但有些记忆却愈老弥新，无法忘却。比如，中学校园里一张"特殊的报纸"。

有如历次政治运动一样，梅县松口中学的那场运动，开始也是在校党委领导下进行的。六月，学校召开学生代表大会，每十位学生推举一名代表，筹备成立学校那场运动的领导班子。经无记名投票，我当选高一甲班学生代表，参加了大约四天会议，选举产生了学校革命委员会。当时已停课闹革命，而所谓"革命"，也就是念念中央文件、报纸社论而已。至于运动的目标是什么、如何开展、搞到什么时候，别说我们这些学生不明白，老师、校领导不清楚，更多更高层的人同样不明就里。高三初三的同学在"革命"之余尚能抽空复习一下功课，幻想着准备高考中考，而非毕业班的学子则优哉游哉的。当时我们这个乡镇中学也随着形势的变化，革命腔调越来越高亢，但幸运的是校园虽不平静，却也没什么大的波澜。

完成代表使命后回教室，可就傻眼了。高一甲班教室正门门板上贴着一张醒目的大字报，刺眼的标题是《强烈要求……》。标题与具体内容如今都已记不清了。正文除开头的毛主席语录和阶级斗争宏论外，大意就是说有个别人家庭出身不好，没有资格代表我们参加会议，这是阶级斗争新动向的表现，强烈要求撤换云云，下面是近20位同学的签名。排头同学的名字签写得特别大，着墨特别浓，又单独一行，印象深刻。其他名字我没细看，总觉得写在一张《中国青年报》上的黑黑的墨汁字，个个直戳心窝。五个代表，四个是团员且是班干部，都是"党的依靠对象"家庭出身，只有自己是"其他家庭成分"的底牌且白身。大字报虽没点名，但谁都明白这是戳卜姓小子脊梁骨的。

可以想见，在学校开会的四天里，班内部分同学是何等义愤填膺，于是有人"仗义执笔"写下了这张大字报，群情激愤地签了名。这张"特殊的报纸"仅仅贴在教室门口，算是给了面子留了情分，若按那场运动后来发展的路径，这事儿推迟一两个月，有人当即冲进会场声讨撤换一点都不奇怪。高一甲班54位同学，选代表时我得票40多张，而签名的不下20人，说明相当一部分同学在他人说教和形势的左右下"幡然悔悟"，反戈一击，"站到了正确路线上"。

那时党的阶级路线是：一是有成分论，二是不唯成分论，三是重在表现。在中学里，要求学生又红又专，虽同样强调阶级斗争和政治第一，但红与专确实不容易划分，且学生多为未成年人，因此执行的是分数和家庭出身并重的方针，这使中学成为一个特殊的角落。

看完大字报，自己满肚无奈，一言不发黑脸进了教室。大字报出现直到今天，一直没有任何同学提起过有关的事，仿佛那不过是一张电影海报或宣传招贴画。实际上，那场运动中这种事细小得不能再细小、微末得不能再微末，注定仅仅存留在当事人的记忆里。

退休多年后，一次与高我一年级的一位同学讲起这事，他说记得有这么一回事，校内流传高一甲班贴了一张大字报，好奇看热闹的人络绎不绝，他也赶去凑了趣。当时全国城市乱套日趋严重，我们学校还相对平静，这张大字报成为了我校的第一张大字报，也是针对我卜某人的第一张大字报。是时"唯成分论"愈演愈烈，开会辩论得先报家庭出身，这张"特殊的报纸"的出现只不过是这一现象的小小注脚而已。

不久后的八月，中央发文全国，每十位革命师生选拔一名代表上京，接受毛主席检阅。对于绝大多数连县城甚至相邻乡镇都没去过的农村孩子来说，进京见毛主席，这是多么令人睡不着觉的事。我知道这没自己什么事，也就无所谓关心，但意想不到的是自己进一步被当成另类了。

是日，班长要求"其他家庭成分"出身的同学另找地方学习，余下的在教室里开会，选拔上京代表。家庭成分中农以上的19位同学中我"官阶"最高，是第四小组副组长，还是语文课代表，于是被指定为组长。我把"另类"们带到学校阅览室，放羊让大家看画报书刊。

本来就感觉不对，刚刚坐下气就鼓了起来。选不上无所谓，也肯定选不上，但怎么连投票权都没了，变成"非革命师生"了呢？革命和不革命可是个大问题，越想越气，遂找了个钟姓的同学回到教室，代表"另类"去跟"正类"们辩论辩论。

教室里的选拔活动严肃进行，那些家庭成分好但社会关系有瑕疵的人，正在被甄别为"另类"。班长和团支书赶紧把我俩引到教室外，对革命还是非革命的责问，他们无法回答，却态度和蔼，微笑以对，几句"上面规定的，回去和革命同学商量商量"的软话就把我准备雄辩的词儿堵在了嘴里。班领导的意思是清楚的：请不要再理论了。

来时就知道不会有什么结果，僵持了一阵，提出了自己的强烈要求：班里5个名额，19位同学占了两个，我们既然没资格选拔，你们只能选3名，不能吃我们的空额。这种明知不可为而为之的鸡蛋碰石头式的抗争，无非是想吐口憋气，证明自己的存在，阿Q阿Q而已。

大字报之类的郁闷事自己很快就释然了，晚上照样睡得很好。那时不到17岁，还是个没有任何事情可以睡不着觉的农村傻小子，何况这种被提醒、被当成另类的事情自1962年上初中以来也并非第一次，在成长道路上，每到关系前途命运的隘口总时常碰到。现实告诫自己，家庭成分是你避不开的一道坎。

初中开始申请加入共青团，高一时团支部女组织委员找自己做思想工作，说家庭出身不由己，个人道路可选择，要加强思想改造云云。终究没能把自己改造好，跨越不了家庭成分这道坎，高中毕业时还是白身，直至上世纪80年代成为共产党员，都没曾加入过共青团。

中考填报志愿，第一志愿是地区最好的东山中学，叶剑英母校。班主任吴老师个别谈话，指出，你家庭成分不好，考东山中学不合适，但学校了解你，第一志愿应填松口中学。老师说的是大实话，既是好心，也是为学校挽留尖子生源，于是按老师要求填报。理想，终究还是跌在了成分的门槛内。

从小学到高中，学习成绩稳居前列，各种体育运动都有自己的身影，自己一直是班里的篮球中锋和足球右边锋，自认合群随和，是历年的三好学生。但"官"却越做越小，从班长、副班长、学习委员，直至小组副组长，关键还是在成分网中难以腾达。

回想起来，那张"特殊的报纸"是关乎自己的第一张大字报，相信也是这辈子最后一张大字报，带给自己的更多是好结果。那场运动初始就受到当头棒喝，促使自己更加清楚地认识所处的形势环境，明白了自己虚弱的政治身底，运动中凡事不肆意妄为，处于逍遥状态而平安无事。

当时年纪小，天真阳光，对家庭成分的烦心事更多地仅在心里打个嗝就过去了，照样快乐读书过日子。而现实中，在以阶级斗争为纲的年代，家庭成分犹如一张无形的网，束缚人的价值判断和认知行为，塑造人的性格，凝固人的命运。"被另类"多了，青春的冲动在现实中冷却，久而久之棱角被磨平，人就变得很现实，以至过于理性而不自信，由此养成了自己低调务实的为人处事基调。

（2015年）

船夫

（一）

村庄沿河而立，老家左邻的石禾坪院子，男人世代江上谋生。父辈这一代的家乡人民，早年融入集体，几乎清一色为躬耕陇亩纳粮献赋的种田角色时，石禾坪兄弟仍在公社运输船上操持，家里同时保有小船，闲时捕鱼，也揽点运输的私活。

石禾坪的一位玩伴，与我同年出生，一齐上幼儿园，一齐读小学，一齐撒野搞怪。小时候贪玩，河水暴涨时，我不时到他停在回水湾里的小船上，帮忙拉网捕鱼。他是我货真价实的"发小"。

发小水里和船上功夫了得，但读书不上心。人家一年的书他经常两年才读完，我上高中时他仍在初二，不时一块在生产队干活，一块坐在门坪草地上玩扑克"争上游"。

1967年春节前，一天，发小不知从哪得到消息，说潮汕陶瓷厂在蓬辣头收购柴草，咱俩反正没事，到那里去摆渡，挣几个零花钱。我马上附议，第二天装了几斤米，拎了两件换洗衣服，两伙伴驾船向下游十几公里外的蓬辣头驶去。

船到蓬辣地界，发现两岸山上有零星散落的松枝，认定这是他人遗弃的残货，坏心骤起，决定就地取宝，搞它一船柴火到收购点去。从上午九、十点开始，两人翻山越岭，在几个山头上蹿下跳，连滚带爬，把捡拾的松枝用山藤捆扎好，往山下运送，一直干到天黑。第二天我们又折腾了半天，一吨多载重的小船，满载了才向目的地进发。

望着堆得小山似的劳动成果，两人眉眼含笑忘记了困顿，兴奋地合计着能换成多少银两，哼着《大海航行靠舵手》，摇桨操篙，几公里的水路转眼即逝。

船到蓬辣头，眼前的现实却兜头给我们淋了桶冰水，空无一人的码头，彻底击穿了我们痴痴的发财梦。潮汕陶瓷厂公告白纸黑字注明，前天是柴火收购截止日，即我们出发那天活动已经结束，一船松枝真正成了"废柴"，而穿梭摆渡、日进斗金的预想也跟着黄了。信息不灵、少不更事，我们想当然的鲁莽冲动把自己坑了。想想也是，若不是停止收购，人家辛苦砍伐晒干的东西，能这么便宜两个傻小子！

两人无奈，悻悻地把成了累赘的松枝丢弃在岸上，并决定在蓬辣头这个山村码头待一阵。发小说，这一带河道来炸鱼的人多，说不定还有什么机会。前段时间发小和我还曾怀揣两颗鱼炮，从陆路来试过运气，但颗粒无收。

是夜，小船停泊在码头上游高山下的荒僻河湾里。入夜，月黑风高，河面上影影绰绰的一个人，撑着一架只有二十几根木材的木排拐了过来。艄公四十开外，瘦小黝黑，眼睛深陷，到我们船上闲聊。他见我们睡仓船板上，铺的是包装袋拆洗的蒲席，麻袋做成的被套缀满了补丁，两个愣头青黑瘦得竹竿似的营养不良，认定不是同道也是蝇营狗苟之徒，纵是好人，也只是挣扎在底层的贱民，是尽可以不设防的对象。汉子实言，年关到了，想弄几个钱过年，木排在松口森工站要查验核对才能放行，这几条木材是私货，只好乘夜色先溜到这里躲过检查，明天公家大木排到了，并一块到汕头去赚点差价，家里孩子多，要穿衣吃饭没办法。

当年梅江河上水运繁忙，往潮汕去的是煤炭、水泥、柴火竹木等原材料为主的货物；往梅州来的则是海产品、食盐及一些副食农产品。木材属统购统销物资，不许个人经营。这汉子干的是夹带走私和投机倒把的犯法事。

看着眼前木排佬的满脸沧桑，听着他平静话语里夹杂的不时叹息，不谙世事的我，竟对这夜幕下的不法行为产生了几分同情，联想到丢在码头上的"废柴"，虽未真正踏上社会，同样感受到了觅食的不易，谋生的艰难。

接下来两天，小船停在码头上，偶有几个零星摆渡的活，一天也不过三角、五角的收入，倒是每天早晨都可以从河里捡到一些死鱼，尽管只有盐没有一星油，两人照样吃得有滋有味。看来没什么可留恋寻觅了，我们决定回家。而第二天发小所说的机会真的来了。

那天凌晨，天未放亮，一声巨响把我们惊醒，"有人炸鱼！"两人本能地跳出舱外，只见雾气弥漫的河面不远处，爆炸掀起的水柱还未散去，紧接着水潭一片鱼肚翻白。我俩无暇顾及嘴唇上沾满的麻袋被套纤维，裤衩背心操篙全力向水潭冲刺。这一炮估计正中鱼窝，被炸翻的二三斤一条的鲮鱼，白花花的说少了也有100多斤，是我所见过和听过的渔获最多的一炮。我们赶到时，有的鱼仍在水潭打转，有的已被冲向了下游，炸鱼船上三位中年男子，正手脚麻利地收获胜利果实。河里炸鱼，见者有份，这是潜规则。我们毫不客气，我驾船发小捞鱼。两船相近时，冷不防对方一位壮汉一把将我们唯一的操网拽住撕烂，我们顿时失去了武器，也无能反抗，只能眼睁睁地看着他人，把鱼收入舱中或被水冲走，而很快河面也就恢复了平静。我俩在遗憾中盘点收获，6条鲮鱼，算来足有十几斤，不管如何，因了这几条大鱼，我们觉得这几天没白过，这一趟来得值。

早餐照样稀饭咸菜，二三斤重的鲮鱼，池塘难得一见，这是值钱的东西，注定只能是他人餐桌上的佳肴。接着逆水行舟回家，这是体力兼技术活，但我们也有自己的轻巧办法。梅江河上不时有动力船拖拽着一串驳船上行，每次我们都向主航道的船队靠过去，抓住驳船船帮借力前行。船队自然不让占便宜，在默许、规劝、呵斥、驱赶等不同船家的表演中，我俩好说歹说、软磨硬泡、死皮赖脸，耍流氓似的纠缠，不觉中船已走出了一二里地。这样往复几次，十几公里水路，一小半就"好风凭借力"地"蹭"了过来。

下午小船回到松口镇造船厂河面，正在钓鱼的堂伯父，一元一斤把鱼全数买走。出门时身无分文，归家时口袋里揣着六七张一元大钞。那年春节，我觉得自己特别富足有钱。

（二）

为整治梅江河道淤积痼疾，管理者采用饮鸩止渴的办法，往河道两边浅滩抛石，垒成与河岸成直角的石档，让有限的河水更多地流入主航道，以保障这条繁忙水道畅通。这给沿河船只提供了新的活计，发小家的小船派上了用场，我则被雇用为短工船夫。这是1967年秋的事。

先按曹冲称象的办法核定船的载重量，用红漆在船身上做上标志，每次在石场装载石头，吃水线到达标志处则可以放行。满载顺流，到达目的地后，几十上百斤，直至几百斤重的大石，靠双手把它抛投或翻滚到指定位置。手套是奢侈品，我从未想过戴着手套干活的事，石头磕碰摩刮，两手经常伤痕累累。上行逆水，少一点力气船都倒流，整个秋冬枯水期，我们早出晚归，每天十几小时在河面穿行，干的都是力气活。

紧接着的1968年，梅江河支流松源河建国防公路石拱大桥，代号"08"桥。我再次受雇于发小，成为运送石料的船夫。

小船从石场沿梅江河顺流而下，到达我们村对面的松源河口，再溯河而上两公里就是"08"桥工地。抛石档时依船次给钱，船家总是少装快跑，这次是按运送到工地的石材体积结算，主人则是尽量极限装载，吃水线就在船帮下沿。碰上下行的轮船，我们就得连比带划大声呼喊，让轮船换挡开慢车，不然掀起的浪头，就可能让严重超载的小船进水倾覆。我和发小就曾遭此厄运，是时两人手忙脚乱，先把船拖至浅滩板正，再把漂走的船桨、竹篙等物件游水找回。此类事故时有发生，但都有惊无险不伤人。

最艰难的是满载逆水的航程。松源河从记事起就不通航，水浅滩急，除河口和中间几段可以用篙撑行外，其余路程主要靠人在水中肩扛、背顶、手推，一寸一寸地把船往上挪腾。小船几乎一路冒底，与河床的卵石沙土摩擦，发出咣当或沙沙的不同声响。有时搁浅得不能动弹，就得请其他船夫帮忙，大家喊着号子一齐发力，抬着船左腾右挪闯过死地，那情景简直就是全靠人力把一船石头抬到工地似的。一天四五趟，每趟与水流的冲力和河床摩擦力搏斗完后，我们还得把石材搬上岸堆好，才算最后完事。

一次，满载的小船顺流而下，我在前摇桨，发小在后撑舵，村里一位后生，正拿着香港亲戚的相机在河边拍照，我大声招呼让给留个影，他随即跟着船小跑着摆弄。当时自己上身赤裸，下身短蓝运动裤，瘦而长条，头发凌乱，黑不溜秋，是夏秋苦力船夫的标配装扮。事后小子说技术不行没拍上，不然这历史瞬间，今天贴在这里增强现场感，就有点意思了。

泡在水里出死力，肚子特别容易饿，不到半斤米的一钵饭，几口就全到了肚子里，很快又不见踪影似的饿了。中午我在铜琶桥桥洞里小憩，光膀子躺在凹凸不平的石板上，摊开四肢马上睡得死了似的，头顶轰隆隆的解放牌经过一点也不碍事。这是自己这辈子干过的最累人的活，当时农村没什么挣钱的门路，卖苦力一天能换两元钱，也不是谁都有这种机会的。

（三）

1977年春，我辞去了大队企事业会计一职，转任运输船"南下一号"业务。这是艘载重24吨，没有动力的木船。五位船工，"业务"是岗位，在我们船上属行政领导，类似于船长，自己成了随水漂泊的真正船夫。

运输船主要从家乡运石灰石到汕头地区的潮安水泥厂。水路180多公里，重载顺流，江水漂送加摇桨，天黑停航，两天可达。空船逆水，动力船拖拽，汽笛一声长鸣，轮船后面长长的粗麻绳，牵扯着十几条头尾相连的驳船，如一条游弋在江河里的长龙，昼夜不停也要走两天。加上装卸，港口轮候拖船，大约六七天一个来回。船员按件计酬，一个月最少四趟，加上业务补贴，一般我可以拿到四五十元。每月交生产队15元，计20个劳动日外，还有三四十元现金。除驾长外我的工资最高，船上技艺却最差。我摊到的是个肥缺。

船在水上行驶，全听驾长指挥，最紧张的是急流中重载靠岸时刻。看准位置距离，船头的驾长一声令下，大家奋力将手中的条桨或船篙，撑向下游一侧河底，俯身上肩，半截身子悬在船外，人与船篙几成一条直线，随船的下行冲击力，双脚碎步后移，或双手抓紧船帮随船下冲逐渐弓腰，然后拔篙重复如前动作，用全身的力气使船速减缓直至平稳，舵手依驾长指令配合，逐渐将船摆平掉头。整个过程，敏捷快速连续，动作稍慢，就有可能被快速下行的沉重船体把船篙压在船底，将人掀在河里。特别是在安全空间逼仄的地方，三五下船篙就得把船稳住，否则，就有可能发生触礁或与其他障碍物相碰而船毁人伤事件。

再就是重载下滩。温驯的河水到了险滩后马上变得像脱缰野马，狂放奔腾。驾长如战场指挥员，全神贯注在船头观察号令，舵手听指令操稳航向，我们则全力摇桨，提供足够动力保证航向不出差池。船过险滩，冬天人也额头冒汗。

枯水期遇上马力小的拖船，上西洋滩和蓬辣滩时，我们也不时要上岸拉纤。由于河道多年的排险整治，特别是有动力船前导，同样是胼手胝足、纤绳勒肩，我们只是赤足俯身在河滩或石壁小道辅助用力，早已失去了"川江号子"里，纤夫以命相搏的悲壮震撼摄人心魄。早年"行船走马三分命"箴言里的危险系数已大大降低。

除参与操控船只的活动外，我这个业务，主要是在停泊后履行联系货源、到港务部门进出港报到、挂牌轮候拖船等对外职责。我的业务补贴，也就是买几包有点档次的平头烟散发散发而已。一切按章办事，本分，平庸，能耐低下。

旧日船夫风餐露宿，在船板上席地而铺。一位在公社负责民政的村里人说，他曾在60年代前期调解过一起纠纷。一位船工妻子探亲，第二天早晨发现老婆不在身边，而在旁边工友的蚊帐里，船工觉得他人占了便宜，两人在公社办公室里，为是蚊帐罩过去的，还是自己滚过去的争论不休。我当船夫时，一般船上，每人都有个像棺材一样封闭的睡铺，已不可能发生"混账"的尴尬了。

生产生活条件改善，但一些习惯仍在延续传承，比如排泄，我们船上没有厕所，都是对着河面撒欢的。黄永玉先生画《出恭十二景》，其中的"沅水之夜"，一个人露着大白屁股在船尾向河里大解，画面形象夸张生动，这正是我们解决内急的真实写照。过来人都明白，这个动作的要领，在于手一定要抓住船帮，不然屁股撅在船外，百分之百会掉到河里。

船夫洗刷吃喝用的都是河水，岸上总绘声绘色地流传水上人家晚上煮菜，把漂浮的粪团舀到锅里之类的恶心故事。船家虽矢口否认，我却相信这是绝对可能发生的事，尽管这比彩票中头奖的概率还要小。我们船上配有小水缸，河水浑浊时，用装有明矾的竹筒搅动缸里的河水，悬浮物便很快沉淀，河水清澈可用。至于长期食用明矾，会造成铝离子在人体内富集，从而影响身体健康，那是21世纪后才逐渐明白的事。

在人力驾驭的大船上当差，干的仍是主要靠肌肉骨骼力量谋求生计的力气活。劳动强度虽比过往的小船轻多了，但以船为家，整日耗在船上，那种漂泊的孤独闲暇，让人感到无所寄托的苦闷。在潮州港轮候拖船，两三天无所事事。曾不止一次，晚上我独自去观赏潮剧，其实一句也听不懂演员用潮州话在唱什么，就是无聊打发日子。劳作之外搞点什么吃吃就成了生活的主轴。也就是这段时间，自己第一次吃猫肉，以后不时在潮州西湖市场买猫买狗打牙祭，直至1977年冬我辞职上岸，结束半年多的船夫生涯才停止。

2013年底，在老家松口，我与北京同学乘船游览梅江，暖阳当空，万里碧透，宽阔清幽的河面，撒满跳跃的光斑，像一河碎金。遥想在村边元魁塔下夜泊，河湾、沙滩、塔影、竹林，满舱的星光，满怀的明月，当年熟视无睹浑然不觉的美景，只有今天温饱无忧兼具闲情逸致时，才能想象和体会出其中的诗情画意。

烟云风逝，随着时间的抚摸，过往的苦难只剩下了淡淡的印痕，我反倒觉得，生活的残酷和艰辛，磨砺出的吃苦耐劳精神和拼搏奋斗勇气，何尝不是自己人生的一笔宝贵财富。

（2015年）

斧声坎坎在幽谷

前不久，家乡县城老乡餐聚，来电询问当年蝉形砍树锯木时，所撰对联的下联是什么。几位都是同一生产大队的熟人，改革开放后，因缘际会，成了县市单位干部、教师或生意人，现已退休或届退休，不时把酒小酌，话说当年。这一通电话，勾起了自己记忆深处的叮咚伐木声，那坟堂茅棚前的对联，依稀又在眼前。

1974年秋，生产大队为加强多种经营，决定利用沿江地利，造船跑运输创收。当时自己身怀木工技艺，兼通建筑和家具，操持的家什很拿得出手，在当地小有名气。我虽秉性略嫌顽劣，但大队不拘一格用人所长，凑集人马进山砍伐松木，锯成用于造船板材的差使，交给了自己。

南下村位于梅江河畔松口镇南岸，依山傍水，呈长条形。村后虽群山连绵，但集体化后遭到无节制地砍伐，仅有蝉形山地尚余适合造船的林木。

蝉形又称老三爷，处于离村庄一小时多路程的裤裆山半山腰。称蝉形，是指整个山形似蝉；叫老三爷，则因蝉腹部建有丘姓人家叫三爷的坟墓，加上"老"字是为尊称。

老三爷是座有年头的清时大葬地。家乡习俗，人死入土，三年后肉身化去，再把遗骨装在坛子里竖碑建坟。现在所见惨白的坟头都是这么来的，不过如今下葬的都是火化后的骨灰了。解放前，有的富贵人家或殷实之户，则在生前建好坟堂，或死后即择地建坟，把两个过程归并为一，直接将棺木葬在坟堂里，排场风光，谓之大葬。大葬地往往比普通坟堂要大且堂皇。老三爷坟前几百级石板路，在山中逶迤而去，足以昭示墓主人的富贵身份。

据说蝉形地是名穴，三爷占据了"风水宝地"，丘姓后裔却并没有什么更大的作为。过去没听说出什么人物，到了这一辈，都是和我们一样撅着屁股，在生产队里挣工分的角色。内行人说，坟地处于寂静的山林之中，蝉只是个哑蝉，成不了什么气候。如若在蝉腹的幽谷之中，建个庙宇或授徒的学堂，有晨钟暮鼓，琅琅书声，就是个鸣蝉。"居高声自远"，丘家就不得了啦。

不管传说如何虚无玄妙，坟前一林松树，历经多少次乱砍滥伐，却因三爷的风水得以保全，这倒是实实在在的事情。特别是墓堂前悬崖边，三四十米斜坡上的十几株老松，历经百年未受损伤，为南下村留下了一笔难得的财富。

选用松树造船，而不用其他材质，讲究的是松树充盈松脂，俗语"水浸千年松"，造的船耐用。但并不是所有松树都适合造船，只有几十上百年的老松才有此等功效，锯开的板材呈赤红色，有蜡质感，天然得像刷了油脂一样。树龄短的，板材只有中间含油，边沿仍是白色，成材率低，材质也差。老松侧枝少而粗，树冠平顶，即树心不再往上长，而是向旁边斜出，盘旋如盖。这十几株老松，挺拔的躯干大如水桶般粗壮，披着盔甲般的树鳞，侧枝如盘虬卧龙，大蟒出山，有几株胸径超过六十公分，上十丈高，确是造船的好材料。

　　这些老松，陪伴三爷经历了不少沧桑变故，在山风松涛声中度过了百十几年。解放前，墓穴被盗，丘家后人重修如故。前几年再次遭劫，我们到时，仍见散乱的棺材板和几块泛着白光的骸骨。墓碑早已不知去向，但宽大的墓堂和拜坛完好无损，成了我们安营扎寨的好场所。三爷自身难保，其所庇护的老松命运，也只能是斧钺加颈，化身为船，为社会做最后贡献了。

　　我们一行八人，花一天时间，在墓堂里搭起了一间以松树为框架，茅草为屋顶、墙壁，有近二十平方米的茅草房，用松木锯成的板材搭好床铺，在拜坛上垒石为灶，安顿下来。

　　傍晚，残阳如血。我作为夜宿在茅草房的第一批值守人员，坐在墓堂边，身影被斜阳拖拉到了旁边的山岗上，宛如瘦长的巨人。举目远望，山外梅江如练，身后山峰巅连，莽莽苍苍。眼前，影子、老松、茅屋、墓堂、遗骨相对无言，伴随断续的不知名的"咕咕"几声鸟叫，一切都显得那样的寂静、荒远、苍凉。

　　静谧中，我想，冥冥中，三爷应为自己一直沉寂的阴宅，因我们这帮不速之客的闹腾，还原其理想中的面目，变成秋蝉高鸣的宝地而高兴吧。

　　遐想中我突然一激灵，应该写几个字，苦中寻趣，给酸涩的山林生涯添点亮色。我马上行动，拿出几块当天搭床铺用剩的松木板，灶膛里扒出火炭，白板黑字，用谁也不会恭维的卜体，就眼前景况，写下了"人声、锯声、斧声，哑蝉复鸣；巧干、苦干、实干，三爷献宝"对联，以现实场景"生死同眠"作为横批，找几枚铁钉，把三块木板钉在了茅屋的出入口。我端详了一阵，意犹未尽，觉得还需表明这是个什么场所。在当时的记忆里，上海造船厂是中国最大最具实力的，似已改名为新中国造船厂了。于是，找块木板，写下了"新中国造船厂南下车间"几个字，挂在横批上方。横看竖看，觉得这有点意思了，坟地有了工场的味道，劳作的品位似乎也相应地得到了提高。

第二天，伙伴们对门口多了几个字没什么特别的反应。确实也是，他们跟自己一样，都是肚里没什么墨水低头刨食的家伙，对联是不是对仗押韵，格律上有什么毛病，一点也不明白，有这几个字，没这几个字，生活没有丝毫差别。倒是大队帮闲跑腿，负责施工的陈大哥，看了以后认为，对联对地理人文现实概括得很好，回去后在村里宣传开了。没几天，管事的大队张大队长，带着两个跟班来视察。领导作了什么指示已无从记忆，中午韭菜炒面，喝了几毛钱一斤的廉价五加皮药酒还有印象，刻在脑海里的，是大队长对对联提出的言简意赅的修改意见。

张大队长倒背着双手在茅屋前沉吟少许，明确指出，"巧干"在前，给人投机取巧的奸诈感觉，应该把"苦干"放在首位才对。是时，"文化大革命"已第八个年头，农村动辄"大战""苦干""献礼"的口号满天飞，把"巧干"排于首位，确实不符合当时语境。我赶忙解释，说明不能改的道理：在悬崖边手工放倒几吨重的大树，按山形地势把它弄上架，锯成板材，首先得用巧劲，离开了"巧"字，后面再怎样苦干实干也办不成事。大概这不过是山旮旯里即兴的游戏之作，又不是挂在什么庄严肃穆的办公或会场上的东西，大队长也没明确强令一定要改，更由于自己死脑筋不会迎合不愿割爱，对联就这么一字未动挂在草棚门口，直至第二年拆毁。这是件什么也不是的小事，只是劳作中的一朵小浪花，过去就过去了。但有好事之徒却记住了，才有了三十多年后询问下联的电话。

苦干、实干为基础，讲科学巧干在前，这是现实的需要，与韵律平仄无关。进山第二天放倒的第一棵大树，就因经验不足，算计不精，倒在山沟里，因场地狭窄无法开锯。当时按件计酬，以板材面积计工分，一看这饭不容易吃，当天就有两个投机分子宣布退出，害得我又上蹿下跳网罗其他家伙补充队伍。越是靠近悬崖的大树，侧枝越是伸向外面，有如迎客松状。得先让人爬上大树，把外面侧枝砍掉，套上绳索，边砍边往山坡上拉。砍倒的大树，开始用我们不熟悉的、传统的山区锯木板左右对拉的平锯来锯，结果是速度既慢，一天锯不了几米板材，又经常走线，凹凸不平，质量不行。两天后，我们利用山形地势，放倒大树，把大树的一头用杠杆慢慢弄到搭好的架上，用我们熟悉的惯常使用的上下对拉的架势操作，速度快、线路准，板材质量好。这一改革创新，保证了25吨载重量的船只工程对材料的供应要求，这都是巧字诀带来的结果。

文人骚客对伐木采樵多有吟咏。唐孟浩然的《采樵作》，虽描摹了采樵入深山的艰难境界，但更多体现的是"长歌负轻策，平野望烟归"的闲适浪漫。张籍的《樵客吟》，白描了采樵生计的艰辛，而行之文字，"斧声坎坎在幽谷"，仍给人诗意生活的联想。实际上，作为社会底层农民的我们，砍树锯木是百分百的重体力活。我们整日攀爬在山峦树林中，抢斧操锯，经常靠喝山涧水慰藉辘辘饥肠，一天下来，身疲神散，个中的艰涩，农村外的非亲历者很难体会的。

　　一副对联，无非是生活中的调味品，苦中寻乐而已。实实在在的收获，是当年的劳动工分比普通社员多了三四倍。虽大队统筹的工分不值钱，却也比常年多分了近百斤果腹的稻谷。我率一帮人进山砍树，锯成船板，大队十几位"五类分子"负责担抬到村河边供造船师傅使用。在山里，我们坐在一块，卷起喇叭筒的纸烟，往往不分彼此，有些"同是天涯沦落人"的感觉。以后在山外，与他们中的不少人有了点头之交。

　　从山里轮换回家时，大家一般都会扛一根松木或捡一担松柴回去。春节前，公社召开干部会议，大队领导吃完晚饭，在我们自然村旁的公社办公楼上，看见我们扛木头回家，当即电召民兵"征剿"。我和弟弟前脚到家，张大队长率七八条汉子后脚就到，堆在厅堂里的二十几根木头，全部收缴到了大队。领导面带微笑，态度和蔼，没露凶相，既没训斥也没说什么高调的话，只是指挥众人将木头搬走，我更是一句话也没说，只是摇了摇头苦笑了一下。当时山林全为集体所有，虽有一套写在纸上的封山育林规章，但在老百姓要讨生活、过日子的现实面前，照样不见林木生长，荒山秃岭随处可见。收缴柴火，也不知道具体犯了哪条规矩，在当时，这是稀松平常的事，自己也没感到损失了什么，只是白洒了不少汗水而已；倒觉得，没追加什么罪名，算是谢天谢地，万幸了。

（2013年）

两次辞"官"

领袖说，农村是个广阔天地，在那里是可以大有作为的。1968年高中"毕业"后，自己在这个天地里，"作为"了整整十年，曾经有那么两次，作为到了中国最底层、最微末单位的管理层级。只是由于犯贱，不识抬举，自己把自己打回了原形，终究没能作为出个人样来。

我的家乡梅县松口南下村，人多地少，属缺粮大队，兼之靠近圩镇，以手艺挣钱，买粮糊口，帮补家用的人特别多。乡村里，这类人往往头脑稍灵，或胆子较大，也有的是家族传承，为了把日子过下去，或过得好一点而揽活奔波，以至离土离乡。此类谋生活动，与种田的主业相对应，在当时被统称为"搞副业"。

1970年冬，我背起简单的工具，跟随堂兄和松口镇工程队的李师傅，到离家乡40公里的松源镇百货大楼工地，干起了建筑木工的活计。自此，农忙种田，农闲务工，搞起了副业。

动手能力不弱，加之不惜力气，各种技艺上手很快。开始一级工，每天1.13元。不到半年二级工，每天1.34元。辗转几个工地的一年多后，我已是木工班长了，手下有二三位伙计，升为三级工，每天1.63元。1973年后活计转型升级，主要走村串户打家具，除承包计件工程外，不再去建筑工地，没能升至当时工程队最高四级木工的高度，到现在仍称自己是三级木匠。

做木工的同时，子承母业，我接过了母亲使牛做田的专业，和其他三位伙伴一起，完成生产队春夏秋冬的犁田耕地任务，其后操起家伙干自己的木匠活儿去。

日子就像家门口的小溪水，波澜不惊，缓缓地流淌着。

那时农村每年都有政治运动，名堂很多。1975年春，大队将所有搞副业的人集中起来办学习班，宣布搞副业这条路子不能再走。以后，大队成立劳动力管理小组，规定外出搞副业须经过批准，所得款项由劳动力管理小组结账，扣除5%管理费后，与生产队四六分成记工分。

劳动力管理小组成立当日，五六十名各式工匠齐集大队部。大队张大队长兼副书记讲话，一通"形势大好，不是小好"之后，规定了小组的职责，宣布小组领导由三人组成。组长是位当过大队治保主任，姓李的老转业军人；财务姓伍，刚从部队复员；会计则出人意料地落在自己头上。大队长讲完话，我第一反应是站起来反对对自己的任命，表示自己没有能耐，也没有兴趣，不想承担这份责任。张大队长面露愠色，大有不识抬举之意，不容分辩地说，这是大队研究的决定，你只能服从把工作做好。散会后我再缠，张领导放了狠话，你不做也不放你出门搞副业，叫人盯死你！

不当会计，是想延续一份劳作的自由，不让搞副业，小日子没法过，这一下子扣住了我的命门，只好走马上任，干起了会计行当。

管理小组初始仅负责管理外出务工人员，叫工副业站。主要工作就是到外出务工人员单位结算钱款，按比例分配归属，也为他们提供开具务工证明之类的服务。很快，大队把所有企事业单位交由小组管理，计有：砖瓦厂、碾米厂、运输船、糖厂、拖拉机站、烤烟房、合作医疗站，加上工副业站，相应的，我则拥有了八本账册。1986年，全家迁入广州，一大木箱的八种账册不知如何处理，结果被我付之一炬。这是后话了。

管理小组没有专门的办公室，我每月大约有一半时间在所辖单位游荡。榨糖季节的两三个月里，我大半时间住在厂里，管理事务，收购甘蔗、燃料，卖出土榨糖和用蔗渣酿造的糖波酒。我的头头组长为人耿直大度，作风粗犷，很少到现场管理具体事务，都放手让我处理。当时我还不时在水利工地等集体劳动场所兼差当施工员，在他人眼里自己成为个人物了。加之不用下地，每月固定45个劳动日和6块现金补助的报酬，我自诩是农民贵族。

为什么选任自己当会计，担当具体事务管理人，是看中了为大队深山开船板时，体现出的吃苦实干精神及组织能力？是欣赏学习班时，显现的不时为大家胡侃"三言两拍"的凝聚力？……到现在我也没真正闹明白。我的组长，在我大学毕业小有出息时经常对村里人讲，"当年大队要我当工副业站组长，我一再强调要卜新民当会计，否则不干"。这话看来有马后炮掺水之嫌，头头虽确实放手相信我，但过往从未与他有过交集，只能打折姑妄听之，当不得真。

俗话说，人有人道，蛇有蛇路，而动不动犯"割资本主义尾巴"的当年，搞副业的人走的都是偏径，得找个懂行的人来管治，这成了决策者的选择，我始终认为这才是最接近的谜底。

当了会计，白天骑自行车转转，每月抽几个晚上记记收付账，这种貌似悠哉风光下遮盖的，却是小日子每况愈下的窘况。实际收入比"走资本主义"时少了一大截，原本总有小钱的抽屉经常干涸见底；平头烟更多地变成了喇叭筒的劣质卷烟；本就荤腥难见的菜碗更显寒酸；更为严重的是，春荒要买高价粮时，钱从哪里来？我不知道农村其他当干部的人，是如何过日子的，反正我在任会计不久，就本性难改、贼心不死，为了不断生路，晚上钻空给人家打家具，又从工艺厂领回木模活计，重操旧业，过起亦"官"亦工的双面人日子。

管理小组会计的任务之一，是要统管搞副业者的务工收入，与大队生产队分成，走集体化道路。现实世界里，面对社会和家庭的各式需求，每种工匠各有用场，只要规定他们每月缴交多少副业款记工分即可，完全不必要也根本不可能每项活计都由集体为他们结账。这种制度的设计纯粹是一厢情愿，是当时流行的"一统就死"极端思维的产物，自己担当的注定是无法完成职责的角色。作为实际的管理者，只能对零散务工活动睁眼闭眼，用"一放就活"的应对之策，为广大工友讨生活留了条生路。而实际上，自己同样为了过日子不得不重操旧业。这种角色与现实需求的冲突，使自己在炒更时总觉得做贼似的，有一种愧对良心的负罪感。因此，担任会计伊始，我便萌生了放弃念头，越往后越强烈，直至1977年春节后糖厂失火。不久，自己向大队提出了辞职请求。

这是一场不大不小的火灾。糖厂一般在晚上十二点前熄火停工。凌晨，炉灶里的余烬，顺着灶膛燃到了灶台外面，烧着了堆在灶台门口未清理干净的柴草，继而烧着了煮糖车间的木结构天面。紧挨着的是作为大队部的洋楼，这是著名华侨张耀轩的房产，主体建筑四五千平方米，为民初砖木结构两层楼。洋楼玲珑剔透，门窗檐台镂空雕花，彩金描红，房间厅堂彩釉砖铺陈，天井台阶都由花岗石打造。祸延洋楼，后果不堪设想。

是日，我和两位青年三人同床，睡在洋楼底层一间既是寝室、办公室，又是杂物间的房里。睡梦中的我，听到断续硬物坠地的"朴朴"响声，伸手越过睡在中间的合作医疗站的许医生，推了边上糖厂陈保管员一把，问这是什么声音？这小子显然也听到了异样响声，推开我的手迷糊地说，"下冰雹"，翻身又继续做美梦去了。我愣了愣神，猛然从床上弹起，推开房门一看，大喊一声："着火啦！"什么也没多想，就穿着裤衩背心向外奔去。

我一个冲刺到了火场，第一个动作，就是操起小水桶，在水池舀满水，奋力向正往洋楼方向窜延的火舌泼去，奋不顾身、连续不停地疯狂泼水，终于止住了燃向洋楼的火路。五分钟，或许更长更短，两个家伙才穿戴整齐现身，操家什帮忙。一忽儿，轰然一声，四跨的天面近二跨因椽子过火烧断而倒塌。当时睡床上听到的响声，就是椽子着火后瓦片下坠摔碎的声音。一阵扑面的烟尘把我们吓了一跳后，事情就简单了，余火很快就被扑灭。

面对狼藉的场面，自己真的有点后怕。再迟几分钟，大火肯定烧着了洋楼。风向一转，向后不到三米，是堆满柴草、甘蔗渣的大草坪，引燃了这地方，肯定比《水浒传》里风雪山神庙的火烧草料场要壮观得多。而自己贸然冲进火场，竟然没有碰上给压榨机供电，起火后掉在地上横亘场地的高压线。

审视火场，厂房五架是自己亲手制作安装的，木制金字杠梁未受损伤；檩条虽烧黑了仍然可用；煮糖的六口特制大锅完好无损。但坍塌的椽子瓦面要重新构建，需一二天工夫才能恢复生产。

吩咐两个伙伴继续清理火场，自己换好衣服找书记报告事由。是日春寒料峭，土路两旁杂草挂满霜花，天还没有完全亮白，静悄悄的村庄空无一人。自己平静坦然地走在空旷的田野里，忽然萌生奇怪的想法——如果因了这场事故，领导将自己免职，从而解脱恢复自由身，那倒真是坏事变好事了。

陈书记听了简单汇报，找到县里驻大队工作队队长，一同到了糖厂。队长是县公安局副局长兼松口镇派出所所长，听完汇报察看了火场后，基本同意我的看法，和书记一样，没有批评更没有安慰也没有说更多的话，以后大队也没有提火灾的事，这事就这么过去了。

火灾显然是场责任事故，却又因责任心使然能从熟睡中警觉惊醒，阻止了事态的进一步发展，未酿成更大的灾难，可谓不幸中之万幸。

大队书记是好人，工作队长是明白人，若以后再犯此类或那类错事，碰上专抓"阶级斗争新动向"的人当权，事情可能就不会这么简单，如若往阶级敌人破坏的思路上整，难免就要惹一身腥了。

反正这场事故后不久，我就诚恳地向大队提出了辞职要求，没有更多的理由，就是不想干，愿当普通社员。不久，大队决定我跟运输船业务的位置对调，他上岸，我下河。我开始拒绝了这种安排，但最终还是接受了一位至交的大队干部"先上船以后再说，不然就得回生产队当会计"的劝导，开始了一段船员的生涯。

大队的木质运输船载重24吨，没有动力，全靠人力驾驭。造船的每一块木料，都是自己带领一帮兄弟在深山里折腾出来的。船上5位员工，业务属行政领导，在我们船上类似于船长。于是，我第一次辞"官"的结果，是由能号令近百号人的大"官"，变成了仅带领4个人的小"官"。而实际上，我的位置由美差换成了肥缺。

运输船主要从家乡运石灰石到汕头的潮安水泥厂。水路180多公里。满载顺流，空船时轮船拖拽上行，一个月可走四趟以上。船员按件付酬，加上业务补贴，我每月可以拿四五十元，除固定15元拿回生产队计20个劳动日外，个人可到手三四十元。全船除驾长外我工资最高，技艺却最差。而实际上要花的业务费也仅仅是买几包像样点的香烟散发而已。

收入不错，但家里能用上的却不多。水上生活漂泊枯燥苦闷，搞点什么吃吃就成了我除劳作外日常生活的主轴。高价米、高价油，加之不时从潮州市场上购买狗猫打牙祭，一个人基本就把钱花光了。

1977年底，我又向大队提出辞职。自己在岸上同样可以挣得相当的报酬，犯不着如此漂泊孤独。这次很快批准，一个年轻人代替了自己。第二次辞"官"的结果，自己把自己打回了原形，恢复了农忙下地、农闲务工的日子。

那是不允许有闲人的时代。不管你是什么人，即使有其他生活来源，比如有大把侨汇不用干活也能过日子，一样要参加集体劳动。连最懒惰的所谓二流子，也得在生产队里握着锄头柄磨洋工混日子。从劳动形态上，农民只能分成"要下地"和"不用下地"两类。而少数从事企事业管理的农民，则属于后者，为其他终日面朝黄土背朝天者所羡慕，其角色，更成为一些无法跳出农门的兄弟姊妹们追求的目标。

两次辞"官"，均属自愿，都是别人眼里自己混得不错时的不识好歹作为。一定程度上，这与长期家庭成分阴影下养成的不愿担当、"无官一身轻"的逃避心态有关。更主要的是，过日子有多种途径办法，每个人都有各自的门道，自己拥有可以不在一棵树上吊死的技艺，自由地凭手艺卖力气挣钱养家糊口，这是最适合自己脾性的活法。这才是辞"官"的根本。

（2015年）

认命当农民

（一）

1969年末，"文化大革命"动乱有所收敛，家乡的中小学校开始复课。之前减员的教师无法按以往正常渠道填补，只能从当地初高中毕业生中聘用，大量民办或代课老师由此产生。

1971年春节刚过，一个晴好的下午，松口中学教导处吴主任和政工干部陈老师造访，欲聘我为民办教师，月工资二十七元。这在当时算是不错的报酬，民办教师里属顶级的了，不少学校二十四元，少数十八元，有的农村小学工分加补贴，除记劳动日外，每月拿几块钱生活费。

这是一份殊荣，一份不错的讨生活的差使，乡下人说是个吃清闲饭的活计。不少青年通过这条渠道，洗净泥腿子，穿起了鞋袜，披上了白衬衣，出入斯文地为人师表起来。但我连跟父母商量商量之类的托词都没用，就当场拒绝了，称自己仅有高一的文化程度，不想因此而误人子弟，表示感谢学校的厚爱，最终没有接受这份荣誉。

当老师九毛钱一天，星期六日不上课照样付酬，生产队干活两毛钱一个劳动日，两相比较，效益差距明显。老师脱离了艰苦沉重的农耕劳作，职业受人尊敬，说不定还因此找到颜如玉的伴侣，还是挺诱人的。

少年时，命题作文"我的志愿"，也憧憬长大后成为人类灵魂工程师，传道释惑，教书育人，机会就在眼前，理想可以变为现实时，自己却推脱退缩了。个中缘由，并非自己有什么远大的人生目标，更不是瞧不起教师职业，而是卑微下的自尊不适时地顽强地冒了出来，认为自己民办后永远转不了正，不扯这个蛋，老老实实当农民为上，潜意识中还是家庭成分"阴魂作祟"。其中，也掺杂了一丝莫名的自信，我总觉得一株禾苗有一滴水珠养，当农民同样没有过不了的日子。

当年，跳出农门吃商品粮，是乡村青年的终极梦想，有点门道的都千方百计想尽办法为此钻营，功成之日的高兴劲只有范进中举能与之比拟。而当时城乡分割鸿沟极深，农民的户口被严格禁锢在农村范围内，能跳农门的主渠道归纳起来不过这么几种：教书转正、参军提干、招工招干、顶替、读大学。最多的就是通过民办教师转正而跳龙门，我们高一甲班鼎盛时有十几位同学教书，相当部分修成了正果。而自己拒绝了这条路径，是不是还有别的门道呢？

招工。那年头，我们大队两千多号人，是公社最大的大队，每年招工去煤矿、农机厂之类企业的名额也就一个半个，大队干部的子女亲戚条件不够时，譬如年龄尚小，其他出身好、社会关系好又有点门道的人才有梦想。

招干。不知几年才有招人的，或搞运动时参加工作队，个别幸运儿留下了，却轮不到高成分家庭的子女。

参军。每年大队倒有几个，但非贫下中农子弟是不会去报名的，报了也没用。自己连武装民兵的资格都不够，更遑论解放军了。

顶替。即家长退休接班而跳出农门。这种世袭的事，前提是祖上积德，父或母在可以顶班的单位或岗位，而自己的年龄又在符合规定范围内。这样的幸运儿不多。

读大学。即1970—1976年招收工农兵大学生，这又是怎么回事呢？当时的口号也就是招生的程序是"自愿报名，群众推荐，领导批准，学校复审"。

"自愿报名"，谁不愿意跳出农门？问题是到哪里报名、怎样报名，谁也不知道，也根本不用知道。若真的去问，大家准会认为这是个傻子。

"群众推荐"，群众是谁，哪些人代表了群众，怎样推荐？谁也不明白。

关键是"领导批准"，主要是公社的领导，若有更上层的关系则更好，当然大队的头头要把你的名字报上去。

"学校复审"，那就简单了，只能从送上来的学员中审核录取填报了该校志愿的人，别无选择。

而经历了这些招生程序后的幸运儿，公社平均每年也摊不到一个。后来加了考试，也只是在被推荐的人之间进行的事，很快又被张铁生"白卷事件"打了下去，这样录取的学生的素质可以想象。有时候聊天，我自嘲，因为不自愿，从未报过名，所以没能上大学。

除上述正道外，也有特殊的。比如，文艺单位招演员而跳农门，但那也得看是什么人。

我大弟弟小我八岁，体育天赋特别好，小学三年级不知怎样练的，无师自通，前空翻、后空翻都能折腾出来。加之长得颇具工农兵形象，地区汉剧团要招他当小演员，大约就是武生学徒之类的。征求意见，家长高兴，但大队不同意，这事就黄了。为什么不同意，我们不清楚，无非是此等好事岂可落在成分不好的家庭呢！四年级时，剧团再次要求，结果还是不行。

大弟弟在我们公社的中学上学，是学校篮球队、足球队的绝对主力，乒乓球冠军、宣传队台柱、班长、团支部书记。1974年高中毕业，学校留他任教，又是大队不答应，说还没有接受贫下中农再教育，另推荐了一位大队干部的儿子。应该说这是一位好后生，但不具教师资质，学校没办法，只好安排他教体育，带学生做做操玩玩游戏而已。当时，实行贫下中农管理学校制度，乡村的中小学事务大队都有权干预。我很无奈对弟弟说，你在学校是条龙，回到乡下则是条狗麻蛇（家乡一种样子丑陋的四脚蛇），还是跟哥做木匠吧。恢复高考后，他考上了广东银行学校。这是后话了。

至于因政策特许嫁人进城而跳出农门，投亲靠友进农垦军垦华侨农场，虽仍从事农耕劳作，毕竟也算从农民变成了农业工人，还有迁往境外国外等难以尽言的门道，都与自己无关。

也有些人去往香港发展，借此跳出农门。梅县作为华侨之乡，港澳台同胞同样不少，时不时听到某某又去了香港的传闻。我们大队的一名青年则没有这么幸运，几次从边境线上被遣返。这类旁门左道的事，自己连想的胆量都没有。

（二）

　　跳不出农门，那跨过准农门是不是有戏呢？也就是成为乡镇企业职工，诸如在公社农机修理厂、建筑工程队、畜牧站等企事业做工，户口虽还在农村，但吃公社统筹粮、挣工资，不受生产队管辖，不用天天"面朝黄土，背负青天"，成为"洗脚上田"的农民。这在当时，可算是排在户口迁出农村美差后的好出路了。当年，家乡公社的企业没几家，许多工种必得有一技之长的工匠才能任职，要成为正式职工，除人事关系外，就得看个人的造化了。

　　1972年底，松南公社拟成立建筑工程队，自己有幸参加了当时的筹备会议，是不足十人的参会人员中两个木工之一。接着，我又在松南工程队承建的松南商店工地，小露了一把脸。

　　那天，松南工程队的黄业务，专程把我请到了商店的生产资料仓库工地。"业务"是官衔，队里的二把手，队长一般为行政领导，"业务"则负责工程事务和预结算，是最具实权人物。当时我在相邻的松口公社工程队做工，是一个工地的木工领班，属于搞副业的临时外出农民工。仓库工地是一幅长十几米、宽处九米多、窄处四米多的不规则梯形地块，要建成没有隔间梁柱的仓库兼门市。是时，工地已经停工，空地上三架已制作好的木质片杠，还没有往天面上安装，似在等待什么新的指令。

　　黄业务指着片杠以商量的口气小声问我，这种地块的天面架构这样行不行？当时二十挂零，少不更事，没有任何城府，见有人尊重，根据自己建筑木工的理解，没半点客气，我坦率直言，这种临街不规则地形搞一倒水天面，檐口须一直往上斜，瓦面长短不一，屋栋比商店正面还高，太难看了，和共用一墙的商店主体极不配套协调，像商场旁搭了个临时建筑；更主要的是片杠过长，十几米的瓦面，斜杠的木材须接驳，承重有问题，加之河边风大，存在倒塌的隐患。

黄业务脸色凝重，这是他和工地李木匠合作的产物，我的一席话说到了他的痛处，正是他所担心之事。这家伙是个老江湖，民间泥瓦匠出身，为人胆大自负横蛮，这回心里没辙，又想不出解决办法，身边的人也苦无良策，只好不耻下问："那该如何办？"我提议用"斩架"的办法，天面可建成两倒水，则所有问题都可以解决。我随即画了张草图说明，三架金字架，第一架是对称的正架，第二第三架为不对称的斩架，斩架短的一边双斜杠，一条用于支撑结构，一条与正架水平相同用于承架桁条。这样，临街的瓦面檐口整齐划一，檐口往上倾斜的另一面藏在屋栋的后面看不见，屋栋可以比原设计矮几米，低于主体商场，整体美观大方。更主要的是，金字架是一个结构严谨的整体，这样一改，最长的用材也不超五米，不用接驳，天面重量通过传导主要负荷在承重墙上，安全可靠。

黄业务高兴了，虽一句赞赏的话都没说，但当场决定拆除已做好的片架，按新的设计请我负责重新建造，墙体也更新改造，适应新的架构。

金字架自己参与或单独制作过不少，但这种不规整的"斩架"从未见过，更不用说做了。当时看到这种地块，脑子灵光一现，初生之犊不怕虎，新颖大胆的想法就在脑海中冒了出来。过后请教行业内道行高深的师傅，认为我提得非常科学可行，看来这是缘于自己相对扎实的建筑木工技艺和愿意动脑筋的结果。大千世界的不少创新大约就是这么来的。

事后不久，松南工程队公布正式职工名单，其中的两名木工没有姓卜的，上榜的都是没有建筑经历纯做家具出身的老木匠，一位曾和我一起参加筹备会，一位就是被我顶替的李师傅。他们都是好木工，更是贫下中农家庭出身的好人。这后面一条，在当时可是首要的硬件了。对此，自己虽有少许意外，但也感到非常正常，只是觉得又被"只能利用，不能重用"了一把而已。

如此这般，我也就认定这辈子就干"农民"这一营生了。

（2015年）

长相忆　最是那家门口的桥

"溪南桥头卜屋"，每每有人问起老家在松口哪里，我都这样回答。在外漂泊，邮家信封上的地址，紧跟在"广东梅县松口"后面的也是这几个字。梅江古称梅溪，家乡延续旧时叫法，把二百多米宽河面的梅江南北两岸，称之为溪南、溪北。

这家门口的桥，乡贤筹办，华侨出钱，始建于1936年。日寇南侵太平洋，侨汇中断，半途停工。1945年复建。1950年1月10日，晚我出生三个月后正式剪彩通行。桥长260米，宽9米，桥柱10个，德国专家设计，为单柱双向悬臂式钢筋水泥结构。是当年梅江河上仅有的三座大桥之一，因老家地处梅县之东，故名"梅东桥"。桥名由村里的老同盟会员、建桥筹办主任委员张作新先生题写。每个近两米见方的行书大字，雄浑遒劲，塑于桥中央的水泥牌匾上，为大桥增色不少。据说这是张老先生手握特制大笔，微醺下一挥而就的。

在没桥的岁月里，摆渡成为千年古镇南北交通唯一的出行办法。家门口不远的留隍渡口，清代建有"候渡亭"，溪北对岸筑有"登岸楼"，两相遥对，独具风光。江水滔滔，帆影点点，两岸高声唤渡，艄公噢噢应和。此情此景，乡韵悠悠，别有一番情趣。

而涉水行船既不方便又具危险，我曾听老人讲过一起凄美的故事。村里一位新嫁娘，三朝后回娘家，过渡时不慎落水，正是江河水满时节，顿时消失在滔滔江水中。新婚丈夫在留隍渡口痴情苦守三个月，终身未续弦。悠悠古渡，茫茫江水，诉不尽衷肠。

一桥飞架，结束了两岸乡亲隔江河的历史，免除了四时风雨舟楫往来的苦险，尤其便利了溪南村民往北岸街市趁墟赶集营生，极大地促进了家乡商贸物流人员交往、经济繁荣。

长虹卧波，梅东桥高高越跨在大江之上，朝迎旭日，夕影斜阳，伴随着起伏的汽笛声，连成一串的驳船，在火轮牵引下，像一条条巨龙在几十米高的桥洞里穿行，为温婉灵秀的家乡增添了一处亮丽的风景。

桥上四顾，群峰环伺，山下肥田沃土，舒缓平坦，间杂着起伏的小丘，梅东桥正处松口小盆地中央。

大桥北岸连接着依江而建鳞次栉比的店宇，一千多米的临河长街蜿蜒起伏，大大小小二十几座码头错落有致地分布其中。家乡因水而旺，最高峰时每天有300多条船只停泊，6000多名旅客进出，曾经是广东第二大内河港口，闽粤赣客家人下南洋的首发站。

大桥南端牵连着阡陌田畴、鱼塘屋舍、榕荫竹影，八条古榕在桥头两边沿岸一字排开，遮天蔽日，一派诗意图景。

桥上远眺，南北两岸上下游的"竹林夜雨""甘露纳凉""元魁倒影""留隍唤渡""宝盖晨钟"——松口旧时著名八景中之其五，尽收眼底。梅东桥两岸收纳了松口风光精华。

八乡四邻村民，赶集、办事、买卖、上学、闲逛……桥上每天人来人往。邻人挺哥，在镇上戏院帮闲，自行车还是稀罕物时，每天踩着海外捎回的"三枪"上下班。分头油亮，衣饰笔挺，他在桥上经常双手离把，作各种花式高难动作，桥头五十度水泥斜坡照样不离座滑行，成为昔日桥上引人瞩目的一道风景线。

追逐玩耍、六年求学、纳凉漫步、劳作谋生……千百万次的脚步在桥上重叠，家门口的桥，留下了自己的懵懂童年、无羁少年、艰苦忧伤青年的印记。

秉承客家男人外出谋生的传统，曾祖和祖父，从留隍渡口过江，在火船码头乘船南下汕头，再越洋到海外打拼。梅东桥诞生一周年后，父亲从桥上走过，只身坐船而下，到了邻县谋生。1978年梅东桥更是驮着我自己的脚步，从老家走向改革开放的远方他乡。

青丝变成了华发。我回到家乡，漫步桥上，凭栏远眺，过往的模糊逐一变成具体的人和事，仿佛儿时水上桥下嬉戏玩耍的情景就在眼前。

几个小伙伴一齐，从南岸大榕树下码头跳入水中，游向江心，爬上主航道旁的船形桥墩。桥洞里川流不息的船只就在眼前脚边，扮鬼脸向船工致意，在火轮卷起的浪花中雀跃欢呼，享受无邪的欢乐。北岸桥底沙滩上，小伙伴们玩累了，躺在桥墩上，看桥底燕子呢喃飞进飞出，衔泥垒巢，捕食喂雏。那时相信，这一掠而去的众多精灵，和自己老屋的堂前燕是一家子，这一律的黑色燕尾服白肚兜，一点也分不清谁是谁家的孩

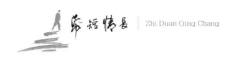

子和父母。

身在异乡，每当看到梅江河水泛滥的消息，就想起少年不识愁滋味，涉水冒险走上被洪水围困如孤岛般的桥面，凭栏观看浊浪滔滔、咆哮东去的景况。是时北岸古街楼宇拦腰被斩，南岸水漫田庄，房屋瓦顶在汪洋中无语凄凉。横无际涯的江面不时漂过木材杂物，以及或死或活的禽畜。桥面接合部的桥板明显左右错动，大桥在洪峰中颤抖。梅东桥和两岸民众一道，奋力抗争洪魔肆虐，传递着不屈的信心。

回望故乡，家门口的桥是脑海中永远不会褪色的地方。夜宿桥上，为生产队晒稻谷，不时东边日出西边雨，手忙脚乱落汤鸡似的在桥面上抢收。来不及去除衣物，跳入江中打捞木排遇险撞击桥柱散失的木材……青春在大桥上下躁动飘荡。多少个夜晚在昏暗的桥柱灯光下纳凉，十几二十几位青年，在嬉笑声中享受劳累一天后无聊的欢娱。江风习习抚慰着不见前路的茫然忧伤，从桥栏缝里向大河撒尿，犹诵"飞流直下三千尺，疑是银河落九天"诗章。

漂泊在外，不管身在何处，只要一看见梅东桥的图片，内心顿生一股浓浓的乡恋。随时光流逝，家门口的桥变成了一个符号、一个标志，那就是老家故乡，就是亲情乡亲，就是思念眷顾，就是港湾团圆……一个个温润字眼滋养心田，暖意融融。

斗转星移，时移势易。因公路铁路兴盛而式微衰落的内河航运，使松口失去了中枢地位，伴随而来的商贸退化和人员外迁，带走了古街昔日的繁华荣光。江流不息，古街落寞，梅东桥目睹了中华人民共和国成立后古镇港口街区的兴衰荣辱，无言化作缄默。

岁月风霜，从步行桥到公路桥到限行大车危桥，梅东桥在发展中衰老，但它依然忠实地履行着与生俱来的职责，发挥着跨越障碍、延伸旅程的大型构建物作用，忙碌地渡人载物，默默地奉献着无言的大爱。

家门口的桥和自己一样在岁月中老去。我静静地站在桥上，轻轻地抚摸着崩角的桥栏柱头，感念这一同出生、陪我历练成长的大桥，更是一座使自己和家乡情愫缱绻的连心桥。

（2018年）

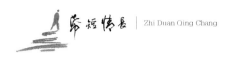

情牵元魁塔

乡下老宅旁，新建小楼，向东的大门，隔河正对元魁塔。

梅江河自西向东，滔滔二百多公里后，在我们村尾突然转身向右，径直向南而去。打开广东地图，梅江从东向南勾勒出的美丽弧线内湾里，就有我的祖屋新居。

弧线拐点处，丹霞地貌的两座小山，状如雄狮大象，南北对峙，扼守着逆流而上的松口大门。"狮象滩头浪滚雷"，外地官员舟楫，每临"狮象把水口"险地，均偃旗息鼓，悄然而过，说这是出人物的地方，不得惊扰。元魁塔正筑就在北岸狮头前伸向江心的回澜悬崖上。

元魁塔始建于明万历四十七年（1619年），竣工于崇祯二年（1629年），距今已近四百年。该塔为乡人明末翰林李二何倡建。李中解元后四次上京会试受挫，憾松口"山川文峰欠佳"，建塔以补风水之不足。终在塔落成前一年高中进士，改初建时的"松口塔"为"元魁塔"。

元魁塔高41米，为九层八角楼阁式砖石塔。塔前建有文昌阁，香火鼎盛。塔基下峭壁百仞，江水回旋，深深不知几许，被称为"塔下潭"。

迎朝阳，送晚霞，每当风清月白之际，塔影倒入碧潭，水面婆娑，别有一番诗情画意。"元魁倒影"遂成旧时松口八景之一。

元魁塔的修建，传承光大了松口崇文重教传统，给家乡带来了文运，明清两朝出了四位翰林、九位进士、二十七位举人。百年以来，不少仁人志士、社会贤达、院士学者闻达于世，松口成为有名的人文秀区。

元魁塔门联为李二何亲撰："澜向阁前回，一柱作中流之砥；峰呈天外秀，万年腾奎壁之光"。文昌阁则是李二何藏书授课的地方，门联"文峰永秀，梅水长流"，与上联一起，很好地描绘了眼前景况，又寄托了文运源远流长永世不竭的愿景。塔阁一体，相互辉映，成为松口文运昌盛的象征。

当年文昌阁供奉的无疑是主管文运功名的文昌帝君，可松口人一直称此为财神宫，赵公元帅也确实端坐其间。多少生意人，大年初一扎堆漏夜赶赴文昌阁，抢烧头炷香，向财神祈求一年生意兴隆财源广进。

我一直疑惑不解，何时赵公明挤进了张亚子居所，登塔进阁祈功名，变成了求神发财的营谋？

有人认为，文昌阁建于塔下潭上逆水之处，水管财。有好事者将财神爷安在了阁中，祝愿松口人大富大贵。后人也就称此为"财神宫"了。

2018年国庆回老家，我专门造访元魁塔下文昌阁，发现阁里不知何时多了许多神仙菩萨，保生真君、关圣帝君、元始天尊、玉皇大帝、太上老君、张天师、韩文公，与文昌帝君、财帛星君排排并坐，观音菩萨在前导一列，共同享受信众的膜拜。各路大神齐集，儒释道共处一阁，和谐共存，凡人有什么祈求，在这里都可找到受理奇望的真神，仿如当今办事大厅，真是大大方便了家乡善男信女，香火自然也就更加鼎盛了。

阁里受奉诸神的变化，想想也没什么奇怪。读书求出路毕竟是少数人才能达至的愿望，发财致富居家平安才是万千百姓的本心。文昌帝君与诸神并列，这是世道变迁，功利实用的体现。挂文昌招牌，售财神内容，精神沦为包装，财富才是内核，拜金主义盛行，崇文重教精神何处安放？这种重物质轻文化风气的蜕变，正是今天家乡教育从顶峰逐步沉沦的症结所在。

李二何倡建元魁塔，文字记载是为弥补文峰欠缺；而民间传说是河道凶险，为镇河妖保舟楫平安而建。自己作为塔对岸的溪南人，一直听老辈说，李作为溪北人，建塔用于镇守河口，防溪南"五卒过河"，出更多人才压过溪北。传说自然不可信，但不管何种因由，李二何为家乡留下了一处今天的省级文物保护遗产，元魁塔还曾入选1982年广东邮局十大名塔邮资票花，也成为了自己春游秋兴的好去处。

记忆中第一次游塔，应是幼儿园或小学低年级时。一群小伙伴，过梅东桥，沿河往村对面的元魁塔而去。直线距离看似不远，绕道过河，走起来却有四五里路之遥。爬过小山，越过曲折石级，进到塔内，望着高达六七米，没有栏杆，沿塔内砖墙盘旋而上的数层窄窄石阶，大家心里发毛，不敢攀爬，不甘而返。

稍长，还是这群小子，相互鼓励壮胆往塔顶爬去。从第二层开始，登塔通道为嵌在砖墙内螺旋而上的巷道，仅容一胖子通行。各层门窗对开,供通风采光,有歇息平台,可观风景。越过154级台阶,至第八层,可通塔外贯通围栏。我站在宽不足一米,距江面百米的围栏上,仿佛悬空而立,江风凛凛,身飘脚软、头晕心战,挪不开脚步,更不敢俯视塔基,只能背靠墙体向远处张望。

多年后,一次回乡,我与家人一同登塔。伫立塔顶,看着身旁欢欣雀跃的孩子们,思绪万千,感慨良多。

松口作为著名侨乡,是客家人海上丝绸之路的起点,下南洋的始发站。风雨中耸立无言的元魁塔,成了背井离乡松口人的思乡塔。离人站立船头,含泪挥别故土,泪眼朦胧,最终模糊了视线的画面,就是这迎江而立的元魁塔。我的曾祖和祖父,先后漂泊印度尼西亚,相信和其他游子一样,在苦厄拼搏中,对亲人故土的思念乡愁里,总离不开那别离时,隐入层叠山峦的元魁塔,对家乡地标的最后一瞥,回首却是一生。

最近一次,是我退休后,与北京自驾南下的四位同学一齐登塔。都是过了六十的人了,脚步缓慢,几次在平台歇息,上得塔顶,豁然开朗:白云悠悠,远山苍苍,梅江如带,翠竹成行,田舍错落,秀美风光。

大家陶醉于山水诗意田园,更是惊奇于塔顶一棵百年小叶榕的雄奇刚强。古榕根茎紧抱塔身,匍匐盘缠,树瘤斑驳,记录下岁月的冷暖沧桑。几根干枝二三米高,大碗般粗细,枝疏叶少,扭曲着努力戳向天空,盘虬卧龙,似栽在塔顶上的大盆景。古榕根须钉入塔身砖缝,顶风霜耐苦渴,艰难图存,在严苛的环境中延世百年,以顽强的生命,诉说着与塔共存的悠悠

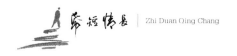

深情。

这几年，每年几次回老家，我站在新居大门口，遥望元魁塔，时有沧桑之感。

成年后，在乡下忙于劳作觅食，我一次也没到过元魁塔，即便在塔旁船厂工地，带班做木工一年多，也没靠近塔基一次。当船夫时，多少次夜晚在塔下潭村边河湾里泊船，银辉朗照，水碧沙白，竹影摇曳，躺在船头仰望直指苍穹的塔尖，心头维系的却是油盐柴米，感受的是独守孤舟的艰辛，无所寄托的苦闷，竟没有半点身在画图中的闲情逸致。还曾和发小怀揣鱼炮，到塔下潭炸鱼，丝毫没有大煞风景的愧疚感。

今天，时移世易，望着元魁塔，沧桑的乡愁，经过时间的发酵，苦味、涩味都已挥发，只留下了美好的甜味。

四百年风雨，朝纲更替。如今，尽管陆空繁荣，水路冷落，元魁塔仍屹立江畔，守护一方，作为家乡的象征，铭刻在游子心中。

（2019年）

民以食为天

　　星期六白云山品茶闲扯，谈到现在城市孩子，不少锦衣玉食，吃饭挑三拣四难以侍候时，一老乡诉苦，她家上初一的宝贝，在美食包围下，每餐面对规定要完成的半碗米饭，常自叹"谁知盘中餐，粒粒皆辛苦"——别误会，不是慨叹粮食得来不易，而是悲悯自己吃饭艰难，粒粒难以下咽。

　　感叹之余，联想到自己，踏上初中一年级时，正是国家刚度过"三年困难时期"的1962年，"三根筋儿挑着一个头"，当年造成的后遗"尊容"，还未完全改变，饿饭情景犹在眼前，对食物的渴望十分强烈。同样年龄，不同时代，在吃的感知上，可谓天差地别。

　　"三年困难时期"的饥馑，亲历者都可以说出属于自己的一串故事。毕竟当时自己还小，人也单纯，除了饿，没有更多的感受。倒是随着年龄渐长，温饱仍未解决，对"饿饭"有了从肉体到精神的切身体会。

　　上世纪六七十年代，所处生产队人均三分多水田，旱地极少，好年景每人也就三百多斤稻谷，但在大队十二个生产队中已属上等，不少生产队只有二百多斤，一年粮半年也不够。家家只能"有计划按比例"地节约用粮，竹筒量米，饭钵蒸饭，每餐定量。一般家庭，大人一餐三两或更少，小孩减量。荤腥

难见，没其他副食，几两米饭在没油水的肚子里，一转身就不见了踪影，经常处于半饥半饱状态。

读初中时，自带午饭，几位同学常在路上就把饭吃了，中午只能饿着。两顿并作一顿，肚子容量一点也没问题。长大后，夏收夏种农忙，日长似岁，我们几个使牛做田的哥们，下午三点出门，肠肚空空，没什么充饥，在毒太阳下，步履缓慢沉重，自嘲罪犯押往刑场，可能就是这般迈不开腿。

王岐山谈到上山下乡在陕北插队饿的感觉时说："跟黑龙江的同学见面后，我都想哭，他们干活累了至少还吃得饱啊，我这是累了还吃不饱，知道饿是什么滋味了。"柳传志说："知道什么叫饿吗？那就是耗干净你身上的脂肪，然后再耗你的肌肉。"那时我们村没一个是胖的，多数人都有一副"骨感的好身材"。

青黄不接的春荒时期，总有吃了上顿没下顿，揭不开锅的断炊人家，赊借、典卖、瓜菜代、返销、救济……除了偷抢，想尽一切办法把日子延续下去。我们叫义哥的邻居，五十出头，平日饭量大，每到这时节，政府的返销或救济，非贫下中农家庭的盼不上，不时饿得要扶着门框，才能迈上大门台阶。

长期粮食不足，总处于温饱难求境遇的感受，绝非今天一顿或几顿没吃，抑或没吃饱所能比拟的。这是一种看不到头的焦虑，仿佛走在没有尽头的黑夜，不知光明何时才能出现。人也因此变得单纯，在许多场合，主要"谈、想、梦"一样东西，就是吃。田间地头劳动，不时有人提起吃的话题，诸如红星茶室一两粮票一个的包子，保证能吃三十个；两斤米的饭，不用菜，一顿吃下去没问题；某人婚宴的扣肉多肥美之类的"精神会餐"，让人明明白白地听到潜藏在意识深处欲望的呻吟。

那时农村围绕着吃的故事特别多，饥饿让人变得小气，也变得没有尊严。许多让人心酸脸红的事，今天都不好意思再提。

"吃了吗？"这流传了千百年的中国人见面时的问候语，可能是世界上最具人文关怀的打招呼用词。远古至今，人们艰辛劳作，为的就是有饭吃，最关心的是能否吃上饭的事，沿袭成见面时的问候就是"吃了饭没有？"农村社会主义建设，在我们那地方，不管名堂如何堂皇，口号多么高亢，其实也就是为了解决吃饭问题。时代翻过了多少页，直至上世纪70年代后期，这个问题仍未能有效解决。"吃了吗？"这句习惯的客套话，仍具有以吃为天的社会生活特点。饥饿的"义哥"们若回答"没吃"，谁递上一个地瓜，半碗白粥，这将是多大的人文恩典，比之"您好""晚安"之类的儒雅礼貌，"吃了吗"的粗野低俗，在那时实在是亲切暖心，充满了人情味。

绝不是说从来没办法吃顿饱饭，特别是在春节、端阳等农历节日，再艰难的人家，也要想办法储备几餐饱食，见见荤腥，搞点应节花样犒劳自己和家人。母亲平日有时也整一锅菜丸子给我们打牙祭。摘一大畚箕学名叫莙荙菜的猪食菜，煮透切碎，和上木薯粉，捏成丸子状，放在盘子里蒸熟，加上原来的一钵饭，肚子很满足，快乐高兴一整天。偶尔在菜丸里拌上几把捣碎的炒花生，放凉后，滴几滴猪油，几许鱼露，研几粒

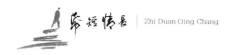

胡椒，在热锅里过火再炒，那就成了极品，足以让人津津乐道一阵子。

也曾在喜宴或丧礼上饱餐。那年村里二叔婆过世，刚分夏粮，丧事主厨老通叔婆，觉得死人不食人间烟火了，她名下的粮食可以恩惠众人，便自作主张，在殡葬当日，一钵饭半斤米，放开让帮忙的人管饱。我们十几位鸣锣执幡燃炮的仪仗队后生，分坐两席，把桌上木薯丸子之类，主要是碳水化合物为原料的七八碗菜一扫而光，每人外加一钵饭，有人甚至两钵，个个闹了个肚儿圆。很长时间，我们都以这次丧席上的表现，给各人肚量英雄排座次。

当时家乡山区田多人少的地方，饱饭没问题，且有余粮在自由市场出售，很为我们缺粮地的人所羡慕。其实以粮为纲，什么都得拿米去变换，他们日子也过得不容易。我的小姨子，周边有多少人家上门提亲，丈母娘就是不答应，执意要把她嫁到田多的山里。四个女儿，三个女婿都是好人，但均处不养人的地头，老人家确实是饿怕了，她得让最小的女儿到能吃饱饭的地方去。

70年代自己的小家，我们让孩子吃饱，父母则有分寸地节制。家里所需粮食，起码四分之一是在集市买的高价米。当时公家粮店大米0.142元一斤，需粮票或居民粮本定量供应。高价米随行就市，一斤0.4~0.5元，我曾买过0.7元的。生产队一个劳动日不到两毛钱，有的生产队甚至才几分钱，干一天活，只挣买一根冰棍的报酬。年底结算，不少家庭的工分值不够口粮款，入不敷出，自然谈不上分红支取现金了。我和妻子两个壮劳力，刚好不欠生产队的，木工手艺等搞副业所得，主要用在买高价粮上。为了几张嘴，为了不饿饭，一年到头，家里能储集的钱都花在填肚皮上了。

一次在局办公室，我说到当年拼命干活，为的就是有饭吃，不挨饿，还不敢奢望吃饱。几个二三十岁出头，生在广州的女同事，张大嘴巴，满脸狐疑地说，不会吧，不至于吧？她们觉得，吃不饱的事，只能发生在遥远的过往旧时代，局长是在跟她们编故事。

"衣食足而知荣辱"。当年不要当干部的光环荣耀，辞掉大队企事业会计一职，为的就是便利打工糊口，靠非正业的"走资本主义"，使自己免于缺粮断炊。由此，我对搞副业心得很深，大学毕业论文选题，就是"论家庭副业"。从理论高度，正面反面，国内国外，洋洋洒洒，论述家庭副业的正当性、必要性，是社会主义经济组成部分，应大力发展云云，最终以优等成绩入编系《优秀论文选》。

"民以食为天"的观念源远流长，老百姓一直把粮食看作生命的根本，视吃饭为天一样大的事情。俗语所谓"开门七件事"，讲的几乎都是吃的事。死刑犯临刑前那句"死了也要做个饱鬼"，更把"吃"的问题推向了极致。因饥饿引发社会问题，甚至造反的事，世界各国、历朝历代，层出不穷。

青年毛泽东在《湘江评论》创刊号上提出，"世界什么问题最大？吃饭问题最大。"这也是基于"民以食为天"，对中国社会的深刻认知。抓住这个根本，才有打土豪分田地，农村包围城市，共产党得天下。

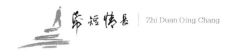

"国以民为本，民以食为天"，"民为邦本，本固邦宁"。农村长期照搬书本定政策，按某种固定理论生产生活，过于强调姓"社"姓"资"，不敢越雷池半步。说起来冠冕堂皇，其实脱离了生产实际和生活，苦了老百姓。农民仅仅因为包产到户这样简单的改变，就有了截然不同的劳动表现，从而改变了自己乃至中国的命运。

中国那么大，各地又千差万别，当家人首先要想到的是，如何让人人有饭吃，然后再谋其他事。对种田人来说，这"主义"那"主义"，能吃饱饭的是最好的"主义"。

（2016年）

那缕抹不去的乡愁

（一）

梦回老家，梅东桥向南，一条卵石路在脚下延伸。

赤足穿过卵石路左侧三棵斜逸的老龙眼树，被朝阳影绰拉长的身形，在右边波光粼粼、几十亩方圆的郭子塘水面上闪动。途经卵石路尽头孤独的海记理发室，进入穿村而去连接各家各户的泥土小路，左拐不远，就到了我的老家祖居地——梅县松口溪南桥头三栋屋。

改革开放后，连接梅江南北两岸的梅东桥，由步行桥改造成了公路桥，填埋拆迁，郭子塘水面成了街道商铺住宅、卵石路、小屋、老龙眼树消失了，小车可直接开到家门口。改变已近四十年了，可那一回梦里故乡，都是那条连接桥头的卵石路，隔了几十年的时光回望，小路早已迤逦着走进了自己内心深处，无可更替了。

卜屋村旧有的六七座大屋，包括三栋屋，大都无人居住。面对参差错落的新居小楼，活在当下的我，却深陷回忆的泥潭，在旧岁月里流连。

曾经，早晨、中午、傍晚，家家屋顶上的炊烟，轻轻袅袅飘荡在村庄上空，柴草的辛辣味里裹挟着五谷饭香，无声地召唤劳作的家人、读书的学子、淘气的小孩回家。这千百年来水墨丹青般的炊烟图，随着时代变迁，在老家几近绝迹。薪柴代之以天然气，水泥楼房置换了几代人居住的瓦房大屋，从屋脊高处顺势而下，俯仰相承的一片片青瓦，少了炊烟的吹拂，没了人声灯影的陪伴，显得了无生气，一片颓败死寂。

三栋屋左侧横屋第六间房，曾是自己也是孩子出生居住地，房门窗棂被时光剥蚀得木纹突起，窗户上残存的铁纱窗，手指轻轻一碰即崩塌一块，房子里杂乱地堆放着永远也用不着的桌椅杂物，倒是房门旁"文革"时油墨刷印的毛主席头像，仍然清晰明目注视着前方。这破旧的老屋，有我童年的美好，亲情的温暖，以及曾经的悲欢离合。如今，归家的游子在这片屋檐下，产生了"故土沦陷"的错觉。

曾经，老屋四周的荒野，打野战，捉迷藏，抓牛牯骚，黏捕鸣蝉，翻找蜗牛壳斗硬，拔酢浆草"打架"比韧性……是我们打闹撒野的乐园。夏秋之间可以在荆棘丛中找到晶莹泛红，其味酸甜的浆果，估计就是属于树莓一类的，鲁迅笔下百草园中的覆盆子。这种植物枝蔓带刺，连叶片边缘也长成硬尖刺状，果实如粒状小珠垒成的小球，有小指头大，我们管它叫"簕波子"。客家话中，"簕"意为荆棘或刺，"波"为"球"，"子"是语气词，合起来就是"荆棘中的球"了。找到这种浆果是很开心的事，吃时先做一个规定动作，放在嘴边对它呵气，说可以把蛇、蜈蚣等邪物放的毒去掉。这自欺欺人的创意"智慧"，使我们这群馋嘴的野孩子吃得心安惬意。

现在老屋周边种上了新房，道路硬底化，蛙声虫鸣远了，浆果没了，野趣也消失了。

曾经，我最怕每月一次的剃头，特别是夏天，披上围布，豆大的汗珠就往下滴，夹杂着剪碎的毛发，撩刺得脖颈面颊痒辣难受。海记理发室的主人——海哥有自己的降温妙招。一块厚实的布幔吊在半空，下端引出的绳子牵在顾客手里，拉动绳子，布幔在动力和惯性作用下来回摆动，向下播送微风。这种剃头铺的"自助风扇"，早已被美容美发厅的电扇空调代替了，但那悠悠摆动的布幔，海哥总是讨好人的笑容，却深深地镶在了我的脑海里。

时代在发展，社会在进步。生活中现代元素充斥，原始古朴少了，消失了，过往成了历史。以我的经历，说愿意回到曾经的时光里，那肯定是矫情做作。但忆起逝去的乡村生活，温暖的情感即涌入心田，过去的时光如同一位蒙上面纱的仙子，隔了光阴的路望过去，觉得好美。这种对曾经的留恋和缅怀，大概就是被称为"乡愁"的情愫吧。

（二）

梦回老家，夏秋纳凉，每每都在"大板"上逍遥。

曾经连接梅东桥与卵石路的水泥缓冲回旋平台，一二百平方米，架空在郭子塘水面上，村民称之为"大板"，即一块平坦宽阔地之意，有三个出口连接上寨、中寨、下寨自然村。微弱的桥柱灯光下，我们七八个、十几个、二十几个年轻人，斜靠或倚坐在大桥边缘栏杆上，打闹嬉戏、撩拨路人，家长里

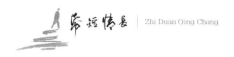

短、谈天说地，打发劳苦之后百无聊赖的漫漫长夜。

江风习习，河水哗哗，北岸古镇吊脚楼灯光闪烁。近旁河岸老榕树下，邻人老李，一位被从广州清理回来的中年汉子，又拉起了二胡。不知曲调的幽怨悲怆乐声，合着那年代始终是话语主题的关于吃的遐想，使人特别感到肚子空空的饿。饿而偶有出格，会偷割村里面公社集体的包菜，凑份子煮菜粥宵夜。

那时农村社会主义建设，就是生产队的集体劳动，在我们那里，可以简化为一句话——解决吃饭问题。当时个人自由活动的空间很小，大家集体出工，闲暇时间年轻人也聚在一块，行动都是团队式的，头脑和日子简单纯朴。

为了在晒谷坪上架起篮球架，大家一块找废铁到打铁铺制成篮筐，一齐到山里砍树抬回村里，动手弹线开板制作，整个过程无偿自愿，属于为自己为他人的集体行动。洪水来袭，低洼村庄汪洋一片时，公社一位干部登门一呼，没有二话，驾起小船，连夜抢险救人，漏夜巡视安抚灾民，报酬就是那碗有点肉星的稀粥。每次农忙结束，年轻人一齐向生产队预支几角一元的，集体到镇上小饭馆，大肥肉炒面、廉价土酒，然后腆着大红脸，蹒跚搀扶着回家。连续几个大年初一，十几二十位青年，横排着穿过梅东桥到街上闲逛，挤迫得路人尽往旁边躲，自觉高兴好玩，不管他人侧目。我存留的1970年春节初一，28条汉子逛街后在照相馆的合影，当是那时的标准照，全体毫无表情地木然，没有一张笑脸。

物质短缺，日子清苦，但大家平等地受穷，安宁地卑微，一起臭汗迸流，一起无怨忍受，一起宿命心甘，就像家乡漫山遍野的山稗子，在贫瘠的山地上顽强生长，低贱地开花结果。

近三十年的草根生涯，使自己一直也高贵不起来，连微信的昵称也用了形意结合的"卜佬"称谓。原本姓卜，再加一个佬字，广州话"卜佬"，就是指土家伙的乡下人。但也不曾低贱下去，本真、淳朴、厚道、善良的客家草根秉性，使自己不生非分之想，不使坏，不害人，不张狂，不逾规，平凡着，坦然着，过自己的日子。

对故乡流淌的青春的顾盼，承载着一段不愿遗忘的岁月，一份恒久的乡土情愫。思念归思念，那曾经的"贫穷社会主义"日子，横竖是不想再过了。

（三）

梦回老家，千年古镇松口，勾起多少悠悠乡思。

作为客家人下南洋始发站的家乡，相伴着奔流不息的梅江，曾经阅尽千帆，目睹无数远走番邦先辈的成功与悲欢。

旧街区漫步，那墨青色的石板路，遮阳挡雨的骑楼，古旧的街道，墙皮斑驳的房舍，夕阳下的老桥，悠悠的江水，使人感受到了从时光深处流淌而来的宁静、安详、繁荣和苍凉。

火船码头几十级的台阶，曾经叠印着先后下南洋谋生的我的曾祖和祖父的脚印。他们从这里上船，奔向前途未卜的漂泊地，独在异乡为异客，艰难悲怆，从此没再返回故乡。

联合国教科文组织在松口原港务所码头，建立了世界第七座，中国唯一的移民纪念广场。其中纪念碑上名为"家园"的一组雕塑，反映的主题之一，就是客家先辈们坚毅不屈、开拓进取的精神和家国情怀。东南沿海先民"下南洋"，远比同时代中国北方人"闯关东""走西口"悲壮辛酸。人们记不住他们抛家离土的悲凉，只记住了少数成功者还乡时，登上火船码头的荣光。

随着国家的富足强盛，今天人们已不用如此艰辛闯海讨生活了，但同样往国内经济发达地区聚集，打工求仕经商。当年华侨漂泊的艰苦卓绝，变成了今天农民工的挥汗打拼。地少人多、经济欠发达的现实，迫使大家外出觅食，延续着客家民系不屈的艰苦图强。

家乡在快速前进，困扰千百年的"吃饭"问题基本解决，商品充裕，新屋林立，交通便捷……但同时也有一些魂掉在了奔跑的路上。

开始，为解决温饱，目光耽于脚下，无序开发，"握手亲嘴楼"拥塞，华侨戏院广场改建成商品楼以切实用，人文精神何处安放！大批打工一族，缺少更多的精神寄托和文化熏陶，在经济大潮中迷茫，对腐朽的一面吸收很快，赌博买码之风盛行，吸毒已不是个别问题。温饱无忧与价值观缺失的反差，使人感到的是失衡的繁荣。

这几年回家，总觉得待客之道变了，摆一方桌椅，再加一副麻将或几副扑克即可。人们在牌桌上吞云吐雾，嬉笑怒骂，昼夜不分，乐此不疲。"生活中不相信眼泪"，相互间疏离了，人情味淡了。

社会激烈转型，大量农民从土地上解放出来，不以土地为生，从根本上动摇了原有乡土文明的根基。大家束缚在集体土地上刨食形成的，固有的管理架构、传统习惯、经济关系、人际交往发生了变化，而市场经济条件下成长的新秩序，尚未成熟有序，新的东西生长了，但失去了旧有的温馨，发展中的无奈，让乡愁在感受富足繁荣中平添了失落、焦虑和期待。

今天，松口在新农村建设大潮中，借着"中国历史文化名镇""广东十大海上丝绸之路文化地理坐标"等众多光环，正在围绕梅江韩江绿色健康文化旅游产业带建设，整合丰富的历史文化资源，努力重现"南洋古驿道·客侨海丝路"的繁荣。我们这些游子，期待着乡愁落脚地，更美好的辉煌！

（2016年）

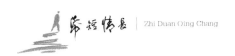
闲散过大年

岁末，"年"吹响了集结号。

春运车上，那些挤成一团，千辛万苦的男男女女，全都眼巴巴地渴望着去享受一种情感需求：回家。以亿次计人口为此而流动奔波，我和老伴也身处这一年一回，超过人类历史上任何一次人口迁徙的洪流。有钱没钱，回家过年。

（一）

老家松口，直系长辈已凋零入土，高龄百岁的丈母娘，去年也终归驾返瑶池，一年中为探视她老人家及祝寿、送终，曾三次回到老家。自己也是往古稀之龄靠的老人了，可一到年近，照样思思念念地想着回家，是习惯，是乡思，更是对家乡说不清、道不明的缠绵缱绻。

时代在发展，传统节日也在改变，人们普遍觉得年味淡了。以往让孩子们雀跃，可循声而去的舞狮锣鼓没了，各种迎神祭祀的庄重仪式感大大减弱。特别是物质生活水平提高，对最能彰显年味的"吃"的渴求变得无所谓后，人们对年失去了过往那种虔诚与重视。多元文化影响下，更多的人充分利用过年的闲暇，沉迷于电子产品中的热闹，麻将台、扑克牌桌，成了最能吸引人的地方，玩两圈、甩一把，小赌怡情，随处可见。

在这辞旧迎新的日子里，除了祭祖，那些迎春接福，和神灵对话交往的事，都和自己关系不大，仅领受由此而来的刺耳鞭炮声而已。我享受更多的情感却是怀旧，故土、血缘、乡情等诸多元素，在春节老家聚集，满足了潜藏在心底的忆旧需求，这也是外出漂泊者春节回家的巨大动力源泉。人老了，往前看不到更多的东西，回望就成了主旋律。正如梁启超说的："老年人常思既往，少年人常思将来。唯思既往也，故生留恋；唯思将来也，故生希望心。""老家"这个自己的成长出发地，成了年老心灵归依的最好港湾，脑海里尽是故乡29年青葱岁月的印记。

在新村老屋漫步，左邻右舍、老友新交、昔日玩伴，就着眼前景物，不经意间谈起的过往，偶然碰到的什么细节，都会把沉睡在自己记忆深处的故事，一下子拽到眼前。十几位高中同学聚会，谈现在说过去，细数当年"男女授受不亲""老死不相往来"的囧事，调侃没早点"下手"的遗憾。追忆七位已逝同学的点滴，感慨人生短促、岁月无情，相约不超九十九，谁都不能走。谈笑间仿佛穿越了青涩年华，让人实实在在地触摸到了昨天和前天。

（二）

乘着和煦的阳光，我把乡思扩展到全镇。十多天的老家生活，大部分时光外出漫步，闲散在美丽乡村和人文景观上。

我和已赋闲在家的堂弟，驱车在洋坑、车田、官坪、仙溪等村落闲逛。少年时需一小时多路程的地方，现只花十几分钟车程。沿途小楼错落有致，硬底化道路穿村接户，房前屋后轿车随处可见。阡陌田畴，漫山遍野，富了村民，美了大地，全是金柚的青绿。这些年少时因劳动、旅行曾涉足的地方，由于诸如"白凉亭"之类地标的隐没，已全然没了印象。只是当我在洋坑水库堤坝上驻车，堂弟提起前面就是洋坑石灰窑旧址时，才猛然想起，中学时多少个星期天，我挑着两粪箕石灰，就是从这堤下蜿蜒小道负重前行，为学校夯筑三合土围墙流汗出力的。现石灰窑早就没了，后建的水泥厂为环保也已拆毁，小道不见了，乡村公路从堤坝上穿龙而去。初中时我曾参与挑土筑坝的官坪防洪堤，堤面铺设了水泥，树起了街灯，通行了汽车，成了景观带。家乡变了，当你揣着闲心细看，天光云影，满目苍翠中点缀着白墙碧瓦，真如前两年北京来的几个同学说的，松口就像一个大公园啊！

拜访慕名已久的铜琶村"爱春楼"，看到的却是这座孙中山先生1918年曾下榻三晚的名楼行将倒塌的凄凉晚景。主人谢逸桥、谢良牧兄弟是第一批同盟会员，谢氏家族在南洋斥巨资捐助中山先生革命，邑人沧源兄有专著《古镇侨魂》，讲述两位先生毕生奋斗为共和的故事。我和堂弟到访，隔邻居住的谢家后裔，专门开锁领带参观，后又茶点款待叙谈。我们看到，门楼尚好，中山先生手书"博爱从吾志，宜春有此家"对联仍在，但砖木结构的两层大楼，年久失修，杂草丛生，遍处漏水，二楼已不能登临，后堂开始崩塌，作为县级文物保护单位如此破败，倒是始料不及的。

　　同样是第一次参观的大黄村"喆庐"，二层中西合璧的民居建筑，倒是不久前经散居外地的后人修葺一新，庭院里一棵罗汉松枝繁叶茂，已逾百年。家乡得海外风气之先，多少热血人士追求进步，为民主共和奔走呼号。楼主丘哲，老同盟会员，农工民主党创党人之一，中华人民共和国成立后曾任广东省副省长。二楼"思哲堂"的图文，展现了这位爱国人士一生追求真理、爱国爱乡的壮阔一生。

　　离自己老屋仅一箭之遥的南下村"幹荫堂"，我们称为"大张屋"。主人张榕轩，为棉兰巨商，著名侨领，是中国首条商办铁路——潮汕铁路的倡建投资者。这座大型的客家围龙屋，曾为公社养猪场、蚕种站、中学校园，几经浮沉后荒芜破败。最近经张家印尼后人出资千万，历时两年修缮，恢复了百年前雍容华丽气派，春节前对外开放。当年在生产队劳作时，多少次在这避风躲雨，而今在大屋里，我为大量的彩绘、灰塑、木雕、壁画、瓷雕构件、五彩陶瓷瓦当而倾倒。

　　松口作为国家历史文化名镇，广东十大海上丝绸之路文化地理坐标，人杰地灵，英才辈出，名人故居不少。在这春节的喜庆时刻，这些浸润着华侨巨商、志士仁人千秋家国梦的大屋洋楼，曾经高朋满座，喜气洋洋，如今大多光华褪尽，寂立乡间，无人居住，其中不少破烂不堪，倒塌湮没，让人唏嘘。看来，除英名伟绩等精神产品，或许可长留人间外，世间物质的东西，不管你何等规模堂皇，终将被时光冲刷得干干净净，何来永恒。

（三）

过年过的是一种心境，日子晴好浓郁了喜庆气氛，也平添了个人的节日热情。

中山公园整日有山歌、弦乐、广场舞等各类群众表演节目，这不是属于我的菜。我钟情的是风云激荡的球场。可喜的是村足球队过关斩将，从16支队伍中脱颖而出进入决赛，遗憾加时惜败，3∶4屈居亚军。小伙子们的球技比我们当年强多了，为他们顿足跺脚、鼓掌喝彩，我一高兴掏钱请吃饭，表达了一位老队员老球迷的心意。

日子闲暇，我不时驱车沿梅江河两岸溜达，手机、相机一齐随手拍摄。山边芦苇、池塘残荷、房舍田园、叠翠金柚、天边流云、水上大桥、竹林塔影，夕阳下别具风姿。年俗风情，吊脚楼下的渔船，修整一新的中山公园……也尽入镜头之中。美中不足的是，河面上没有寒冬蒸腾的雾霭，画面少了"扑朔迷离"氤氲影像，包括我两次下河，和发小的儿子驾船用挂网捕鱼，也只能是白描写真，拍不出经典迷蒙的水墨丹青韵味。

我将照片陆续选摘，以"家门口的桥""再续船夫""故乡的云""芦苇·残荷""人文乡村行"等为名，编发在微信朋友圈，与大家分享家乡美和自己的闲适，获众多点赞谬奖，有人戏谑可以上影展了。大哥专门微信问我，"第二张是哪座桥，我怎么不知道呢？"其实这就是离家门最近也最古老，从小到大到老历经无数的梅东桥。傍晚，一河熔金，夕阳的倒影在水中拉下长长的一串耀眼光斑，桥成了逆光下的剪影，美得让人认不出来。一帮微友看着大河中的小船，羡慕之余讪笑我，衣着行头不似渔夫，单手摇桨为摆拍。知他们是外行，我倒很认真地回答，当年受雇于发小，在梅江河上觅食，后又在大队运输船上服役，造就了这么一点船夫技艺。能单手摇桨，正是老手表现。关注度高，加之半真半假的唱酬调侃，让我产生了一种被认可的成就感，竟有了一丝莫名的虚荣满足愉悦。

今年春节，除了几次亲朋往来，戒除了一些往年必有的聚会、吃请或请吃，我反倒觉得更加闲散安逸，自由自在。在日复一日的苟且中，获得平静快乐，便是自己的诗和远方。

（2017年）

为了把谷壳去掉变成吃米的身份

——记两次高考

恢复高考三十年后的2007年，凤凰卫视《鲁豫有约》，请了三位访客参加"高考：77、78级"节目。三人中，两位是当年上山下乡的知青，一位是工人，清一色城里人。我当时的感受是，凤凰卫视失之偏颇，1977、1978年参加高考的1180多万考生中，说少了也有500万是农村孩子，他们的心路历程有别于城市青年，节目怎么就不找个农村知青呢？比如搭上我，这档访谈节目的代表性就强了，自己可是生于农村长于农村，参加了两次高考，三次入围，一次录取的考生啊！

怎样得知恢复高考信息，如何决定参考，哪里报的名，许多事特别是细节已无从记忆。我翻看一些报道，知道1977年10月底政府发出恢复高考通知，到正式开考只有一个多月的时间。各省出题，开卷考试，语文、数学、政治为公共科。理科加考物理、化学，文科加考历史、地理。加考科目每科50分，五科满分400分。

可以带书本进考场，这是自己头一遭听说有这么便宜的好事，这也是我敢于报考的重要原因。我花了五天时间复习功课，把大哥从学校借回来的历史、地理、政治课本翻了一遍，主要了解什么章节有哪些具体内容，以备考试时能翻看抄写答题。晚上复习数学，把学过的定理定义重温了一下，一道练习题也没做，也没时间做；语文则只字未看，当时也不知要看什么，然后抱着书本上了考场。

"文革"前高考，全县考生集中于县城一所中学参加考试。十二年后再"开科取士"，人多得只好每个公社都设考场，我就在家门口的溪南小学参考。小学十六间教室，满满当当的都是身份各异、年龄参差的考生。没有人送考，更没有人陪考。考生两人一桌，如同平日上课时排列，我的同桌记得是位矮胖姑娘，每科都没怎么动笔。两个成年人坐在一张小学生课桌上，如要誊抄作弊确实不难，但大家安分淳朴，整个考场秩序井然。

考题不难，自己或多或少都能作答，但翻书是抄不上来的，带去的课本一个指头也没动。记得作文题为《大治之年气象新》，自己写的是水利工地热火朝天的场景，不似以往磨洋工了。语句虽顺畅，内容却寡淡无味，十几年几乎不动笔，连书信都没写过，以农村人的识见，真描不出什么好东西来。没把日常的中国字都忘了，算是平日偶尔还翻看书报的回馈。

最终成绩290分，每科72.5分，参加了入围体检。录取放榜没有自己的份，以为读书梦就此完结时，县教育局又发通知，高分考生再次入围，重新填报志愿接受挑选。曙光重现，咸鱼或许翻身。折腾一阵，我最终还是排名孙山之后。

当时不足200分的考生都有可能入读，一位认识的小自己几岁分数少近三十分的人上了中大，自己290分却未能录取，想起

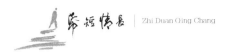

来应该是客观条件有硬伤，输在起跑线上了。

当年公开的招生条件有三：一是政治历史清楚；二是具有高中毕业文化水平；三是身体健康。条件看似宽泛且虚，但附加的年龄要求却相对较硬，要求不超25周岁，未婚；实践经验比较丰富并钻研有成绩或确有专长的，年龄放宽到30岁，婚否不限。在"文化大革命"刚过不久的政治氛围下，相信还有不为外人道的内部具体规定和细则，或者心照不宣的潜规则。这样，招生的自由裁量权就很大了，招谁不招谁都没有错，都可以说出道道来。据现在一些文章披露，1977年高考政审非常严格。在分数上线、体检合格后，对每个考生组成了两人以上"政审调查小组"，查考生的政治表现、家庭出身，包括亲属有无政治和历史问题，写成专题"政审材料"备案。

考试时自己28岁，一个老婆三个孩子，专长只能是农活干得不错，还有木工技艺，都是不入流上不了表册的苦力标记；加上非贫下中农子弟，又有不安心农业生产，出门搞副业"走资本主义的案底"，大队公社的评语肯定也不怎么样。这种背景，让参加录取的学校几次拿起自己的档案又放下，顾虑到招录的条条框框，最终还是舍弃了。

自己高中一年级后期，"文革"开始，荒废学业，差不多十二年没接触课堂上的书本知识，相应的也就在农村田畴劳作了十几年。其间日出而作、日落而息，结婚生育，为人夫、为人父，我心里整日耽着柴米油盐过日子的大事，从回乡的那天起，就认定农民是自己一辈子的营生。对于突如其来的高考开禁，自己并没有像鲁豫访谈里的几位城里人那样激动雀跃，也没有像他们那样，把高考当作脱离苦难、走向辉煌的背水一战，更没有把高考看作是人生路上唯一的独木桥，挤不过去，也宁愿摔死在桥下。

对自己而言，更多的是抱着试一试的侥幸心态走进考场，既没下什么功夫，更没有必胜的决心和把握。真能跳出农门，那当然最好，考不上也没什么，更不是什么世界末日。现实生活的严酷重压，木然的心早已失了幻想。更何况，根原本就在农村这片泥土中，我从小早已习惯了乡下人卑微的生活，就当什么也未发生就是了。这应是相当一部分农村老三届学生，特别是上有老下有小的考生的一般心态。

紧随而来的1978年高考，全国统一出题，闭卷考试，文理科均考五科，每科100分，外语分只作参考。主要依据成绩入读大学的考试，让广大学子看到了凭本事自己解放自己的希望，极大地催生了全国的读书热潮。上次落榜还想翻身的考生，那些刚刚醒悟也想一试身手的学子，加上应届的学生，都在新的一年努力地复习功课，以图鱼跃龙门，乘高考祥云扶摇直上。

因了1977年两次入围不成功的尝试，我认定学校不可能招收像自己这等条件的学生，对招考事宜也就没放在心上，每天照常吃饭睡觉，出工劳动。

生产队四位高中毕业二三年的姑娘，整日叽叽喳喳地聚在一块温书，有时向我讨教问题，简单幼稚到让自己觉得，当她们的老师绰绰有余。村里人说，卜某人都不考，她们温习参考无非是借机逃避生产队劳动罢了。在镇上中学民办任教的大哥总劝我，"求官不着秀才在"，真考不上也不损失什么，应该再试试。几个高中同学，有时赶集碰面也不时谈到是不是要去考场碰碰运气的问题。

作为农民，自己过于务实，不掺和没有把握的事；平日随遇而安，没有人生规划，无所谓理想，也不懂知识改变命运的道理，看不透高考这惊险的一跃，如若成功，可能带来的难以计数的人生收益，更不敢想象抽走自己这根顶梁柱，家庭大厦该如何才不会崩塌。但恢复高考燃起的，心中渴求读书求出路的余烬，尚未完全熄灭。抱着最多再瞎折腾一次，或许出现奇迹的闪念和梦想，我在犹豫纠结中决定报考。自己在学时，数、理、化成绩都不错，如若不是"文化大革命"，相信报考的应是理工类。而现在，离开课堂十二年，高二、高三的知识没掌握，备考时间又太少，只能报文科去拼功底了。但公开报名的时间已过，幸亏大哥利用学校渠道给自己补报了名，搭上了参考的末班车。

当时农村正是夏收夏种，俗称"双夏"的大忙季节。报名后白天劳动，晚上复习功课，真正放下使牛的活计坐下来复习时，离七月的高考还只剩23天。其中又因叔公从印尼首次回国探亲，陪同祭祖、扫墓、探亲访友花去了3天，真正用功的时间为20个白天和30多个夜晚。

这是一辈子学习最为紧张的20天。数学、政治、历史、地理，每科平均5天时间温习，语文照样只字未看。晚上主要用于自学高中阶段未读过的对数、三角、解析几何等知识。每日，我天亮后起床，老婆已出早工走了。我为三个小孩侍弄好早饭，两个小的送托儿所，大女儿自己上幼儿园，喂饱猪鸡鸭和自己后，八点多钟开始温习，一直到晚上十一二点，中午照常小睡，一天埋头苦读十一二小时。

和其他考生不同，那时自己没有订阅任何复习资料和提纲范围之类的东西，也没人点拨，只是把每章书先浏览，然后合上书再想想这章的主要内容，重点把握那几个问题，以理解的方式串读，没专门去背答案，也没有这个时间。数学花功夫最多，主要用在自学新课程上，把定理定义理解弄懂，没工夫做练习题。

这是一辈子学习效率最高的20天。考试组织答案时，脑子里总像过电影似的，出现读过的对应篇章，并勾连起记忆深处，不知何时储存的相关知识。到现在我仍引为自豪的是，一辈子只解过一道数学对数题，就是在这次高考考场上做的，而且做对了。

又一次高考入围。填报志愿时，自己仅填写了当地的梅州师范专科学校一所院校，原意就是只要能跳出农村，把谷壳去掉变成吃米的身份就行了。县招生办专门派人到公社指导，退回了我的志愿，说这是最后录取的学校，你的分数很高，这样就浪费了前面重点大学、普通大学和其他好学校的录取机会，要我重新填报。

当年招收文科学生的学校和专业不多，想想重点大学更不会招录自己这般年长的学生，心思都放在填好普通大学的身上，重点大学的五个志愿只是按地域远近填列。中大过后是武大，当时忽然记起早年邻村有人考入过人民大学，于是人大排在了第三位，接着是西南政法，把北大放在了最后一位。专业

更是胡乱选择，交完表后我也就记不得报的是什么玩意儿了。

录取放榜前，我和四弟正在县城给大姐打家具，偶遇公社中学抽调到县招生办的古老师，得知自己的中国人民大学录取通知书已发下去了。我满脸愁绪，第一反应是家里以后日子如何过，一直不敢深究的现实难题摆在了眼前，连说考这么远怎么办，竟一点也高兴不起来。在招生办，古老师让我看了考生成绩表，才发现所谓自己考了高分也不过才364分，是当年梅县两位考分上了360分的考生之一，排在现为梅江区的一位考生之后，每科平均分仅比上年多0.3分，水平够稳定的。

若按新的行政区划，这点分数竟然是现行梅县区的文科状元，可见当年广东成绩之差，难怪人民大学把部分招生指标从广东抽调到了北京，这是进校后校招生办的老师在宿舍亲口对我说的。

古老师知道我家境况，理解我的心情，说北京的几所重点大学，优先挑选招录学生，中大等学校还未进场，你考少一点分就好了。第二天，路过县政府，看见自己的名字出现在县府大门旁的红榜上。政府以喜讯形式，公布县里各有一名考生考入了清华、北大、人大，名字后面是录取学校及考生所在乡镇，心中又有了些许金榜题名的喜悦。

非常规时期考上大学，自嘲自己是邓小平从垃圾桶里捡起的废物再造。当时多年的考生同场竞争，残酷程度可想而知，自己能脱颖而出，成功里面也包含了不少偶然。

由于备考时间短，考生原有的基础更显得格外重要，和在"文化大革命"中度过小学中学的年轻人同台竞技，我们相对扎实的功底就凸显优势了。考分高低除智力因素外，非智力的因素也在起作用。这次录取主要按成绩取舍，而熟知的一些当年读书不错的同学，因为各种原因没有参考，角逐的高手相对也就少了，便宜了我们这些上位的幸运儿。那些没有赶考的同学，一些已在体制内有了一份稳定工作，或为老师干部，或是工人职员，少了参考的冲动。更多的人在农村，离开书本太久，怕生疏的知识难以捡拾。其中许多人早已婚嫁生育，是家里的顶梁柱，不敢再提踏进学堂的事。而一些原本欲望萌动的同学，少了点断然，犹豫彷徨中机会就溜过去了。

偶然里面也包含了必然。自己在学校的成绩一直排在前几名，如若高考没有中断，并按成绩录取，上大学就是十年前的事了。

恢复高考，成为国家得以重新复兴走向繁盛的拐点，同时改变了77、78级考生的人生轨迹。感叹自己最终没有错失时代和命运的转机，成为幸运儿。

（2017年）

村庄的微笑

　　猪尾鼠首突发疫情，打破了出门四十多年来回老家最多也就五七天的惯例，让自己在乡下待了三个多月。从己亥大寒日，直至庚子立夏节，冬花辞隐，春花成泥，明媚馥郁的初夏开始预热，整106天，在大疫止于乡野的故土溜达。

　　村庄背山面水，沿河顺流逶迤而去。梅江河水自西向东流经二百多公里后，在我们村尾突然转头径直向南，村居就在这美丽的江河弧线内湾里。

　　沿河边村道漫步，村前二三百米宽的河水缓缓流淌，渔船划破江面在收取或放置挂网和网笼。江岸翠竹摇曳，鹭鸟徘徊飞翔，浓荫里钓翁悠闲地垂钓江河。村后鸡心峁等莽莽群山与江水并行直奔河边，春天的雾霭塞满山隙，散发成轻柔的薄纱，飘飘忽忽地笼罩在山间半腰。青山隐隐，绿水迢迢，一眼看山，一眼看水，满眶的诗情画意。

　　行走在阡陌田畴山间水边，无论在哪村边地头驻足，放眼远望，山水之间裹挟着村庄屋舍的都是碧绿的柚林果园，从江岸的竹林边至浓密的山林旁，青绿绵绵，仿佛柚林一直铺排到了天边山头彩云间。

　　恰是春光明媚柚花盛开时令，簇簇白花在油亮柚叶烘托下挂满枝丫，黄芯白纱，四溢的独特芬芳在天地间挥洒，沁人心脾。

疏花摘梢，除虫灭菌……柚农散落在茂密的果园里，只闻劳作声，浓绿不知处。他们用辛勤的汗水孕育丰收的希望，蕴含秋收的喜悦。

当年自己赤足奔波的田埂泥土小径，主干道都已扩大并硬底化，下田耕作均摩托化甚至小车代步，波鞋、胶鞋、凉鞋、长筒水鞋各式不等，看不同天时、地势、田块变换，已见不着光脚下田的农夫了。灌溉、施肥、撒药、耕耙，大都机械化或半机械化，比之我们经年的肩挑背扛，劳动强度大大下降，效率更是不可同日而语。

多少次漫步山边的赖屋背，我面对几百亩连片的柚林感叹。这片贫瘠的山坡地，生产队集体劳动时只能种点番薯、花生、木薯之类的旱作物，缺水加失管，收成寥寥。赖屋两个生产队靠山却无什么山可"吃"，不少青壮年成了婚姻困难户，光棍特别多。今天，这连片的柚林让农户管理绣出了花，收成百倍千倍于过往，赖屋人衣食无忧过上了好日子，到处树木扶疏掩映新房，嫁到赖屋的都是有福姑娘。

那天遇到早年嫁到赖屋小自己十几岁的族妹，骑着女式摩托车正往果园去的她，不停车叫我还真没认出来。聊到柚园，她说家里分的田地栽种有二百棵，又承包他人地种了一百多株，一年辛苦能收好几万元，日子还行。她说村里像她那样的农户不少，许多新屋都主要靠果树出息的。谈话间族妹脸上始终挂着满足的微笑，洋溢着对美好未来的期许和信心。

乡间漫步，最喜在油坑遇灵庵山道行走，这是当年砍柴割草的必经之道，留下了自己青少年时为生活打拼的众多深刻印记。

早年沿山涧缓坡而上，离遇灵庵不远处的上下两座磨坊，悠悠转动的水车吱吜声伴和着晨钟暮鼓，充盈着世外桃源韵味。遇灵庵往上，杨桃坪山涧大石嶙峋，柴草重担归途，必定蹲伏在清澈澄明涧水中的蟾蜍石上，低头牛饮山泉水解渴。大石旁的几株梧桐遮阳招风，摊卧石上收汗解乏，让人不想挪步。

现遇灵庵已扩建并修葺一新，除门前的橄榄树依然高大浓密外，四周都是柚树。汩汩而去的油坑水已被众多水管引流到了千家万户和果树田间，成了涓涓细流。磨坊早已拆除，山间小道已劈山填埋扩大可通小车，蟾蜍石只露出一角，梧桐已被柚树代替。我几次想到当年砍树开木板的老三爷山地去怀幽探胜，都因登山的隘口已被密匝匝的藤蔓灌木封闭，无法攀爬穿行而作罢。油坑山道为村民贡献了更大的现实经济利益，虽林密鸟鸣松鼠出没如山水画般迷人，但环境的变化，也让我这过来人少了份令人怀念的柔软闲情。

遗憾中蕴藏的却是巨大欣喜。难以登越的大山贡献了极大的生态公益，背后反映的是村民生活经历柴草到煤炭再到电和石油气的跨越。承续千百年的樵夫已经消失，村民们不用再似当年的我们，为薪柴花费大量时日在大山中攀爬跋涉，那可是与自己的脚手腰板肩臂以及饥肠全身心较劲的重体力活。城镇化的延伸浸润大大减轻了村民的劳动强度，樵夫的岗位换出了可以恣意笑骂的喝茶聊天打牌散步跳广场舞休闲时光。我那在村里活了百年的丈母娘晚年不时感喟，共产党最有本事，现在农民下田不用脱鞋袜，大把时间打牌闲聊，照样有饭吃！

挥洒闲情中最让我惊奇的是跳广场舞的大妈们，这些当年连歌都没听哼过一句的中老年人，每晚在村里专门修建的两个广场准时开跳。随着节拍音律，他们舒展腰身，手舞足蹈，不管高矮胖瘦、臃肿妙曼，释放的都是潜藏压抑在心底对美好情趣的追求，实现的是自由愉悦的自我。

而"茶座"则是休憩闲聊最佳地点。这种在自然村里普遍存在的免费场所，往往附设在个人客厅或零售摊点里，属于传统的"村头榕树下"的升级版，是农村各种资讯的发布、交流、议论以及自我情绪宣泄的聚集地。

我多次在不同茶座当茶客，喝茶吹水（聊天——编者注），天下逸闻，兼之张家长李家短，都是不用负责任的别人家的事。调侃打闹声中让人真切感受到，从苦日子里过来的村民对温饱后的生活极大满足。一位族弟小我几岁，小学没毕业，平日是个酒醉仙翁，茶座里多次问我是否记得一起在生产队使牛做田深山砍树等饿着肚皮觅食的艰辛事。他早年丧妻，女儿因精神病退婚跟他一起生活，日子过得不易。但他说得很实诚："我虽辛苦，但有饱饭且自酿的米酒餐餐少不了，日子比过去吃不饱时好得多，知足了。"

百多天的乡间生活，最让人难忘的是乡亲们的真情微笑。漫步在村舍田间，遇上认识不认识的乡邻，都可以看到对方点头致意的微笑，这不带语音的问候，如一缕春风拂过我的心田。多少次由此驻足聊天，彼此放飞的心情带着田野泥土气息

的芳香。

那一次油坑山道上，原下磨坊主在放置管理柚林工具兼休息的工棚前，执意搬出藤椅，热情相邀聊天。主人谈到了磨坊的过往、山地改种柚树的艰辛、身后这棵高大的苦丁茶树的前世今生及药效……交谈中他多次提到，托老邓的好政策，现在老百姓的日子好过了。我和主人除了几次山道上的点头微笑外并不认识，其爽朗的笑声传递的是真诚和友善，微笑中展现的是对生活的舒心满足。

农村中养老医保纾困济难等社会保障方面不尽如人意的问题不少，加之天有不测风云，人有旦夕祸福，再好的草岗也有瘦牛，各家都有自己难念的经。但村民生产自主、生活自由，温饱无忧，生存压力下降，摩擦争斗减少，闲暇时日增多，淳朴善良憨厚易以满足的本色，使他们绽放出发自内心的微笑，让人如沐春风，置身最美人间四月天。

由此，我深有感触，人的确需要在拼搏的同时，不时放缓脚步，凝神谛听大自然的天籁，欣赏周边平日不易发现的和美，感受他人由衷的微笑，让自己绷紧的脸庞舒展、皱紧的眉宇打开，脸上绽放笑容，传递愉悦与友善，共同享受美好的真情和谐。

村庄漫步，虽没什么一下子就能吸引眼球的大美，但在乡村振兴战略指引下，故土面貌让人耳目一新，特别是脚踏着生养自己的熟悉土地，徜徉在承载着祖先无限期待的村舍地头山边，感受着那山护佑着村，村依偎着河，河水映照着群山的静美画面，心里涌起的都是"月是故乡明"的美好情感，让人不禁把岁月怀想。

作为国家级古村落，无从查考何时已有村民留住，倒是文字记载五代十国时南汉皇帝刘龑为避灾率部驻扎在我们村一带，祖屋周边留下了现在仍叫上寨、中寨、下寨，御安围，刘皇渡，马荒坪等自然村落地名。帝王留驻看中的是山河形胜秀美风光，除了留下行宫驻军牧马练兵活动等历史陈迹名称外，丝毫没有改变村民在柴米油盐、生老病死循环中演进的苦难人生。

早年，一些乡民因抗元反清失败等避祸或生活所逼，沿家门口的梅江顺流而下，闯荡江湖浪迹南洋。而后下南洋成了一种谋生路径，各家各户没有直系也有旁系的海外关系。凭借客家民系迁徙图强的特质，一些乡亲在异域他邦打拼出了属于自己的一片天地，张榕轩、伍佐南等成了侨居地富商侨领名人。村里张榕轩故居——斡荫堂纪念馆里，展现了这些先辈只身下南洋，筚路蓝缕艰难创业的致富事迹，以及实业报国的赤子情怀。"侨汇"也成了那个时代一些村民的主要生活来源，买田起屋，生活优渥，微笑只挂在少数成功华侨眷属脸上。在那些年代，绝大多数村民虽有着村后大山般的坚韧顽强，村前江水似的灵性机敏，也只能在缺衣少食的泥淖里挣扎。

斗转星移，时移世易，朝纲更替。今天，困扰村民千百年来的穿衣吃饭问题已有效解决，小农经济耕作迈向了商品生产大道。柚果生产与外出打工一样成为农家的重要甚至主要收入，温饱而后有了余钱，微笑代替了愁苦，巍巍高山滔滔大河欣喜见证，家乡正稳步行进在新时代小康大道上。

（2020年）

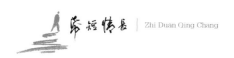
又到灵光寺

暑假酷热天，我跟孩子们回转家乡，又到了阴那山灵光寺。

灵光寺位于梅县雁洋镇阴那山五指峰西麓，为唐代高僧潘了拳（后人尊称惭愧祖师）所创建，已有一千多年历史，是广东四大名刹之一。有关灵光寺的现实故事与传说逸闻在乡间广布，游灵光寺登五指峰成为家乡人普遍的心愿。

至今我已去过多次灵光寺了。

第一次，是1965年初中毕业典礼第二天，六位同学天没亮就走山道抄近路，往二十多公里外的灵光寺进发。

村后大山突兀而起，入狗神坑，过砻勾八，一直向上登行，山道逶迤，也不知攀爬了一万几千级台阶，拂晓到达山顶悬崖"壁马排"处。只见山下蓬辣坑三个大队绵延几公里外山沟尽头，梅江河浓雾正从坑口涌入，流云翻滚，万壑争流，一忽填满了整个沟谷，村庄失了踪影，群峰仿如海洋中飘浮的小岛。平生第一次遇上这千峰竞秀、气象万千的壮丽景观，望着堆拥静止在脚下的茫茫白雾，我产生了往下跳也只是跌在棉花堆里伤不了身体的错觉。

惊叹后继续上岗下岃过横排，一小时多后到了雁洋南福村杨同学家。休息片刻，每人裤兜里装满了主人来不及炒的生花生接续上路。又经一个多小时的上山道，来到了灵光寺。

这是座远离尘世的古刹。首先映入眼帘的是寺前两棵古柏，相传由潘了拳和尚手植，一荣一枯，生者枝繁叶茂，枯者已近四百年仍挺立不朽，人称“生死树”，是寺庙特有的景观标志。

1965年的灵光寺没见几个僧人，游客也仅我们六个小伙子。记得仅大雄宝殿里燃有一炷香火，没听到晨钟暮鼓也没诵经念佛的功课声，整座寺庙给人古旧寂静悠远苍凉的神秘感。寺里师父或许如我们村的庵庙尼姑一样，成了人民公社生产队社员，挣工分过日子，只好委屈冷落佛祖菩萨罗汉们了。

我们对大雄宝殿、罗汉堂、钟鼓楼等一应寺庙布局陈设一览而过；对灵光寺三绝“生死树”“菠萝顶”“无叶大殿屋顶”的神奇没想到探究就里；也没烧香拜佛，更没捐功德钱，到灵光寺只是年轻人兴起的一次远足，主要目的是第二天登五指峰玉皇顶看日出。倒是很想看看老辈人口中传奇神怪的每天流出的米刚好够和尚和香客进餐的“出米洞”，但无从寻觅。下午更多的时间我们是在寺庙右旁的山涧水潭里，泡着透亮清凉的泉水打闹嬉戏，寻找传说中的“无尻石螺”和“片生熟鱼”。

傍晚，大家坐在寺前大门石阶上给从枯柏树洞里飞出的成千上万的蝙蝠数数。晚上在称太史馆的禅房里住宿，六人睡一张老式大床还要盖薄被子。或许是盛夏长途跋涉劳顿，沿途喝多了山水，加之长时间浸泡冷泉肚子受凉毒化了满腹生花生的缘故，更可能是着了晚饭不干净的道，晚上大家接二连三往厕所跑，印象很深。

阴那山巅海拔1298米，五峰并聚，状似五指直插云霄，故称五指峰。第二天三时登峰，我们攀行在没有月色的山道上，一支手电前导，总觉山道崎岖险恶。下山才知，千百年来多少善男信女上山祈福，捐钱修路做功德，六千多级台阶多为石砌，都有半米以上宽阔，并不难走。

天亮前到达五指峰最高处玉皇顶。光秃的山顶只有少许伏地杂草，风大温度低，除了一位同学听从他奶奶吩咐带了件毛衣抗冻外，我们仅穿夏装的一会儿就蜷缩在一米多见方、供放祭品拜佛的小庙里取暖。天放亮时东方乌云渐多，看不到旭日跃出地平线的动人一瞬，只见天幕下雾锁云峰，虽是另一种景致，但天太冷难以逗留，没站一会儿赶快下山回家，算是了了一件心愿。

第二次到灵光寺，那是1982年夏大学毕业后的事了。单位报到后我立即请假回老家，与村里三位青年及租住在生产队的公社李副书记，一起踩自行车沿乡村公路进发。到南福村后我们寄放了单车，然后上坡步行。

是时，灵光寺已恢复了香火，设有客舍和餐馆，有了香客游人，"生死树"前台阶下层层梯田绿油油的晚稻随风摇曳。傍晚仍在水潭泡澡打闹，晚饭时却发生了摩擦，几个嗜酒同伴断定葡萄酒有假，一番争吵后不了了之，只能自认倒霉，让人在清净之门里也闻到了世面正逐渐泛滥的掺杂售假无良商人的铜臭味。

次日天亮后登五指峰，山顶凉风习习远没十几年前般的寒冷。我们在山顶流连，但见怪石嶙峋，美不胜收，远处层峦叠嶂，峭壁悬空，云蒸霞蔚，绚丽壮观。传说晴朗日子从山顶远眺，可观梅州、潮州、汀州三市景色，前人留下了"五指山巅极目舒，白云深处望三州"诗句。当日天气不算差，可惜我们没有这个眼福。

下山后我们径自在方丈室喝茶，在这肃穆的参禅悟道之地，一帮俗人且非信徒自然无从谈论佛教道义的宏大精深，但知道茶确是上品，由此诱发了一位同伴的"贼胆"，恶作剧地撕下墙上几张大号日历，把茶罐里的茶叶全包了，说我们带回去喝，算是平了假酒之冤。

至今我仍保存着这次游灵光寺登五指峰的系列照片，是一位同伴用香港兄弟带回的相机和彩卷拍的，事后专门托人带出香港洗印，当时我们镇上还没相应的冲洗技术。

第三次到灵光寺是挂职梅县市（今属梅州，下同）统计局期间1985年的事，全局同志出游乘车当天来回。是时灵光寺香火大旺，游人如鲫。不少同事亦在祈福抽签。我自告奋勇当起了半仙免费为他们解签，纯为胡七八说，为的是添点情趣，增加游兴而已。一位负责农业统计的同事抽中下下签，我按签上四句诗尽往凶险处说事，本为调侃逗乐，哪知回来他竟病了两天。同事说，前不久他在泮坑公王庙抽中的也是这支签，本已满腹狐疑不爽，这次再经你这么一鼓捣，难怪郁闷身体不适了。真是，命运这东西，信则有，不信则无，全凭个人心境意念决定。

此后我与家人与朋友与同学又去过几次，庙宇客舍斋堂已整饰一新，走廊墙壁镶满了善男信女捐款名录的石碑，香烟袅袅，游人络绎不绝。昔日寺前的蜿蜒小径已变成通衢大道，贩卖香纸蜡烛供品及吃喝的地摊小店充斥两旁，主人在不停地吆喝招徕来客，俨然是闹市一条街。五指峰还通了汽车，修了天文台和宾馆，但我未再涉足登顶。

　　这次暑假重游，是新冠疫情后第一次家庭集体回转老家的活动，又到灵光寺，我把它作为一次传承良善家风之旅，出了个题目，要孩子们找找寺里哪根是咱家祖上捐赠的立柱。改革开放后，兄弟四人凭读书跳离农门走向了远方，村里一位老堂伯母曾当我面说，你们兄弟这么有出息是善良人家祖上积德的缘故；并提到当年修缮灵光寺时，我曾祖母捐了一根立柱，是海外购回的，她们十六个人从松口一直抬到灵光寺；说当时她还很年轻，并指仍在世的一位叔婆也参与了这次活动。从年龄推算，那是20世纪20年代的事了，我的父母可能才刚出生。寺里梁柱均漆成赭红色，没任何印记，也无什么文字可供查考，孩子们对此均不以为意，而我也仅当作一个传闻，从未再询问过此事细节。

　　十年没来，灵光寺周边环境大变，停车场井然有序，寺前大道两旁建起了整齐的门店，所有摊贩已入室经营，民宿餐馆古朴典雅。茶田叠翠，溪水清流，古树名木荫蔽，盛夏酷暑仍给人一片清凉。天下名山僧占尽，本是好山水，经多年精心雕琢，阴那山已形成了以灵光寺为主体，集民宿、美食、生态、养生、探险、研佛为一体的禅文化旅游区。

　　寺庙随时代变化而兴衰。面对不绝香火，看着衣饰整齐脸色红润的僧侣，忆起坊间出家人的传闻，我想，多元文化包容，遁入空门是信仰，是避世，更是一种谋生手段。或许是听多了古刹高僧的大德道行故事，看多了武侠小说僧人们潜心修学不恋红尘情节，我忽然怀念起早先灵光寺的古朴幽静来。

（2022年）

城居闲侃

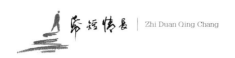

挪窝·搬家

"窝"和"家"本义相同。这里,"窝"仅指个人安身之处,"家"还有眷属的内涵。因此,挪窝和搬家,在形式和内容上有所差别。

从乡下到城里,从集体宿舍到独立公寓,活到今天,我挪了几次窝、搬了几回家,还真得扳着指头好好数数。但有那么几次,经历清晰,印象深刻,至今历历在目。

最初的窝

大学毕业来到广东省统计局,家眷仍"猫"在老家乡下,自己成了在广州"有老婆的单身汉",住的自然是集体宿舍。改革开放初期,各单位住房紧缺,统计局也不例外,一套三居室的单元,挤进了刚分配来的九名毕业生,两块床板架在两张长凳上便是栖身之所。十平方米多的房间,摆不下三张书桌和三副常规尺寸的铺板,只好把其中的一块锯掉一半,否则房子里难以转身走动。多少年后,我们还把一块半铺板,当作调侃嘲笑统计局抠门的口实。

我在广州的第一个窝位于前进路,紧挨大马路,20世纪60年代四层砖混结构楼房的顶楼最西边。骄阳似火的夏天,没有隔热降温设施，宿舍宛如蒸笼，晚上九条汉子光着膀子，摇着蒲扇仍挥汗如雨，虽没蒸过桑拿，却深谙其中之味了。

当时我仍处试用期，每月工资54元，寄回20元家用，余下的吃饭、零花。孩子开学我都向财务科借钱，然后每月扣回五元，加之星期天AA制喝点小酒，月尾荷包常常瘪得仅存公共汽车月票及省政府食堂饭票两种有价证券。风扇当时绝对是奢侈品，我买不起，其他八位真光棍不知打的什么算盘，也都没买。可是，大家和着汗水，一样睡得踏实平和，没人为此烦躁失眠。

一次，乡下表弟因事到广州，同窝而睡两晚。两个1.75米有多的男人，罩在蚊帐里，侧身躺在90公分宽的床上，汗水浸润着草席和铺板，照样神凝梦甜，一夜安眠。

第二年春末，胖墩身材的陈姓同事，熬不过闷热，花三十几元，买了台不知哪个手工作坊敲打出来的，四寸左右，没有定时，不会摇头，只有一个档位的风扇，成为我们宿舍以至十几位新同事里，除了手电筒和收音机外，拥有家用电器第一人，直让我们羡慕了好一阵子。

当上"厅长"

1983年夏，又是一年学生毕业分配报到时节。经我挑头，与行政科长交涉，与办公室主任纠缠，向主管副局长请求，最终把原本准备给新人的三居室，调整给了我们。

宿舍楼在省电视台旁，七层框架结构，建于20世纪70年代，我们的新居位于二楼东南向，不论位置、环境、上班的便捷都大大优于旧巢。可是，当我们在一个礼拜天，扛着铺盖卷进去后却傻了眼。倒不是三个房子的大小、位置、朝向各异，好赖分明，而是三居室中的一个房子大小，摆不下原定的三张书桌，以及局办公室给我们新买的80公分宽的折叠钢丝床。

该如何安身呢？大家心情复杂，神色凝重，默不作声。

一般情况下，老祖宗传承的解决此类问题的惯常办法是抓阄，把最后的决定权交给命运裁决。"穷人阄下愿"，这种千百年来被大众认同，而广泛运用于协调各种利益纠葛的做法，也不失是一种公开、公正、公平的好办法。

愣了会神，我以大哥的身份发了话。首先表明自己睡客厅，然后按长幼，指定住到不同朝向大小的房间，问题很快就解决了，谁也没有异议，比抓阄省事圆满有人情味多了。

事后，好事之徒笑我当了"厅长"。真是厅长后，老领导还调侃我80年代初就是"厅级干部"，是老资格领导，说的就是蜗居客厅的事。

十几二十平方米的客厅有七扇门，三间房门，加上大门、阳台门、厨房门、厕所门，另外还得留下人行通道，于是，我在广州的第二个窝，就搭建在客厅靠窗台的厨房厕所门口。晚上睡觉前打开折叠床，把大学搬回的四个装满书籍的大纸箱塞到床底下，不让钢丝过度下坠，支起蚊帐，安然入睡。早晨起床后，三下五除二，把床铺和书箱归拢到墙角，还真没感到有什么不方便的。

省统计局在政府大院内，除礼拜天外，我一般吃在省政府饭堂，晚上则在办公室看电视、看书或摇摇笔杆，回来都晚，宿舍就成为很纯粹的睡觉的窝。客厅里凉快，空气流通，尿臊味、油烟气搅扰不了我。年轻人肾好，夜尿少，也从未有人上厕所吵醒过我。

当时八个单身汉，正处于急于寻找伴侣的情爱饥渴期，一见女孩子眼睛就放绿光。他们谈对象搞恋爱，晚上什么时候溜回来，打开门回到房间，我竟全然不知。弟兄们刻意地蹑手蹑脚、悄无声息，除了恋情的隐秘外，也饱含了对我这个睡在客厅里的大哥极大的关爱和尊敬。

这是一群因读书改变了命运的天之骄子，青春热血，工作积极，生活简朴，极易满足。幸福不是拥有得多，而是计较得少。这是真理。

挂职挪窝

1984年，省局派我到老家梅县市统计局挂任副局长，属省里首批下挂锻炼的年轻人。彼时，自己刚被任命为农村处副科长。

由是，我的窝挪到了梅县老政府大院，住进了20世纪60年代建造的砖混结构两层楼下的一个单间。这个窝，配有床和书桌，还有茶几和两张藤椅。虽是旧家什，但比三人一室和客厅的装备奢华了不知多少。更主要的是，我从此有了属于自己个人的私密空间。

在这个窝里，我打下了全面了解各专业统计的基础。

白天应对工作，晚上书香飘飘。是时，国粹麻将正在城乡普及，练习三晚后自觉耗不起这个时间，任凭窗外"三缺一"呼声连连，我自岿然不动。一年多的时间，完成了不下十篇的统计调研分析报告。

在这个窝里，成长了真情与友谊。

年轻人都喜欢聚在这里喝茶聊天打闹。时不时各人采买食材，制作一个自己拿手的菜肴喝一杯。这是一段深情难忘值得记忆的时光。时至今日，我只要回到县里，已星散在不同行业的哥儿们，必定要聚在一起坐坐、吃顿饭。2009年国庆，我在给五对铁哥们夫妇合影的相片上，写下了"二十五年友谊，一世的情缘"字句。

在这个窝里，拒绝了柔情和浪漫，也拒绝了故事和麻烦。

在小地方，省城来了个年轻人，其他单位的男女来访聊天也是平常事，都有些什么人，今天已没印象了。但，有位女子，接触时间很短，过程却至今没忘。

大约是到岗后不到一个月，广东正是仲夏时节。一晚，一位二十开外的女子飘然而至，一袭白色连衣裙，身材样貌气质都属优良类别。自称前不久，大院门口我跟他人聊天时，她在旁认识了我，现没事过来坐坐。当晚谈了什么已无从记忆，只记得她对我的底细很了解，自称是医务工作者，软声细语，谈吐得体。除觉得此女唐突之外，孤男美女，喝茶聊天，也颇惬意。

没过几天，此女又至，手提一筒上好饼干和两罐胃药，嘱我如何服食抗击胃炎。是晚谈及友谊情感话题是当年我的弱项，她举止大方，我却局促不安。走时，送她到门口，我微笑着但语气坚定地说了一句："不欢迎您再来！"

一位素昧平生的女子，主动找上门来，总让人觉得这里面有不可外泄的秘密。有事相求，曲线救国？结交良友，红颜知己？看好后市，长线投资？寻找慰藉，情感寄托？男欢女爱，逢场作戏？萍水交往，人之常情……或许自己想歪了，错怪了人家？总之，我猜疑多心了，总怕往下走，触碰了自己心灵深处的柔弱处，闹得不可收拾。

我至今仍唯恐在纷繁世界的各种诱惑中迷失自我，总在认为有危险的游戏中赶忙关上欲望大门。因而日子过得平淡无奇，缺乏波澜，显得无趣。

全家进城

在省统计局，有好几个和我一样家眷在农村的老大学生，他们五十上下了仍过着"单身"生活，天天敲着饭盆跟我们一起吃饭堂。他们的单身宿舍里，没有多少家什，凌乱不堪。有的人冬天被子不叠，夏天堆在墙角，房间散发一股霉味，不时不修边幅地来上班。刚到统计局不久，计划委员会一位有老婆的"单身汉"，因精神抑郁，清晨从我们办公室旁的宿舍三楼窗口跃下，随风而逝。

相信他们当年也是对未来充满希望的热血青年。长期两地分隔、缺少亲情的枯燥单身生活、沉重的家庭经济负担、不停的政治运动，极大地折损了他们的精神风貌，养成了对什么都无所

谓的生活态度，加之岁月风霜，把他们折腾成了半老头儿。

我从他们身上，看到了自己未来可能出现的危机，由此谋划的抗争办法，是想调离广州到深圳去——新兴城市易于给家属找到工作，可解两地悬心之苦。还没等我采取具体行动，就被派往梅县挂职来了。

挂职梅县对我个人生活来说，最大的收获就是以窝为基础，把全家户口迁进了县城。老婆和三个孩子，由吃谷的乡巴佬变成了吃米的城里人。

1983年始，各地对知识分子在提拔使用和解决两地分居等问题上，施予了特殊政策，我正赶上了这个机会。在当地政府和统计局的关照下，我于1985年下半年把家属户口迁进了县城。一家五口分住城关三个地方，夫人和我住窝，大女儿吃住她四叔处，二闺女和小子住姑母家，吃在老县府大院，自己笑称，笨兔三窟。

跳出农门，这是乡村青年的终极梦想。现在不仅自己因恢复高考带来命运转机，而且出大学校门三年后，还把家也带进了城里，那是实实在在的美梦成真。这在城里人看来不是什么事的事，在我却是这辈子生活中转折性大事。在中国仍存在明显的城乡差别时，自己结束了二元结构的生活，虽然以后的路或许会更难，但那已是另一类的全新生活所派生的问题了。

1985年是幸运之年，窝的主人喜事连连：家属农转非了，夫人进了印刷厂成了全民制正式职工；加入了共产党，职务由副科变成了综合处副处长；梅县要留我在地方工作，说明活也干得不错，得到了大家的承认肯定。前面的好事我都很受用，最后一项却没有答应，自已是组织派下来的，怎么能私自留下来不走了呢！这种对不起单位的事不能干，因此，连留下来干什么都没问，也没向上汇报。

多年以后，在我省统计局长的第二任期内，当年要留我的书记升迁至副省长且分管统计，几次对我的班子成员和国家统计局领导说，当年我要留卜新民当县长，他不干，否则，早就……我倒没后悔过。世事如棋，因缘际会，忠诚和本分终究不会吃亏。

搬家迁穗

1986年4月，我结束挂职生涯，窝挪回了广州，两居室的单元，与省局的司机一人一房。6月，结束北戴河两个月的全国局长学习班回来，我即着手商调家属进穗事宜。

世间事就是这样，往往一顺则百顺。

有了上年的农转非，加上自己的处级待遇，只要有单位接纳，家属进广州就是符合政策之举，而夫人进局印刷室已在省局考虑之列。于是，夫人调动的申请报告很快就送呈省劳动局调配处。自己心里也盘算着，报告批下来，加上户口劳动关系的迁移，孩子就读学校的洽谈等，一干事宜办完，暑假应没过完，赶在秋季开学前，还可以带小孩逛逛广州，走走动物园。

世间事就是这样，好事往往多磨。

不久，报告批下来，在省局人事处看到，申请表上盖的是"不同意调进"蓝色长方形批章，一下子把我搞蒙了。

　　为什么不同意？人事处经办人说，不清楚。自己揣测认为，唯一能挑刺诟病的，是随迁人口太多，调进一位职工，后面跟着三个孩子。更有甚者，或许认为年纪不大，怎么会有那么多孩子，是不是有假？不管怎样，结果是栽在多子多女多冤家上了。

　　按惯例，申请被驳回，最快只能第二年再办了。我不服气，拿了判了死刑的申请表，决定自己直接去劳动局闯一闯。

　　接待我的是调配处的科长，一位四十多岁人特和善的女同志。科长表示，确是随迁人口太多而不同意调进。为此，我和科长拉起了家常，聊天似的提出自己不同看法。

　　我以弱者身份，诚恳地介绍了我们这茬人，包括自己走到今天的不易。中学毕业返乡，耕田做工，结婚生育，本以为一生沉沦，没料到时移势易，高考上学，变废为宝有了今天。农村计划生育开展得晚且管得松，所以多孩生育，却是一段无法改变的历史。现在，让哪个孩子不随迁，都将留下诸多后遗症，给社会家庭尤其是孩子，带来莫大的伤害，又将造成新的历史过失。

　　我不了解劳动部门对随迁家属有什么具体要求和规定，也不自信自己的话能煽起多大的同情而打动对方，但讲的都是实情，是当年乡村青年普遍或特殊的境遇。科长很有耐心地听我叙说，不时插话询问情况，看得出，这是一位对孩子有着深厚情感的善良母亲，是一位实事求是极愿帮人解决问题的好公仆。

　　近一小时，科长终于表态，把表留下，我们再研究。

我几十年的路一直走得顺，总是得到好人相扶。相信，这次又遇到了贵人。

世间事就是这样，看似艰难复杂的事，办起来往往简单。

一个多星期后，批复下来，在原来的申请表上，上次盖着"不同意调进"的地方，加盖了黑色的"作废"两字，而在下面多了个红色"同意调进"的戳。

事后，一直到今天，我都不知道那位女科长姓甚名谁，只知道她秉公办事给了我家多大的恩典，感知到公务人员急老百姓之所急是多么的造福人间。

接下来，紧赶慢赶，一切按程序走，待我办完所有迁移手续，跟着装行李家具的货车，夫人领孩子乘客车，从梅县向广州出发时，已是1986年9月4日，全省各中小学已开学四天了。

搬家当天还有一段小插曲。

四百五十公里的沙土路，货车颠簸十几小时，天擦黑时到达广州。十位男同事等在宿舍，冒小雨帮助卸车后已是晚上九点多了。按约定，我马上骑自行车赶往姑父家接孩子，哪知扑了空。一样时间出发，客车比货车跑得快，十点多了客车还未到，出事了？抑或广州迷了路找不到这里？老婆和二闺女一坐车就吐，长途旅行什么事都可能发生，对亲人的牵挂，使人不想好的只想坏的，我的心不安起来，连忙往客运站赶。

一问，梅县顺风公司六时发的车还未到。工作人员又好心提醒，广州东西南北中不同地方都有梅县客车的停靠点，可以到别处问问。虽不明原因，但车确实未到。一着急，竟丧失了基本的判断能力，我骑着自行车走遍了广州不同方位的四个客车站，奔波了三个多小时，其中在公共电话亭两次打回电话询问，凌晨一点多回到姑父家，见到孩子们已抵达半个小时，告知因坏车晚点，才一块石头落地。万事大吉。

9月4日成为我家的特殊纪念日。有如抗战胜利、红场阅兵、诺曼底登陆等重大历史事件一样，每年是日，全家都要选个地方，下馆子聚会。两年一过，我没了兴奋点，孩子们总适时提醒。待他们能挣钱时，更主动张罗，至今几十年不辍。

从乡下到县城，从县城到广州，孩子们深切感受到这是他们人生的重大转折。随着时间的推移，对比儿时农村伙伴，这种感觉就更加强烈，9月4日在他们心中的分量也就更重，尊敬父母、关爱兄弟姐妹成为自觉意识。

国家纪念日承载了爱国主义内涵，9月4日的餐聚，无形中具有了敬老爱幼和谐家庭的功能，我也乐此不疲。

从一个人一个铺位开始，四年后，经过多次挪窝搬家的折腾，我最终把全家五口挪进了广州。以后，从科长房到处长房再到局长房，从房改房到商品房，自己又搬了几次家，其中两次到中央党校进修一年半年的算不算挪窝，这还得重新定义。但不管挪窝还是搬家，都带有鲜明的时代特征，留下了自己成长的印记，记录了家庭发展的轨迹，也折射了中国近几十年社会变迁的真实情景。

（2012年）

碉楼的千秋家国梦

自己去、别人陪同、陪同别人，我不止一次参观过开平碉楼这一联合国教科文组织确认的世界文化遗产。穿行在矗立无言的碉楼群里，眼前闪现的都是早期漂洋过海华人的艰难奋斗史和强烈的千秋家国梦，每一次都让人留下了抚古思今的无限感慨。

（一）

19世纪中叶，西方列强在中国东南沿海地区以"卖猪仔"形式大肆拐掳华工赴南洋、美洲做苦力。开平人多地少，加之土、客两系争斗惨烈，大量乡民利用邻近港澳之便，冒死赴海，出洋谋生。美国因相继发现金矿和修建横跨东西海岸铁路，急需吃苦耐劳的中国劳工，成为这些乡民的首选之地。华工在外，地位卑下，生活异常艰辛，对家乡的亲朋好友，田、屋、祠、墓，一草一木万分眷恋，思乡之情时刻萦怀于心。

古往今来，所有中国"打工族"的心理基本一样，那就是混出人样，衣锦还乡。平日节衣缩食，赡家养亲，即使再困苦，也隐藏自己的血泪，把微笑带给亲人。若稍有积蓄，便千方百计回乡买田建屋，为家人安居，也为自己日后叶落归根安度晚年，这成为闯海成功的标志。碉楼更是开平华侨千秋家国

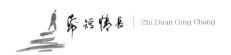
梦的实物体现。

当年开平匪患猖獗，由于华侨长期的蓄积，侨眷在家乡相对富裕，成了土匪抢劫的主要对象，侨眷子弟也往往成为匪贼掳人勒赎的目标。为了防匪，华侨便将房屋建成兼有居住和护卫功能的碉楼。开平地处珠江三角洲河网水乡，碉楼也同时兼有了防洪避灾的功用。

开平碉楼形式多样，成为洋为中用、中西合璧的典范。它汇集了外国不同时期不同风格的建筑艺术，古希腊的柱廊、穹窿，欧洲中世纪的哥特式尖拱和伊斯兰风格拱券，葡式骑楼，欧洲城堡构件巴洛克风格建筑随处可见。华侨不同的旅居地，不同的所见所闻和审美情趣，造就了开平碉楼的千姿百态。

碉楼尽管风格各异，用材有砖楼、土楼、石楼、混凝土楼之分，但有着共同的特征：墙身厚实，低层封闭，门窗窄小坚固，外层窗门和门板都为钢板，楼顶设角堡，每层均有枪孔。它把富丽堂皇的欧美古堡与铁血品性的东方炮楼有机地糅合到了一起。

碉楼还有一个共同点，就是几乎所有最高层都有神龛，供奉碉楼主人的祖先。庄严的祖宗牌位旁，镌刻着家风训词。这些华侨用这种方式记住自己泪别家乡父老漂洋过海的过去，也用这份荣耀来回报那些没有盼到自己荣归的先人，可以说这顶层的神龛就是他们的根，就是他们的魂。

一座座构思奇妙的碉楼，成为了华侨留置于故土的一片精神守望地，它与村落的结合，形成了一处处优美独特的景观，我们因此有了今天这宗世界文化遗产。

（二）

开平碉楼鼎盛时有3000多座，现存1833座。除极少数外，每座都有自己的楼名。李日明先生对此作过深入研究，他认为，楼庐名号，林林总总，五彩缤纷，或隐喻希冀，或散发怀抱，或念祖怀宗，或尊贤重道，或攀亲引戚；或中庸，或自傲，或浅明，或隐晦，或典雅，或趋时，或乖巧，或持重……是建楼者当时精神心态的印证。

在众多楼名中，带"安"字的，如"永安楼""安居楼""振安楼"这样的名字最普遍。上个世纪初，军阀混战，社会动荡，盗贼蜂起，民不聊生，安宁成了人们最大的愿望。这类带"安"字的楼名，真实地表达了百姓对平安吉祥的家居环境的心理诉求。

华侨漂离故土，受惯了"少小离家老大回"的情感磨难，思乡、思家情愫特别丰富，反映在楼名中，除"安"字外，"和""家""亲"等字也司空见惯。特别是反映亲情的"慈安""慈乐""家谐""仁和""恋家""爱亲""叙伦"等楼名，最能反映碉楼主人当时人隔万里、两地相思的离愁别绪，也反映出侨乡人民温和醇厚的道德民风。

此外，使用频率较高的还有"昌、兴、宁、悦、怡、荣、祥、光、明、福、益"等字，寄托了人们对祖国昌盛，社会安宁和生活美好的热切希望。

楼名荟萃了丰富多彩的命名文化。有的以楼主名字作楼名，体现自我自信；有的以众人之名或集众人之意作楼名，以示公平团结；有以时尚语作名，以示新颖趋时；有以典故、古雅文辞作名，以示学养深博。李日明先生还开列了一串有意思的数字楼名，如一枝楼、两宣楼、三星楼、四份楼、五福楼、六角楼、七星楼、八角楼、九畴楼、万兴楼、十八万楼、亿枝楼、千亿居庐，等等，让人叹服昔人的胆色才智。

（三）

开平碉楼，见证了数百年的沧桑历史，记载了多变的世态民情。每一座碉楼都默默地讲述着动人的往事，或励志，或沧桑，或凄婉，或感慨，让人唏嘘。

旅美华侨谢维立先生花费十年建成的"立园"，有六座别墅和一座碉楼。谢家在立园演绎了百年家族传奇大戏，而其中谢与四位太太出演的"一个男人和四个女人"的故事堪称爱情连续剧。立园的夫人大都如《红楼梦》里的女主人一样时运不济，命运多舛。四位太太中，一疯一死一再醮，人生之路哀怨凄婉。只有三太太一人福大命大造化大，善终于美国。立园中的"毓培"别墅就是谢维立为纪念二夫人而建。两人演绎了一段伞下浪漫相识、甜蜜相守到最后难产憾别的凄美爱情故事。

潭江边上那幢孤零零的枪弹累累的南楼，见证了抗日七壮士的铁血英雄事迹。抗战期间，南临江水北据公路的南楼，居高临下睨视四乡，成为日军打通开平南路干线的眼中钉。为攻占南楼，日军水陆夹击。凭楼坚守的自卫队司徒七壮士，抗击了八天八夜，望楼兴叹的日寇施放了毒气，弹尽粮绝的七壮士中毒昏厥落入敌手，最后被日寇杀害，抛于潭江。南楼七壮士护乡殉国，谱写了一段威武不屈大义凛然的英雄史诗。

每个村落都有碉楼流传着女人一世独守空房的凄凄故事。漂洋过海谋生的几乎都是男人，他们若能在旅居地站稳脚跟活下来，一辈子回乡二三次，就算是风光无限了。一般是第一次娶妻建屋；第二次儿子成亲；如果有第三次，那就是叶落归根。而结婚一别再无法和海外丈夫团聚的妇女大有人在。这些妇女奉养公婆，培育子女，操持家务，养家糊口，大小事务一揽于身。不少丈夫出洋后无声无息，妇女只能抚孤守节，碉楼仿佛就是她们的贞节牌坊。碉楼的辉煌，也离不开女主人可叹的坚韧悲凉。

（四）

碉楼下，人们只看到了"金山伯"回归故里的荣光，绝少想到他们背后的辛酸，更想不到"一楼成名万骨枯"的悲哀。实际上，碉楼背后埋藏着那个年代无尽的客死他乡的伤心血泪！

1992年至2001年，江门新会共发现七处华侨义冢，现存2614穴。这些义冢里的孤魂，曾在美洲和东南亚的土地上游荡过，他们凄苦的身世，是华侨血泪史的缩影和标本。

以"卖猪仔"方式到海外劳工的华侨，在极其艰苦的条件下工作，为所在国的繁荣与发展写下了光辉篇章，而他们却付出了惨重代价。许多华侨最后孑然一身，无声无息地在海外去世，有的连姓甚名谁都不知道。为了让他们能魂归故里，侨居地的华侨社团，按嘱托或没有嘱托，由后死者根据共同的夙愿，捡拾遗骨回乡，由死者家属认领；有些无人认领的，最后由新会慈善机构集体安葬。

在修筑美国横贯大陆的太平洋铁路中，先后参加筑路的华工四五万人，因病因事故死亡的不下万人，有1200名华工遗骨用船运回中国埋葬，仅属去世中的小部分，还有多少华侨魂灵在他乡漂荡！义冢中有不少"无名氏"墓碑，从中可以想象当年华侨在海外地位之低下，反映了当年客死异域同胞生前死后的悲苦。

流逝的时光带走了碉楼昔日的辉煌与辛酸，留下了老一辈华侨的千秋家国梦。老一辈中国人，对"家"和"根"的认知比现代人要强得多。一纸家书值千金。赚钱了要荣归故里，老了要落叶归根，埋骨桑梓地。但这种归属感经过一代代人的传承已淡化多了，华侨寻根问祖也日见稀疏。碉楼散落在村子四周，村落环绕着碉楼，成为不可分割的整体，但现存的碉楼几乎没有一座住人，像当年繁盛的加拿大村、邓边村、福和村，除了个别留守的老人，几乎是无人村，成为了停在时间里的村庄。一切都会改变的，斑驳的铁门，生锈的铁窗，剥落的外墙，周边的杂草，这些村庄的碉楼正在老去，不变的唯有老辈华侨千秋家国梦里的一颗思恋故土的心。

（2014年）

珠江探源

珠江，源于云南省曲靖市沾益区马雄山一个溶洞的清泉。

马雄山海拔2158米，离昆明200公里，终年气候和暖，草木葱茏。山之东麓，坡度平缓，植被茂密，各色野花漫山遍野，特别是春来时节，杜鹃姹紫嫣红，绚丽灿烂。在植被荫蔽的山谷湿地中，流淌着几条清流，涓涓汇入一个溶洞，伏流几公里后，从一个水洞奔涌而出，于洞下积聚成一片浅水潭。水潭的出水口是一个落差不大、夏肥冬瘦的小瀑布，连接着一条宽约三米的小溪缓缓流向南盘江，这就是人们所见的珠江源。

中国大江大河的源头一般都在高山峻岭中，主要又在西北西南的高寒地带，人迹罕至。这里是唯一一个汽车可直达大江源头的地方，可谓珠江源的一大特色。

马雄山有一水滴三江之说。意思是雨水落到山顶，立时向三个方向分流，分别流进西南方向的牛栏江，为金沙江的一条支流，属长江水系；向南流进南盘江，向北流进北盘江，南北盘江在滇东、黔西高原汇合为红水河，经广西至梧州后称为西江。再下与广东的东江、北江汇聚，形成浩浩荡荡、串珠缀玉、熠熠生辉、活力无限的珠江。

徐霞客当年曾二度寻源，两次造访沾益，走遍源头山山水水，确定珠江源就在沾益炎方一带，但都与珠江源擦肩而过，没有亲历珠江源头，所留《滇游日记·盘江考》有所记载。1985年，水利电力部珠江水利委员会的专家学者，会同当地水利部门的同志，在多次考察论证基础上，正式确定马雄山东麓出水洞处为珠江正源。

珠江源的涓涓细流，流过云南少数民族古朴的村寨，流过贵州千户的苗岭，流过广西如画的壮乡，流过珠三角万家的灯火，最后汇入浩瀚的南海。这条流淌了千百万年，成就了中国流量第二的大河，是沿岸亿万人民的生命之源、财富之源。而它的实际起源只是一个溶洞、一池浅水、一条小溪而已。所有大江大河的正源都这样，无关规模，只在乎隽永；也与世间许多大事件的起始一样，初不起眼而终成惊天大事。

出水洞上方的"珠江源"三字，是上世纪80年代时任水利部副部长刘兆伦所题。洞两旁石刻，有珠江水利委员会和曲靖地区行政公署联名竖立的《珠江源记》，还有时任云南省委书记令狐安的一首七绝："翠峰一水滴三江，珠流万里入南洋。最是阳春二三月，青山满目杜鹃香。"此外，还有当时云南、贵州、广西、广东珠江流域四省区省长、主席的题刻，分别是："源远流长""同源共济""西水源源""饮水思源"，每款均有"源"字，表达了珠江流域人民同饮一江水、共护母亲河的共同心愿。

出水洞前浅水潭里有一块石砌平台，逢喜庆节日，不少大腕都曾在此放歌。当前，媚俗文化盛行，低级趣味泛滥，旅游市场铜臭味很浓，导游普遍口水泛黄，讲解词里充斥着牵强附会的神怪故事。秀美山川的来历构成、河川的历史溯源等科普知识，一般游人不愿听，导游大多也没本事或兴趣道明个中原委。不少景区为吸引游客，喜搞破坏性建设。去年，庐山和张家界世界地质公园，由此受到联合国教科文组织的黄牌警告，就是一出悲哀的明证。

我们隆冬造访，珠江源所处喀斯特石灰岩地貌，林少木稀。极目所见，满山低矮的灌木虽仍苍绿，但草已枯黄，给人一丝肃杀之感。与自己想象中南方的江河源头，应是古木参天莽莽林海有相当距离，一种苍凉涌上心头。

江河孕育了生命，哺育了现代文明，造就了中下游的富饶兴旺。而中国大江大河的源头，展示的却往往是贫瘠和荒远。某些国人一方面极端敬畏大自然，旱了求雨、涝了求晴；一方面又对大自然痛下杀手，为一己私利，多少次疯狂砍树。富人以破坏资源起家，穷人又再以破坏资源起步。杜甫说，国破山河在，而现在有些地方却是国在山河破。最新的信息表明，世界上森林覆盖率比百年前增加了的，仅有以色列等极少数几个国家。也许，历史上江河源头地并非如此，自然的变迁、人为的破坏，人与自然、环境与生命，还有多少我们没有明了的自然和历史因由？

珠江源出水洞旁，四位省区领导的题词石刻，表达了流域人民感恩珠江、护佑珠江的愿景。多少年过去了，灰色的现实却让绚丽的理想蒙羞。

随着珠江流域经济快速发展，工业化、城镇化进程加快，珠江水污染问题越来越突出，流域中近四分之一水质劣于三类。2011年的曲靖铬渣污染、2012年广西河池镉污染、广东北江的重金属泄漏问题、最近贺江镉铊污染新闻，不时绷紧刺痛沿岸百姓的神经。

珠江，广州人的母亲河，一直是市民游泳的好去处。改革开放后，黑臭的河涌、浑浊带异味的江水，让广州人多年无法亲近拥抱这位母亲。

广州市环保局公布，2012年珠江广州段水质稳定保持在四类水平，6月公布50条河涌5月水质中78%为劣V类。而中华人民共和国生态环境部网站公开的信息却显示，作为标杆数据的珠江水质似乎并没有实质改变，水质周报的评级指标，依然徘徊在五类或劣V类的极差水质区间。珠江广州河段的污染，广州本身肯定"贡献"最大，但又绝非广州一个城市造成，而是有着综合的、超越于广州之外的多种因素共同作用的结果。现在的污染治理，更多的采取污水处理厂净化的事后治理模式，这肯定是必需的，但远远不够且成本高昂。珠江环境保护需要综合配套，源头江尾、上中下游同心合力。政府加大监管和治理力度；企业依法治污，承担社会责任；市民自发监督并参与治污绿色行动。更应努力发展绿色经济，进行产业结构升级，从根本上解决水污染问题。

云南近几年冬春连旱，珠江源出水洞曾水流断绝，洞内只有清泉滴淌。人们在无节制地取用、排放生产和生活用水时，并没有关注源头，似乎源头活水取之不尽、用之不竭。中下游更多盯紧的是上游源头不能污损清流，而忽略了他们的发展需求。我们正面临发展与环境保护的两难选择，一代人的破坏，几代人的艰辛付出往往也难以补偿。真的有一天源头枯竭，饮何水，思何源？

　　珠江源前伫立，眼前清泉汩汩，身后珠水浊浊，顿生"在山泉水清，出山泉水浊"之憾。历史在前进，社会在进步。事物的发展往往伴随着许多无奈，社会如此，自然也如此。

　　　　　　　　　　　　　　　　　　　　　　（2013年）

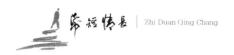

死生有命　富贵在天

　　1992年起，我踏入了出门公干可以"屁股冒烟"的行列，至2013年退出江湖，算起来整二十年有多。这期间，座驾换了几次，司机小心用命，轻微的刮碰都几乎没有。但夜路走多了总会碰到鬼，要有事就来狠的，有这么两次，可是名副其实的车祸，至今让我记犹惊心。

　　1994年，我参加中央党校一年期中青年干部培训班。毕业前夕，想到儿子将进入高三年级，接下来的一年，将无暇他顾地在残酷的煎熬中苦读，心中荡起一丝柔情，我电召他进京玩几天，然后一齐返穗。小子首次抵京，除了让他自己骑辆自行车瞎逛游外，不到长城非好汉的项目是断不可缺的。于是，向同学要了部车，父子俩奔八达岭长城而去。

　　七月的京郊，满眼苍绿，桑塔纳的凉气逼退了盛夏的暑热。儿子在后排欣赏沿途风光，我在副驾驶座上与司机有一搭没一搭地聊着没有主题的闲话。在昌平区境内的二级公路，汽车以七八十公里的速度在沙土路面上疾驶。突然，左边绿化带灌木丛缺口处，窜出一辆五十铃人货两用小车，司机发现这该死的东西并猛踩刹车时，相距也就不到七八米了。砰地一声，两车猛然相吻，桑塔纳左前灯粉碎性骨折，引擎盖面板隆起，五十铃右前灯后部凹陷，灯泡破碎挂在车边。疾走的汽车戛然而止，我随惯性向前飞去，头撞上挡风玻璃后弹回跌坐在座位上。玻璃以撞击点为中心，呈放射性水波纹开裂状，而我的脑门则在一阵麻木后隐隐作痛。司机脚踩刹车，双手紧握方向盘，没事。小子还好，只是右膝盖碰到前面座位的硬构件出了点血。谢天谢地，两辆车的人都没什么大事，只是车不能走了，父子俩只好打车继续前行。爬走在八达岭长城，总觉不太对劲，腿软身疲，有点使不出劲的软瘫感觉，原本逛十三陵的打算只好作罢，打车返程。

晚上可就出了大件事。我先是脖子僵硬无法转动，要探视身后，只能180度转身；接着右大腿根部作痛，走路不利索有点拖；睡觉时无法提腿上床，只能先坐在床沿，用手把右腿搬上床后才能做下一个动作，一身多处像被大棒揍了一样酸痛。第三天回到广州，医生要我热敷理疗，大热天的我不愿遭这份罪，挺了一个月后才慢慢复原。

出事当晚，我摸着仍隐隐作痛的脑门想，这少林铁头功还真可以练成的，这么大的撞击力，也仅仅是头皮有点肿痛而已。没想到，严重的是留下了后遗症，人变得更傻了。

1996年6月，组织部通知，说选派我到下面任市长，不是挂职，户口、组织关系都要迁到任职的地方，三个月后出发。当时，我暗自高兴了一阵，十几年统计生涯，换个地方，见识外面的精彩，更何况是去做主官，还蛮吸引人的。我等待组织安排，三个月、半年、一年，最终，还是留在了统计局。

多年后，与人聊起这码事，都说"你真傻，别的动作不说，起码要跟组织表示感谢，说明自己愿意到地方历练成长。多少人积极表态想下去锻炼，你却啥动静都没有，出局的自然是你。"一句话，真如醍醐灌顶，想想也真是呆透了。

一次查颈动脉，发现右椎动脉内径比左边管腔狭窄30%，医生说是先天性发育不对称。但我确信这是当年车祸造成的内伤，导致右颈动脉变窄；或因撞击，一边停止发育失去了对称。现代医学证实，人的左右脑功能不同，右脑是形象思维、创新能力的源泉，其凭直觉观察事物，纵览全局，使人能预知未来的变化，事先做出重大决策。右脑不灵，问题很严重，自己恰恰这侧供血不足，缺氧造成思维障碍，人就时不时显得呆滞了。

后来的组织部部长是中央党校一个班的同学，下派广东任职近十年，自己从未跟她吃过一次饭，仅有一次到部长办公室是谈我"下台"的事。总说统计清贫没地位，死田螺不会过丘，甘愿在一棵树上吊死，我也算是"蠢"到了家。

细细想来，"傻"也是自己本性的一部分，厚道重感情，在地市任职，一不小心可能就掉进别人挖好的坑里。统计局内外环境相对清爽透亮，把自己安顿在这里，那是组织的慧眼关照，上苍的眷爱。

时光悠悠，转眼到了2010年，其时我在政协供职，俗称到了二线，人也显得特"二"，仍时时在人口、资源、环境的琐事里打转。

六月的一天下午，骄阳似火，惠河高速上三菱吉普以百公里时速平稳奔驰在回广州的主车道上。行至23号路段，与超车道上飞驰的九座东风面包车并排的刹那间，坐在后排的我，先是听到类似爆胎的"砰"的一声炸响，紧接着看见面包车右偏向自己的车冲来，我"啊"的一声大叫，面包车已越过实线一头撞在吉普车左后灯前部，电光石火，人仰车翻，惨剧发生了。

吉普车先是一头撞在公路右边护栏上，两个护栏桩柱被拔起，二十多米护栏被撞离路基。紧接着吉普车头向左，在车道内三轮悬空，仅余左前轮着地独撑大局前奔；同时，车身从后向前以左前轮为轴心作180度前滚翻式翻转，"轰"的一声，吉普四轮朝天，车顶着地向前飞窜，最终横躺在离两车相碰一百六十多米的主车道，头尾压在两条车道实线上。

是时，我在后排靠右座位，随着吉普跳跃翻腾，两脚朝天，头贴车顶前奔。天地倒转中，看着座位右侧的玻璃弹飞出去，我亦被一股往外的力量拖拽着，不由自主地想穿窗飞扬，但被安全带拴在车内，最终没随风而去，否则，诸位再想联系，就得先烧香了。事后得知，面包车最后排右侧一米八多的男青年，没系安全带，从窗口甩至右边护栏外，当即不治。

车不动了，我还在车内折腾，一小阵后，光着仅余袜子的双脚爬了出来，发现只是右手肘碰破了皮出了点血。司机则是左手肘擦破了皮，都没什么事。当我把散在车内的手机部件拼装好，报警并告知单位后，站在烈日下的公路边，望着散落在公路上和排水沟中的各种物件，怎么也弄不明白，当时车尾箱内的一双休闲鞋、一双篮球鞋、脚上的一双皮鞋，这时各有一只在车内一只在公路上。你说，它们是怎样在刹那间，有秩序地各选了一个代表钻了出去的呢？

我站在公路边，望着车顶下塌、四轮朝天的车辆，心里更多的是感到万幸。惠河高速，整日车辆熙攘，瞬间前后无他，没有造成二次车祸的伤害。广东6月滚烫高温的柏油路面，吉普车车顶着地飞窜一百多米，肯定火星四溅，竟没有点燃漏油，造成爆炸的惨烈后果。车辆右偏撞护栏后，又还能左旋回到路上翻滚，没有直冲下山崖，这真是天大的造化！

事后陆续来了六拨公务车、救护车，前后两批交警一到现场，均指着翻卧的汽车问里面还有人吗，谁坐的？看见我们安然无恙，都异口同声说，幸运！命真大！回家要好好烧炷香。闻讯赶来的河源、惠州统计局领导，面对惨烈的现场感叹，不可思议，真是好人啊，吉人天相！

一条安全带延续了自己如常岁月，也使人体味了生命的无常，感知生和死仅隔着薄薄的一张纸。面包车上活生生的小伙子，零点几秒的瞬间便阴阳两隔，这是他自己、家人、亲朋、同事谁也无法料到的，只有天知道。自己平日行为举措还算规范，上次车祸后乘车系安全带已成习惯，这场事故又一次诠释了行为决定习惯、习惯决定性格、性格决定命运是有一定道理的。

车祸后一个星期，因脑出血坐轮椅近十年的母亲陷入昏迷，再一个礼拜终至不治。自己大难无恙，虽有许多的偶然和必然，但却更愿意相信，是善良温厚对子女无私至爱的母亲，用她老人家的阳寿消弭了儿子的灾祸，自己却永远地去了。这大概也是冥冥中的天数。

先祖卜商，两千多年前为孔子代言，说出了"死生有命，富贵在天"的千古哲语，道尽了人生的万般无奈。人能活多长，各有各的命；会不会大富大贵，自己没法定。"谋事在人，成事在天"，人只能管人事，管不了天命。我们应该做的不是怨天尤人，无所作为，而是积极地尽人事，以一种顺应规律，顺应自然的旷达态度，对待富贵与贫贱、成功与失败、疾病与死亡。"尽人事然后听其自然"，相信"人在做天在看"，好人自有好报。

（2013年）

天天都是星期天

公元2013年2月1日上午11时30分，我离开了人口资源环境委员会主任办公室，在省政协大楼前与同事握手话别。此刻，冬日暖阳，尽管声声祝福在耳畔回响，自己的思绪却飘向了另一个现实场景：36年的公务生涯正式结束，"自此光阴为己有，从前日月属官家"，天天都是星期天了！

岁月无情徒叹奈何

怎么就突然老了呢！称他人为"老家伙"，仿佛还是昨天的事，今天就轮到自己告别工作岗位了。一些同事说我不显老，多年没什么变化，明知是忽悠也照样傻傻地高兴。几次在洗手间对着镜子端详，里面的家伙头发灰白，满脸沧桑，眼皮耷拉，眼袋暴突，鱼尾纹、抬头纹、法令纹，老人该有的沟壑哪样也没少。调暗灯光，只是身形没怎么大变，依稀还有当年的影子而已。古语"美人灯下俏"，大约就是烛光摇曳，看不见细节，只见轮廓的效果。"最是人间留不住，朱颜辞镜花辞树"，生命流转不息，衰老是不可避免的，自己心里最明白。

岁月无情，三十、四十、五十、六十，眨眼六十三个春秋就像风一样吹了过去。今年老伴还为自己申领了"老人优惠卡"。元旦后首次使用，把卡往公共汽车的读卡器上一贴，"老人优惠卡"，一女中音悠声响起，让人既悦耳高兴又万般感慨。政府对老人的关心是社会进步的体现，自己迈入了被优待的行列，则意味着青春远去，老之既至。恍惚中，童年不过数载，花季转瞬即逝，青中年天天打拼，不经意间剩下的就是老年期了。

前几天，持卡上车。"老人优惠卡"声音响后，我被司机叫了回来，意在验明正身，真不知是什么眼神，还敢载着一车鲜活生命满城跑。是时，全车人的目光聚焦在自己身上，期待着观看逮住了一个企图侵贪一元钱的宵小无赖的街头闹剧。我意识到当时自己一跃而上的动作过于敏捷潇洒，招惹了有着高度责任感的师傅大佬的怀疑。当即决定，以后要扶着车门把手，微躬身背，两碎步一个台阶往前挪，把"优惠卡"复印放大挂在胸前，并不再染发。老人就是老人，别佯装年轻撑着，一副表里一致原装正版如假包换的老头样，可免遭不白之冤的尴尬。

退休是个沉重话题

总有人在档案里越活越年轻，同样的生肖，公历年龄却可以比他人少几岁，都是权、利、名作的怪。一位同事，多年前让老婆给蹬了，身份证年龄比档案小一岁，多少次找局长和人事处的闲气，死活不肯退休。原因就是退了就是老人，找老伴就更难了。

和"50后"神聊，总喜欢摆老，常调侃自己是民国人，比他们早生了一个朝代。实际上自己的档案年龄也不准确，年月没有错，日子却对不上。老爸依天干地支，在笔记本上记录的我的出生时辰，是农历1949年8月14日。因不懂换算，从小学开始填表都是往后推一个月，写成公历9月14日。高考填表老妈发话说，自己是中华人民共和国成立后出生的，所以起名"新民"，于是出生日子改成10月14日。后来查万年历，才知道对应的公历是1949年10月5日，当年闰七月，新历、旧历相差了五十八天。再摆谱时只能说自己是"40后"，比"50后"早生了一个年代，不敢说是前朝人了。

之后我自行更正，按准确的日子填写，但两次出国的申请被退了回来，说与档案不符，只好假作真时真亦假，档案和身份证上10月14日广州解放日，就成了自己难以改变的公众所知的生日。历史被篡改，但这是无知无奈的无意之失，不能归于上述总想拖延退休年龄之列的。

离开了工作岗位，心闲手闲废话就特别多，嘴的功能得到了强化，入了"树老根多，人老话多"的俗道，也显得不合时宜，讨人嫌。

逮到机会与统计系统的同志一块，往往"昨天、今天、明天"地胡侃。早年的农村、是年的高考、当年的工作、眼下的钓鱼岛什么的，全入话题。一张嘴，往往都是"我如何""我认为"的第一人称叙述。有人"刨"一下，更是顺杆往上爬，满脸春风。时不时故作深沉，一副过来人的腔调，那德性，俨然半个哲学家。人老迟钝，看不懂也不怕别人鄙夷的目光和厌恶的黑脸，兀自啰唆。到了这个年龄，到了这种境界，不再受名缰利锁的羁绊，心里原来需要严加防范、反复过滤、认真推敲的话，现在嘴一张，大可以不加思考不加修饰地吐了出来。没有忌讳，没有禁区，只求高兴。满足了自己的虚荣，难受了他人的感官。

人虽是主宰世界的最聪明的高等动物，脑子常常也是靠不住的，有天然的过滤功能，喜欢留下高兴的，舍弃讨厌的。再考虑到人都有扬善隐恶、揽功诿过的本能，由此提醒诸位，如果看到在下显摆，自动将听到的话打折，八折、六折、四折、二折……老人向前看不到什么，往往喜欢回望，反正给点面子，忍着，恤老怜弱，就当你看到了自己的明天、后天……宽容包涵，姑妄听之就是了。

离开了工作岗位，生活轨迹变了，有个重新描绘和适应的过程，再淡泊的人，都难免由此产生不同程度的失落感。我不恋位，但恋人。大半辈子每天朝九晚五上下班，忽然间退休回家了，除了星期天孩子们回来吃晚饭外，两个老人各干各事，整个就是空巢的感觉。如何打发剩下的日子，真得好好合计合计。

高校想续聘我为客座教授，我谢绝了，非不能而是不想。几十年统计生涯，特别是担任单位领导后，不敢有丝毫懈怠，眼睛紧盯经济和统计现实及理论前沿，八小时外的新闻、报刊、网络无不如此，不自觉地成了职业习惯。要为人师，就不得不延续站在前沿的辛苦。统计只是自己的一份职业，现在无职了，也就不想再操旧业，只想给自己多留一份清闲和自由，做一些自己喜欢的闲散事儿。省政协领导要推荐我担任特聘委员，同样没有应允，都是上述不想再担当的思想作祟。

清闲的寂寞和继续融入集体的担当，自己选择了前者，还

有个人类健康年龄因素在里面。

依据世界卫生组织数据，中国2007年平均健康预期寿命为六十六岁，其中男六十五岁，女六十八岁。自己已过了六十三岁的年月，这几个数字给人刚刚告别单位就要准备去医院的感觉。目前，广东男性平均预期寿命七十四岁多，即使如何健康长寿，终究都要回归本真，终老宅邸的，来日无多，何不给自己留点更自主的时间呢！

拓展生命的宽度

人都老得太快，却聪明得太迟。不少人总慨叹过往的事，哪些应做得更好，哪些应把握得更有分寸，或许人生会更加精彩圆满。更有一些人沉湎于过去不能自拔，无端地折磨自己。人的一生，犹如树木，从发芽、吐绿、浓荫、枯黄、衰落、飘零，是一个过程，这个过程没有如果，过去的成了历史，永远地过去了。人只能对当下负责，做好眼下应做的事情。自己的生命之树，正处于从枯黄向衰落的过渡期，必须用心享受这慢慢老去的过程。

赋闲在家，老朋友、旧同事给出了不少打发时光的好办法，但习惯与秉性已难以撼动了，只能有选择地尝试着慢慢来。

老傅老赖一帮钓友邀请我加入他们的队伍，条件是时不时贡献点白酒，为中午煮食猎物时的饭餐助兴。这可以考虑，不图渔获，求个热闹中的清静，水边浓荫下的悠闲；摄影要拜师，不能总是自学不成才，走野路子不上档次；可以看点闲书，高兴时胡诌点正经或不太正经的废话，敷衍《统计文苑》，管它有没有人看；爬白云山的次数要增加，也可以像白云黑土一样，偶尔到"铁岭"那样的大地方走走；老家乡下有一间房，一年可以住上一二次，门口池塘钓钓鱼，侍弄侍弄菜园，吸吸新鲜空气，降降血压血糖。

重要的是下面几点，必须尽快行动且长期坚持贯彻办好。

赶快学"坏"。几十年一根筋，除了工作其他业余活动极少参与，普及全民长盛不衰的麻将扑克运动，基本没有介入，成了"脱离群众"的孤家寡人。多少次回乡下过春节，大年三十，就自己一人在电视机前看无声春晚。那是百分百纯粹地看，客厅里两台麻将、两台扑克，加之围观者的喧嚣，早把电视音淹没了。邻居来聊天，一杯茶没喝完就开台了，自己只能在旁边当陪客。城里的不少同事，在闲暇时段也好于此道，自己都不好意思打扰人家。"猫"家了，再不往这条道上靠，就接不了地气，说不了"人话"，融入不了圈子，"自绝于人民"了。得赶紧行动起来，牌桌怡情，按本山大叔摸牌、码牌、捞牌、碰牌的经典动作，脑手俱动，延缓痴呆，这是第一要紧事。

把窝垒好。退休被迫为宅男，这九十平方米的空间，每天要待十几小时以上，必须随性适意。客厅电视机上面那面白墙，一直考虑要整饰点什么。这回决定找个什么"家"写几个字，就写"天清地宁"。人老了，没什么雄心，更没什么壮志，也没什么想法，唯祈愿朗朗乾坤、天下太平；祈愿国家清明、百姓安宁；更祈愿全家上下老少平安、无灾无祸；祈愿自己心绪宁静、无心无肺……成语词典上查不到这几个字，这没

关系，反正自己说的，看着心里明白喜欢就行。

陋室东南向近二十平米的露台，要种上耐旱疏管照样生机勃勃的花草，如籁杜鹃、千手观音、山稔花之类，美化美化生活。更要添上一张圆桌两把椅子，要高靠背，能托住颈椎，也能半躺半坐的那种仿藤沙滩椅。多年伏案，腰颈劳损，现在要好好优待优待这些零部件了。平日，一杯清茶，一本闲书，在露台上晒晒太阳，还能补钙。圆桌旁，偶有张三喝茶、李四聊天，是日更是"情人节"，开心。

陪侍孙辈。工作重心完全转移后，侍弄好孙辈就成了重中之重的任务。这方面学问很深，是自己的弱项，我管不了许多，反正对四个小家伙，一律采用无为而治的方略。平日他们父母管得严，到我这里尽可以开心放纵，可以疯可以癫。电视、iPad开放，肯德基、麦当劳、比萨饼可以满足，尽打儿童钱卦的公园游戏节目尽管玩，不差钱。叫溺爱也好，叫联络感情也行，就是想让他们觉得祖辈可亲可爱可敬。小毛虫各有各的可爱和可恶，弄孙含饴，所谓的隔代亲真是如此，既尽了责任，也使自己收获一份天真和童趣。这是真情的自愿付出，用爱幼的行动，向他们的父母传递关心垂注长辈的尊老正能量，是否由此得到爱心的反馈回报，那就不在考虑之中了。反正这些小毛虫，三五年后就会成蛹化蝶，翅膀一硬更是自然飞走，你老胳膊老脚的，不必撵也撵不上。

讨好老伴。史上客家男人不做家务，这是优良传统还是劣习，没闹明白。反正自己遵循古训，从农村开始就没下厨房，辩称为"男主外女主内"分工不同，并由此认定客家妇女是世界上最勤劳善良的女人。那年老伴到外地陪护女儿生孩子，害得我把住家周围的快餐店小餐馆，轮换吃了三个月。不上班了，一日三餐围绕厨房派生的活动就是大事。得整一副行头，围裙袖套橡胶手套，高耸的厨师帽就免了，摊不上掌勺，给老伴打个下手讨个欢喜就行。家是港湾，永远的锚泊地，老伴是领导，这是长期坚持不动摇的基本家策，现在更要彻头彻尾地贯彻不走样。老伴高兴，家庭和谐，晚年幸福就有了保证。

退休了，就是平头百姓，是家里的一个老人，不要把自己太当回事。"人走茶凉"，是必然也是真理，自己在位时又何曾给老同志多少"热茶"！但自己感恩同事每一次各种形式的问候，偶尔吃顿饭或见面聊聊，就要感动很久。接到邀请就开始期待憧憬高兴，事后又回味咀嚼，串起更多往事的追忆，感受到人间真情永在的甜蜜。

另外，不要不把自己当回事。人老病出，该修整的应及时修整。缺的牙补上，血压药准时服用，腿脚不灵了，爬山就不攀石级，改走大道，身体大不如前，就在积极应对中，降低生存标准适应。

传说中的彭祖，生于夏卒于商，享年八百高龄。类似的神话，寄托了人们对健康长寿的梦想。"神龟虽寿，犹有竟时"，生命的长度终究有个尽头。积极开朗的人生态度，良好的生活情趣，容易满足自得其乐的生活，延扩了生命的宽度，这是无边的。在拓展生命宽度上，自当努力加餐，争取步入"夕阳无限好，妙在近黄昏"的幸福老年境界！

（2013年）

钓鱼杂记

（一）

古人描摹钓鱼，总给人"独钓寒江雪"的孤寂。清王士禛诗云："一蓑一笠一扁舟，一丈丝纶一寸钩。一曲高歌一樽酒，一人独钓一江秋。"垂钓者虽高歌自饮，独自钓起一江秋意，但逍遥中不免深藏几许萧瑟和寂寞。今人虽仍有不少钓鱼独行侠，但更多的是三五知己结伴而行。统计局的一帮老人更是独乐乐不如众乐乐，呼朋引类，热闹欢娱中另显一番情趣。去年五月退休后，自己被引诱上了这条垂钓"贼船"，至今越陷越深，不能自拔。

每星期四早六点半，小北路公共汽车站总有六七位身背钓鱼包的老人依次上车，一连串的老人免费卡响声过后，汽车一站路把老人带到地铁口。经5号线转3号线，在地下穿行15站，再坐郊区汽车6站，八点左右到达钓鱼主场地——南沙榄核镇下坭村鱼乐农庄，加上另路先到的钓友，统计局每次均有七至十人散在鱼乐农庄两口几十亩的池塘边垂钓。

这是一群不在意结果，主要追求过程的钓者。

选好钓位，安装钓具、拌饵打窝、试漂调漂、拈饵抛竿，一系列动作过后，老人们进入了静静的等待和期盼之中。

这场人鱼游戏，需要眼、手、脑配合，竿、漂、鱼互动。老人眼神不济，最怕风乍起，吹皱一湖清水，水波粼粼的鱼漂在晃，就不知是风动、鱼动还是心动了。清风徐来，水波不兴，这是钓鱼的最佳境界，既凉爽又鱼情洞察秋毫。忽然，心随漂动，手腕一抖，贪婪者上钩了。人们只知道鱼儿在水中游来游去自由自在，哪知道它们讨生活同样不易，和人一样，总得把肚子填饱。谁料世道艰险，人心险恶，阴毒地饵里藏钩，这一嘴下去，竟葬送了残生。

抛竿、提竿，惊喜和失望交织，这一过程持续到十二点多，然后收竿。大家共用鱼护，小鱼随钓随放，最后留下两条合乎口味的满足中午口腹之欲，其余的放回鱼塘或交给塘主。不求渔获，要的是田野湖塘的钓中求乐、钓中求趣，要的是充实的浮生半日闲。

鱼庄农家乐的中午饭，更是老人的快乐时光。AA制饭餐，和谐平等，偶因某位家有喜事，借机请吃，大家也不客气，尽欢随喜。老邓喜得男孙、老卜拜师学艺、老吴新添靓鞋，等等，都曾同喜同乐小宴钓友。每次餐前，先泡上自带的武夷山茶，三巡过后，两盘花生米，两条鱼，一条清蒸，一条红烧，这是雷打不动的主菜。间以莲藕焖鹅、姜葱焗鸡、萝卜牛腩、猪手花生，几样小炒，应节时菜。不管好赖，酒是断不可少的，众钓友踊跃无私奉献，品牌虽杂乱，都不失为天南地北的各色好酒。是时咂吧两杯，再佐以世间闲情、天下大事，真是其喜洋洋，宠辱皆忘了。特别是盘中鱼主，其时往往大谈上鱼经历，得意于形，更是不知今夕何夕。

一次，老傅钓上一条14.4斤的黑鲩，中午搞了个全鱼宴。清蒸鱼片、红烧鱼块、头尾芫荽豆腐汤，加上几个时菜，七位老人硬是没吃完这条鱼。偶尔也有败走麦城的悲惨时刻。那次在龙归鱼场，大家手都发凉，没上过一条像样的大鱼，中午只好熬了一锅小鲫鱼汤，但老赖带的五粮液还是照样喝得挺欢的。

（二）

这是一群鱼缘相投又各有其趣的老人。

老方：召集人，领导，被称为"秘书长"。每星期三早上，准时发出"明日钓鱼"通知，并附有天气预报，告知添衣或防暑。一周天气早知道，有不测风云，征求意见后，及时发出休渔或"改为星期几、地点在哪"的信息。比大家提早半小时收竿，准备午饭菜肴。点菜荤素搭配，价廉物美。探索联系新钓场，任劳勤勉，服务大家，快乐自己。一次和老魏收竿后买鱼，恰巧主人不在，返家后把鱼过秤，再次垂钓时分文不少奉上买鱼钱，感动得塘主直唏嘘："一些斯文窃贼钓着鱼后，不时趁主人不注意偷偷溜走，你们是真君子！"

老吴：每次雄赳赳走在最前面，一点不似七十好几的老人。不时比大家早零点几秒坐上地铁，曾因只身一人在郊区车内打瞌睡，过了站，步行回来反比大家晚了不少，成为笑谈。钓具精美、钓术精良，元老级钓手，渔获总重桂冠非他莫属。每谈到起鱼经历，失手的永远是最大的。谁断线断竿鱼漂被鱼拖走，总热心地拿海竿耐心地把失物钩回来。饭后热心结账，尾数都自己垫付，说，小钱，别搞那么麻烦。是为"副秘书长"。

老邓：腆着肚子坐在塑料靠背圆椅上静心垂钓。这位玩拖拉机都会打瞌睡的老兄，一到塘边则精神抖擞，眼睛放光，这么安静的环境也不犯瞌睡毛病，往往收获不菲。也有例外。那次在天麓湖，可能是抱孙辛劳过度，或是山水醉人，鼾声直达湖对岸，把鱼都惊跑了，大家仓廪盈实，他却颗粒无收。一次为老傅海钓摘钩，被大号钓钩钩住了左食指，我为他用力拔出钓钩，鲜血直流。他淡定地说，没事，创可贴一包就行。

老赖：最执着。病好出院没多久就吵着归队，老婆拗不过，只好约法三章。钓鱼包里总有半节面包，血糖高，早餐一半，留一半十点多再吃。比我早一年入队，已颇有心得，打窝舍得下本钱，鱼都愿意亲近他。海钓甩竿动作尚待规范，不时旁逸斜出，曾横向越过二十几米三个钓位，让三条钓线纠缠在一块。

老梁：飘着一头白发，动手能力特强，我及老魏的拖拉钓鱼包就是他改造的。喜独立独行，吃完饭一眨眼自己只身走了。钓鱼不打窝，总挪动钓位。特顾家，不时按老婆吩咐买几尾鱼回去，大家空手背包往回走，他右手拖包，左手提着环保袋，塑料袋里的是鱼和水草。

小欧：最坐不住，有如小学课本上的小花猫钓鱼。替这个操网捞鱼，为这个钓上大鱼留影，谁在遛鱼，总能听到她的嚷嚷。一次走走看看时，自己的钓竿被鱼拖到水里，坐失了一次起获大鱼好好显摆一回的良机。大家最喜欢她，她总"偷"先生的酒和花生米来给我们，特别是她有护士长的医学功底，有原人事处老干部负责人的细心热情，使得老人充分感到有她在的安全和温暖。

老魏：骨灰级发烧钓友，每次探路新钓场，每次的艰难险阻都肯定有他。敦厚壮实，钓术精湛，专注，是上鱼尾数最多的一位。只用手竿，说要的就是上鱼的手感，过瘾。每每走在最后关照长者，到没有传送扶梯的地铁口，又适时帮助腿脚不甚灵便的钓友拿钓鱼包，说，左右手各拿一个反而平衡稳妥，不用谢。是为"秘书长助理"。

老李：年纪不算老，头发却最少，当年作为财务主管，每天大把银子过手，应了"十个光头九个富"的俗语。入队时间不长，技术提升快，每次手竿海竿并用，总有收获，似还没有空手过。

老傅：离休局领导，队里的灵魂。85岁高龄，精神矍铄，耳聪目明，步履稳健。钓界先驱元老，至今保持单尾重的冠军纪录。言传身教，诲人不倦，是新手的教练导师，一如当年传授统计业务模样，我案头仍保留着他送的如何调漂、试漂的笔记复印件。具有精细工程师的身手，改装的渔具轻便精当，摘钩器比别人的多一个圈，钓钩即使在鱼肚子里，把钓线绕入圈内一捅，照样就妥。我几次钓竿出毛病，都是他老人家拿回家弄好的。改期或改地点，都喜听他的，除了睿智，也包含了大家的一份尊敬。

还有老王、老陈……

这是一个松散、有序、和谐、快乐运作的组织。老同事、新钓友，走到一块，是几十年情谊的延续。北京几位同学羡慕地对我说，退休了，有这么一个群，真好！

（三）

一齐出门，一齐吃饭，一齐返家，都是集体行动，而选好钓位后，余下的基本就是个人的活动世界了。

开饵扬竿，随着层层涟漪的消失和鱼漂的渐渐立起，人就进入了静静的空灵境界。以往总认为是孤独寂寞、浪费时光的垂钓运动，观念一转，心情一变，就成了宁静致远、修心养性、享受生活的代名词。太阳伞下，芭蕉树旁，竹影浓荫里，面对宽阔明净的水面，天上白云飘飘，水底飘飘白云，手持钓竿，心中充满碧澄透彻，飘逸幽远的感觉。手不离竿，眼不离漂，世间万物显得格外单纯宁静，无忧无虑、无牵无挂、无怨无艾，物我两忘。蓝天白云，阡陌田畴，钓竿伸在水面的影像，仿佛就是一张美丽的江南水乡画图。就喜欢这种意境，钓的是一种心态，玩的是一种乐趣，收获的是一种享受。

钓鱼起源于古代先民的生产活动。随着生活水平的提高，逐渐从生产活动中剥离，成为一种充满趣味，充满智慧，充满活力，格调高雅，有益身心的文体活动。我们这帮已不理"正事"的老人，相约于一个固定时日，悠闲于田野塘湖之间，清风吹走了城市的喧嚣，钓竿的颤动带给老人童子般的欢乐，真正的不以渔为鱼，而以渔为娱，志在山水间。

前不久回乡下老家，与一帮儿时伙伴闲聊，问现在都干些什么，一位年长自己几岁的堂叔很认真地回答："等死！"继而解释说，年纪大了，没什么好干，也干不了什么，孙辈也大了，不用操心了，每天吃完饭就等着阎王爷什么时候请去。话虽糙，在农村却有相当的普遍性，即温饱后，老人的精神愉悦问题没有解决。这个问题在城里同样严峻，如何打发退休后的日子，成为所有老人无法回避的现实。

人生自己选择，再多的荣辱悲欢和不堪回首，都将随风而逝，过去的过去了，重要的是把握好当下。我们这帮老家伙钓鱼，不以此为生，而是以此为乐，结伴远郊，摆脱孤独，排遣憋屈，释放闷气，保持有限的社会生活圈，让生命注入新的动力，努力过好每一天，就是对"等死"抗争的一个动作，而从老傅一干老钓友的实践效果看，这一动作还真是管用的。

钓鱼是捕捉鱼类的一种方法，也被喻为引诱的意思，欺骗行为也有被称为钓鱼的。人生海洋里，不少人在垂钓，钓名、钓誉、钓钱、钓利、钓官帽、钓女人……不一而足，这些都跟这帮老人无关。当然，这是另外话题了。

（2014年）

人鸟情未了

　　陋室东南，长方形露台花木扶疏，柠檬、木瓜、鸡蛋花、芦荟、小叶紫薇、桂花、簕杜鹃等一字排开，高矮参差，摇曳生姿。知名不知名的鸟雀不时光顾，欢歌嬉戏，浅唱低吟，在喧嚣的城市中，给了露台主人一隅花香鸟语之地。

　　仲春，在此相对静谧的一角，演绎了一段人鸟未了情。

　　3月19日早，春风袅袅，两只小鸟在露台栏杆上啁啾，逗留良久。稍后，两小鸟口衔枝条、苇草、树叶在簕杜鹃灌木间频繁进出，傍晚出现一浅碗模样鸟巢。第二天小鸟更加勤奋，筑就在簕杜鹃中间浓绿枝条上的鸟巢呈完整碗状。土建完成，小鸟又花一天对内部进行精装修，铺垫上枯草茎、针叶、草根等柔软细碎材料，精致安稳的鸟巢大功告成。

　　细审之，小鸟长相独特，黑头褐背白腹，颌下白斑明显，拖着长长的上褐下红尾羽，特别是头上高耸黑色羽冠，像是戴了顶高高的巫师帽，既显夸张又霸气侧漏。

　　何方精灵要在露台安营扎寨，我赶快拍照上传请教方家，回复：红耳鹎。再问度娘，得知此为鹎属小型鸟类，身长二十多厘米，眼睛后下方有斑块状的鲜红羽簇，"红耳鹎"之名由此而来。

　　鸟巢落成第二天，小鸟产下了第一颗蛋，一连三天产蛋三颗。蛋呈淡粉红色，满布淡紫色斑点，大拇指般大小。度娘说红耳鹎一般产蛋二至四颗，小鸟取中位之数，不落人后、不趋人前，奉行中庸之道，符合露台主人脾性。

而后两小鸟轮番蹲窝孵蛋，十二天后，先是两只，隔天再一只，雏鸟破壳降生。世间多了三只肉肉的小精灵。

陡然多了三张活口，为鸟父母者勤快地不断飞进飞出，捕虫摘果，口含榕树子类果实或昆虫轮流进巢喂食。雏鸟伸长脖子张大嘴巴，嗷嗷待哺的现实场景，活脱脱地图解了"劝君莫打三春鸟，子在巢中盼母归"的真谛。

曾两次寒风中夜探鸟巢，父或母，总有一只在窝中为雏鸟既当屋顶挡雨，又作棉被御寒。

育婴艰难，鸟夫妻却恩爱有加，沉醉在做父母的喜悦之中。每天早晨、中午、傍晚，长时间在巢边栏杆或雨棚上呢喃啁啾，情话绵绵，不时开启婉转多变歌喉，高中低音悦耳动听。

更让人感动的是，小鸟以孱弱之躯，不畏强敌护犊搏击的精神。

4月5日，趁小鸟不在巢，我出露台探看最后一只雏鸟是否已破壳出生。正拿手机拍照，忽然一声凄厉尖叫，一小鸟从身后向我头顶冲来，一掠而过，翅膀拍打在我眼角，另一只则在雨盖上鸣叫助战。我赶忙退回室内，到阳台看我的鲁莽给小鸟造成了怎样的伤害。哪知一只小鸟马上跟进阳台，站在离我不到一米的防护网上盯着我，怕我再次作恶。我真心愧疚，满脸堆笑，吹着口哨鸟语道歉。愤怒的小鸟不吃这一套，一声不响地对峙着，那意思明白无误，就是抗议、示威、问责——我家孩子有什么冬瓜豆腐跟你没完！

多少次看动物世界，屏幕上弱小动物为孩子奋不顾身斗凶顽的镜头让人唏嘘，这次亲身经历更让我震撼。真是，微禽本柔弱，为母则刚强！红耳鹎平时一般见人就躲，做父母后这突如其来的勇气和坚强，是长久进化刻在基因里的本性。

想想人世间，关爱子女是天性，与生俱来，具有类似于红耳鹎护犊的动物性，让人一想到母爱，就勾起多少无私、忘我、宽容、奉献的温馨故事；孝敬父母是人性，可多少逆子孽女，只知索取、驱使，甚至奴役父母，不知感恩为何物，失了人性。

小鸟破壳三天后，原本总看见巢里张大了在喊饿的三张嘴巴，现在怎么观察，也只有两张。难道发生了什么不测？猜疑多天后，一次看准两小鸟远离觅食时机，赶忙近距离手机拍了张鸟巢照片，结果只发现两只毛绒绒的雏鸟在巢内，有一只夭折消失了。可怜的小家伙，刚刚来到这个世界，巢外的绚丽还没来得及多看一眼，就匆匆去了。惋惜之余，颇感生命的诞生成长饱含了多少无奈和不易，阎王勾人魂魄按只数不按岁数，死生天命，人禽同理。

雏鸟出生十五天后，清晨，露台上鸟儿叫得特别欢快，持续时间也最长。待起床后再看，鸟去巢空，雏鸟已不知去向，我错过了鸟儿远行的告别仪式。前一天还看见两只小家伙站在窝沿，身上羽毛齐整，只是还没发现长长的尾巴，心里盘算着明天怎么也得到巢边去，拍张清晰的雏鸟图。哪知翅膀一硬，海阔天高，鸟儿闯荡世界去了。

3月19日筑巢，22日产蛋；4月4日降生，19日远去，相处一月有余，天下没有不散的宴席啊！

红耳鹎选择在我家筑巢育婴，看中的肯定是这一方幽静的环境。露台花木虽不繁盛，我从越秀山捡回插植的簕杜鹃，经多年栽培，剪裁侍弄成倒置花篮状，双拱门的篮耳托举着浓绿篮身，具相当艺术造型，在这盛满紫色花朵的花篮里坐月子，无疑惬意舒适，有益母子身心健康。爱美之心，人鸟相同。

一些微友从易学角度评说，主要是因家庭和睦安宁而散发的祥瑞之气引鸟入住，是积善人家、吉祥之鸟。我喜欢这一说法。

当日，有凤来仪，心中大喜。为不影响小鸟的正常生活作息，彰显主人好客善意，专门颁布禁令：闲杂、非闲杂人员一律不得涉足露台。夫人、孩子、孙辈、清洁工概莫能外，我也只在天黑后才悄悄地给花木浇水。为了便于观察小鸟活动又不惊吓它们，我在浓密的簕杜鹃绿叶中剪出一个小洞，从阳台就可以窥见鸟巢外面的动静，于是有了整套小鸟活动的照片。

这期间，几次雨夜夫人拿薄膜盖在簕杜鹃鸟巢上方，为小鸟挡雨，又盆装小米放露台说方便小鸟采食。我极力反对，述说除笼养动物，大自然中的精灵均物竞天择适者生存天生天养，何来人为遮盖喂食。反对无果，使人联想到现实社会——孙辈们的骄纵任性，很大程度是祖辈溺爱的结果。

红耳鹎育婴期间，一改过往见人就闪的羞涩，逢人只是对视张望，大方豁达，并不避让。而我自那次人鸟激烈摩擦后，举止言行均特别绅士文明，每天十次八次与这些小精灵会面，每每看见小鸟嘴对嘴喂食，总触及自己心中那一份柔软，感受到一股慈爱美好的温情。任何动物都有自己的情感，它们用形体与声音诠释对周围环境的认知，表达宣泄情绪，和我们一样，都是智慧的生灵，彼此虽语言不通，但灵性相通，我不时用口哨与它们唱和，相互建立了信任，各安生业，和谐共处，其乐融融。

小鸟把时光拽回到了童年，带给我欢乐愉悦的同时，让人深切感受到，鸟界与人世一样，为人父母的艰辛不易。

三十二天相伴，人鸟情深，一朝别离，怅然若失，明年还回来吗？

（2018年）

"二"无止境

"二"是汉字中数字一至十的一员，有数目、序数、两样的含义。

现实生活中，如果说人"二"，则往往是"傻"的别称。北边有人称"二愣子"，西边有人谓"二球"，四川人叫"二杆子"，各地叫法五花八门，不一而足，但一般都离不开一个"二"字。有些场合，说人"二"，是指此人缺心眼，总做憨事傻事，讥讽里包含了赞许，也不单纯是贬义。

随着网络语言的走俏，"二"的现今意义，更多的是形容傻得可爱，经常自己制造一些冷幽默冷笑话冷囧事，以赢得他人的笑容和认可，含义更类似憨态可掬的意思。

我降生时，前面已有大姐大哥，是父母的第三个孩子。旧时老家乡下，往往只按男丁排序，本应为"阿三"的，结果都叫我"阿二"。这一叫，与"二"结了缘，而且是全方位的，上面提到的"二"的各个层次全占了。

年轻时，气血旺，路见不平，也会吼一嗓子，露出憨呆真性情。随年龄增长，身体操控能力下降，经常一件事，要做两次才圆满。退休后更是恣意随性，不知什么时候就会"二"一把，不时自嘲自谑，悦人娱己，"二"得彻底。

"二"往直前

20世纪80年代后期，广州南方大厦的繁盛光芒逐渐黯淡，但亲民的价位，熟悉的环境，再加习惯使然，仍是自己和不少市民购物的首选地，长堤依然是热闹商圈。

一个星期天，和夫人从南方大厦出来，顺沿江路漫步，前边两个状似母女的人在边走边聊，五六个初中生模样的大男孩簇拥着跟在后面，阳光和煦，江水悠悠，层楼叠影，好一幅安宁祥和，天下无贼的都市画图。

突然，我和夫人发现，前面居中的少年在其他人遮掩下，边走边俯身，一次次地慢慢拉开前方女儿屁股上挂包的拉锁。1985年后，城市改革进程加快，市场繁荣，物质丰沛，居民生活水平大幅提高，而坑、蒙、拐、骗、偷事件也有所增加。这应是一帮沾了劣习的少年，正向从商场出来的弱女子施展空空妙手。

我情不自禁地加快了脚步，没有考虑更多，伸手向正在低头拉锁链的家伙肩上猛拍了一下，这小子惊吓得跳了起来。我怒目而视，众宵小见状，顿住了脚步，慢慢地落在我们身后。母女俩发现了身后动静，回头看了看，明白了什么，把挂包挪至前面，继续走她们的路。整个过程谁也没吱一声，一场危机消弭于无形。

看着远去的母女，夫人后怕地说，他们人多，又是十五六岁的小伙子，不能惹的。我愣愣地回答，没想那么多，几个小毛贼，不足畏惧。

又一次，在中山四路过街天桥时，我刚踏上天桥台阶，前面一獐头鼠目男子，正悄悄地拉开一女孩背上双肩包拉锁。见状，我猛喝一声："干什么！"男子和女孩同时回头，发现一壮年正向他们逼近，小偷赶紧越过天桥鼠窜而去，女孩则把双肩包移到胸前，拉好拉锁，头也没回地走了。当时中午行人稀少，几秒间一切归于平静。

震贼驱邪，这是许多人都会有的情不自禁。这种在一些精明人看来的憨态冲动，却是人性本真实在的真情表露，也是世界始终光明的根源。

倒是让人想不到的是，两次驱贼，三位女当事人，连眼神的谢意都没有就款款而去，让我连表示"不用谢，这是我应该做的"的客套说辞，一点都派不上用场，现实场景根本不像新闻和电视剧那样演绎。

一而再"二"

坐惯了小车，就想考个驾照方便自己。几个司机都说，先弄张驾照，我们教你，不然无证驾驶出事麻烦极大。当时也有朋友好心，说拿几张照片来为自己办理。我谢绝了他们的好意，不想作假，要拿就在考场上取得，总认为，假文凭害不死人，假驾照却可能酿成大祸。而自己通过正规学习，还可以了解汽车的各种性能，知道传动系统、制动系统、电气系统……真正掌握驾驭汽车的本事。

第一次到广州岑村汽车练习场，师傅从口袋里拿出个空烟盒，撕开，在反面白纸上画上几个挡位，花了几分钟，向围拢的我们几个学员作了最简要说明，然后上车练习。每次四人一辆桑塔纳，轮换驾驶兜圈或倒车，几个轮回，半天就过去了，学的全是应考的伎俩，哪有什么性能构造系统，连仪表图识都没提过一句，只觉得自己天真幼稚到家了。

科目二考试，倒车入库，起步前挨线太近，最后右后轮压线，幸亏可当即补考一次，吸取教训后完美过关。

刚要走出考场，主考警官扬手把我叫了回去，以为还有什么未尽事宜，没想到考官仅是突兀地问了一句与考试毫无关联的话："你是局长？！"我马上明白了其中的潜台词，在玻璃窗口很干脆地朗声回答："是，而且是正的！"原来是同考学员多嘴，说这位是省里的局长，平日鲜见有省厅领导到岑村考场亲自操刀，真有，往往也有人事先打招呼关照，考官为此生疑，故有此问，并得出结论，还真有傻冒的。实际上我在岑村学车，就有学员对我说，同一场地，某单位领导正由专人专车陪同练习，你完全可以找门子，不用与我们挤在一起的。

科目三路考，在阳山县考场，又是第二次才过关。开始挺顺利，考官说可以了，准备签名放行，我一高兴，脚抬离了离合器，而手杆未归回停车挡，死火了，只好补考。

补考时间排在最后，再次上车时，天色还早，又是最后一位考生，考官时间充裕，有时间陪我玩了。作为生手，最怕半坡起步，离合、油门、挡位要配合无误，才能顺利启动上路，考官却让我一连演练了三次。首先是开始起步，再次是半山碰到牛群，要我停下来避让后再走，接着嫌我停车靠边不到位，再来。幸亏如有神助，无岔可找，总算过了关，但跑的路比第一次多了好几倍。事后到考点看望我的当地统计局几个领导，都说考得如此认真，他们的证都是未考试拿的。

最早的科目一笔试，这是自己的强项，几乎满分过关，想不到仍逃不过"二"的宿命，拿证十年后，还得再考。

60岁后每年需体检（2017年后改为70岁），合格后所持驾驶证才继续有效。退休后经人指点，在住家附近的正南路医院，开单、交钱、轮候、检查，一系列动作后，医生开出了体检合格表。这时不知头脑里哪根筋搭错了线，突然对医生说，你能不能把表传回车管所，省得专门去交表。医生竟然随口胡说，这表就是从车管所库里下载的，可以给你传回去。事后自己完全忘了要到交管部门交表备案的事，自认为走完了程序，实际就是傻愣忘了。没想到第二年收到交警大队信函，告知因超期未交体检表，驾驶证已被取消，可补考科目一，合格后恢复。儿子调侃我，这阵幸亏没出事，否则就是无证驾驶大事件了。

无视执法机关规章的严肃性，终铸成大错。我只好上网下载考题，再作学子，在岑村考场参加科目一的第二次笔试，又是几乎满分过关。是日，参考学员从六楼的试室一直蜿蜒排队到四楼，站队一个多小时后，差不多十点，工作人员收缴身份证唱名，发现我是个老头，说老同志可以不排队，优先。天啊！早点说或出个告示，前面就差两个人了才享受优待，我可是七点就到了考试大厅呀。

现实生活中，有人喜欢用权势、金钱、人情找门子办事，并美其名曰"熟人社会"。而按规章制度办，有便宜不捡，往往被视为傻呆不通人情。这种本真古板，表面看给自己造成了麻烦不便，但却减少了许多无谓的周旋往来和杯盏唱酬，免除了多少说不清道不明的负面牵扯纠葛，使人获取的是另一种难得的心绪安宁。我学不来一些聪明人什么事都能办成的做派，只好搬出阿Q来自我宽慰解嘲，遮盖低能的窘境了。

"二"无止境

退休了，无所事事，经常在越秀公园遛弯。休闲服，轻便鞋，头发花白，满脸沧桑，鼻梁上架着散光远视老花镜，给人有识见好人的错觉，游玩问路的都喜欢冲着自己来。我有问必答，细致得让对方讨嫌，不时还捎带一路，直陪着到岔路口。为此，认作是老有所为，颇有存在的价值感。

星期二折扣日，老跟着夫人到吉之岛扫货，其实也就是做苦力当挑夫。以往十几二十几的物品，此时往往就十元就可以拿走，左提右背，捡了大便宜，心理得到极大满足。手持老人优惠卡，去哪里基本都坐公交地铁，不似在职时扬手即停，并自诩为以往拿金钱换时间，现在是拿时间换金钱。不炒股票，不会理财，只能做针尖上削铁的蠢事，城居几十年，小农意识硬是没被改造过来。其实不差钱，差的是奢侈张狂的心，延续的是"二"了半辈子，淡泊不善算计的无所谓心态。

上了年纪，不止一次上完厕所后忘了拉好裤门。一次在白云山对同行的老太婆们说，这纯粹是忘了，没有任何别的想法，不要误会。并要求大家及时提醒，小糗一下没事，不要门户大开，昂然前行，既污染环境，又毁了形象，造成大糗。

就在该篇成文时刻，厨房灯坏了，被老婆支使到对面杂货店买灯泡。一心想着文章收尾的事，15元的货拿了就径直往外走。光天化日，清平世界，朗朗乾坤，竟有此等猖狂"歹徒"？年轻的店主，修养好定力足见识广，认定这不过是"二货"老人偶发动作，没有高声喝止，更没110招警，只是悠悠地说了一句"老板，钱还未交呢"，就把我正往店外迈的脚步定在了那里。看来，不但品性"二"，身体机能也进入了"二"的阶段，双重叠加，这辈子势将越来越"二"，无可救药了。

（2017年）

日久他乡是故乡

（一）

2019年5月1日晚，中央电视台"味道"栏目在演播家乡梅县美食。其中，松口特有的炒散粉，以及夜晚灯火通明，用竹制剪子在稻田里夹黄鳝，而后苦麦菜炒鳝条、鳝血勾芡的画面倍感亲切，引起了自己儿时捕虾捉蟹钓黄鳝的记忆，微信家族群提醒大家观看。儿子微信言："能上央视十台，厉害！可惜去了会后悔，没什么看的，吃的也一般。"并附了个诧异表情包，颇有不屑一顾之意，不少后生附和，表示"同感！"我只能无奈感叹："你等缺点乡愁啊！"

梅县松口镇，生于斯长于斯，留下了自己懵懂童年、无羁少年、困顿青年的成长印记。几近而立，才负笈北上远走他乡，而后折返南归，落脚省城。光阴荏苒，斗转星移，年届古稀的我，对家乡的情感愈老弥坚，乡思不时萦绕在故土的山野河畔旧村小巷上，停留在长辈玩伴同学少年的笑声里。屏幕上的家乡美食，自然荡起心中涟漪，唤醒自己久远的记忆，对故乡的眷恋，可谓春风秋月依旧，情怀永不褪色。

孩子则是20世纪80年代中期，户籍藩篱松动，入读小学后进的广州城。他们的学习生活成长环境，与父辈当年封闭的粤东北山区迥然相异，在认识世界、价值观传承上有自己不同的理解和视角，每次回乡探亲祭祖，更多的只当旅游度假，少了慰藉乡愁的内涵。

对他们来说，几十年过去了，玩伴已经星散，故土环境也大大改变，儿时的记忆日益淡薄，他乡和故乡、离愁和乡愁，缺了依托的根基和牵挂，更不可能如父辈般在生命的底色上永远打上故乡的胎记，留下印在骨髓里的记忆。

孙辈更是远离了乡下泥土味，属于土生土长的都市人。除外孙女外，其他三位只能略听懂几句家乡客家话，更谈不上说。儿媳女婿也都在羊城出生，广州话语系，家庭聚会，通用语言只能是广州白话或普通话。孙辈交往的自然都是异乡的同学朋友。故乡只是他们填表时理论上要写的籍贯，谈何乡愁。

（二）

几千年来，农民在一方田园中一代代地繁衍生息，以血缘地缘为纽带，形成血脉扎根绵延不绝的封闭熟人社会，造就了中国人安土重迁故土难离的乡愁。即使因工作、经商等原因不得不离开家乡，也以家庭宗族故乡为心理归属，自称"游子"。

中国历史上战乱频仍，祸乱带来烧杀抢掠生灵涂炭，百姓被逼离乡背井，远走他乡避祸，再浓的乡恋也只能屈服于——活下去，这一民生第一要求。

今天在南方定居的客家人，基本都是因为战乱，为了生存，通过五次大迁徙，拖家带口从中原地区迁离的汉人族群后裔，自己的先祖就曾行进在这筚路蓝缕的迁徙队伍里。族谱记载，祖先从山东巨野辗转曲折南下，历经无数艰难苦厄，跨越百年千载，我们这一支最后由闽入粤，定居于梅县松口。尔后，曾祖和祖父又先后下南洋，漂泊于印度尼西亚。

先人回望故土，日暮乡关何处？只能感叹，走得到的远方，回不去的故乡，默认这安身之地的异乡就是故园。

今天，在市场经济、现代文化和城市生活方式冲击下，传统观念发生了改变，为理想为生活为更美好的明天，大量农村人口涌入城市，从欠发达地区涌入发达地区，中国出现了非战争、饥荒因素的人口大迁徙。每年春节后，农村劳工输出地留守儿童难舍父母远离，拉扯哭泣的悲情剧一再上演。"有工作的地方不是家乡，家乡没有工作"的无奈，让为人父母抛家别子走向远方。

自己身上既存留农耕文明安土重迁的根脉，又有先人为生存不屈动迁的基因，属于当下为更美好的生活而努力挤进都市的乡下人。但怀旧归怀旧，却压根不想回到以前的稼穑境遇里，其实也回不去了。

而母亲满怀传统农耕情怀，晚年就喜欢住在乡下，县城省城都只当匆匆过客，没十天半月就吵着回家。她难舍老家的屋舍田园、四邻的家长里短，以及熟稔的民风习俗。不习惯城里销蚀了地理差异的单调楼房环境，更难以适应由此而封闭了的邻里交往，以及家人上班或上学后留给她的孤独时光。

上世纪六七十年代，母亲眼看一个个长大的儿子，不傻不呆窝在家里，前路渺茫，只能巴在生产队艰难刨食，心里着急悲凉。孩子真有出息了，走出了山区，离开了老家，老人又有了新的忧伤，不时在家乡感叹，四个儿子却没有一个在身旁！渴望儿女远走高飞，成龙成凤，又期盼他们天天回家喝她煲的汤，这就是我们的慈爱父母。他们这种难以两全的矛盾心愿，也是长期以来工作的地方不是家乡的儿女们的一种遗憾，一种乡愁。

跳出小家看大家，四十年来，北上广深人口急速增加，深圳更从边陲小县跃飞成中国四大城市之列，东莞也从当年百多万人的县级单位，变成平添了七百多万新莞人的大城市。改革开放后，各级城镇容纳了三亿离土离乡农民，加上远赴海外发展的学子生意人等，说不清有多少人家沉淀在客居地，安居劳作，婚嫁生息，直把他乡作故乡了。

（三）

思念家乡怀念亲人之类的"乡愁"，是中国文学特别是诗词歌赋中的一个主题，反映了整个社会普遍存在的对家乡的归依感。个人的格局、历练、境遇不同，文人骚客吟出了不一样的认知声音和情感韵味。

皇族显贵青年纳兰性德，随康熙帝出山海关东巡。纳兰的祖父、父亲都生在关外，本该是回家的旅程，可在纳兰笔下成了凄戚的离愁诉苦：

"山一程，水一程，身向榆关那畔行，夜深千帐灯。风一更，雪一更，聒碎乡心梦不成，故园无此声。"

这里的"山一程，水一程"的"榆关那畔"原本才是纳兰·爱新觉罗故地，可被他看作了他乡。纳兰作为入关后在北京出生的第一代清人，认定生养地的京城才是自己的故园，他乡故乡转变了。

苏东坡贬谪岭南，借同遭厄运朋友歌姬之口，作词说出了"此心安处即吾乡"的豁达，表达了勘破世情后的释然，体现了一种随遇而安平和淡然的生活态度，心之所安，便是故乡。

千百年来，离愁和乡愁，故乡和他乡，说不清道不明，剪不断理还乱。

时代在发展，社会在进步，观念在改变，故土难离的乡愁正在重塑。有人说，小时候，有父母的地方就是故乡；长大后，有爱人的地方就是故乡；老了后，有子女的地方就是故乡。这从现实得出的大实话饱含无奈，但也明白地表达了"日久他乡是故乡"的观念。现代人的出生地、成长地和长期生活地可能是完全不一样的地方，或许每过一代都将重新定义他乡和故乡。

其实，所谓"乡愁"，既是对生养自己的故土故乡刻骨铭心的情感与爱恋，更是现实中对他乡易老而故园难归的无奈。想明白了，也就不过是一种对不能重复的过去的怀念思恋罢了。

"老来尤委命，安处即为乡"。今天，解甲不归田，告老难还乡，落叶也将不再归根，广州已是自己真真切切的第二个故园，儿女们的又一故乡。但我仍希望后辈乡愁永存，不忘自己

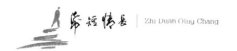

从何而来，把故乡往事包括乡音传给下一代。大外孙已在地球的另一边求学，唯愿他们以后不管身处何处，天涯海角，永志不忘根在东方，中国就是自己的故乡。

（2019年）

越秀山遛腿

陌室正对越秀公园东门。退休后越秀山遛腿，上午晚上一天两次，基本风雨无阻，成了常态。

越秀公园目前是广州市区最大的文化体育休憩综合性公园。从西汉始，越秀山就是历朝历代游人的登临胜地。1921年非常大总统孙中山倡议辟地为园，并于1925年建成举行开放典礼。经不断修拆营建，造就了今天这110万平方米宽阔的城区里难得的绿色宝地，也成了自己遛腿健体养生的"后花园"。

上午八点后，我一身休闲老头装扮，从公园东门进入东秀湖路，两旁一溜挺直高耸的葵树，仿如侍者高擎罗盖肃穆列队欢迎。路东湖水，清澈如镜，鱼翔浅底，水草生姿；路西湖面，粉红、黄白睡莲从沉睡中醒来，娇艳地向游人展现灿烂笑脸，正是一天旭日东升的好时光。

从东秀湖路向西，越过金印娱乐场顶十字路口，进入桂花林路。四季桂葱茏夹道，花开时节，清芬袭人，浓香远逸，让人倍感神清气爽。

路东占地八千多平方米的韩国园，环境清幽，翠竹丛丛，建筑随地势高低错落有致。外园、内园、主庭、后庭园墙分隔，溪流相连，自然过渡，衔接巧妙，极具韩国古典建筑风格和传统庭院特色，非常养眼。

而后向南折向南秀湖路。南秀大草坪绿茵如织，阳光下淡淡的草香味时有时无地在空气中缥缈。草坪中几株樱花树前，一件不起眼的椅子造型艺术品，直至近期不见了我也未明白其中意思。倒是路另一边的明绍武君臣冢，促人思古幽情，特别是并排的王兴将军墓，让人不时驻足唏嘘，赞叹国难当头，将军明知不可为而为之的忠勇坚毅。

尔后经一段镇海路，南拐进入纪念碑路。此路围绕越秀山主峰而建，山顶百步梯尽头的中山纪念碑高耸苍穹，周边木棉环侍，为广州原中轴线的北起点，也是游人登高观景的好去处。

偶尔也会走下几级台阶，涉足中山纪念碑下方东边伍廷芳、伍朝枢父子墓园。父子俩均为民国高官，属于早年睁眼看世界的广东出产的名人。罗马廊柱建筑的墓地和纪念碑亭，位于广州市第二中学后面，紧挨越秀山体育场南边，肃穆幽静，适合小坐发呆，手机刷屏。

绕纪念碑路一圈后再回到镇海路。路东北小蟠龙岗上屹立六百多年的镇海楼，阅尽广州沧桑，留下了多少脍炙人口的楼联诗章，今天作为广州博物馆，和镇海路西头的五羊石像景区以及中山纪念碑，都是外地游客必到的打卡地点。

镇海路向东，经光复纪念亭、海员亭，过雅韵轩、广州美术馆，沿着明古城墙继续向前，右边的大叶榕遮天蔽日，换叶季节又恰遇大风，落英缤纷，黄叶铺地，仿佛行走在金黄大道上，直至越秀公园东门。

这么一圈下来，耗时近一小时，行程六千多步。

傍晚七点多，我再赴越秀公园。入东门，走镇海路，过金秀路、竹夕路，到鲤鱼头景区折返；再经竹夕路到东秀湖路，从古城墙路出东门回家，费时约四十分钟，行程四千多步。

傍晚的竹夕路最美，晚霞映映，层林尽染，清风徐来，翠竹摩挲拍打，似乐弦奏曲，欢快、哀怨、缠绵、惆怅、喜乐、悲伤，依自己的心境不一而足。晚归白云机场的航班不时从头顶向北低空掠过，夜飞远航的班机往南高翔，化作闪闪星星向天穹而去，天上地下呈现一幅祥和安宁的立体图景。

古城墙路的墙体上四棵跨世纪的老榕树，盘根错节，枝繁叶茂，生机盎然。这"墙抱树，树拥墙"的"墙根缘"景观，让人感叹老榕顽强的生命力和与城墙和谐共存的悠悠深情。

越秀公园山水相映，众多的文物胜迹掩映在花木葱茏中，亭台楼阁廊榭等园林景点镌刻精美，小巧玲珑，极富岭南特色，可谓移步换景，令人目不暇接。园内花事不断，争奇斗艳，初春的红棉，暮春的杜鹃，四月的白玉兰，五月的金凤，秋天的含笑，冬季的蜡梅等等，不一而足，各具特色，一年四季，春色满园。

前述早晚遛腿路径是日常坚持的经典行程，除有人结伴偶尔改变外，成了每天定式。2018年底，华为手机运动健康页面忽然弹出一组数字，标明一年平均日行10060步。平日并不在意，没想到恰好达成了预定的万步目标。

多年来，我也不时登临四方炮台遗址，在成语寓言园徘徊，在北秀湖栈道徜徉，在花卉馆逗留，在竹林景区流连，在阴生植物区漫步……可谓走遍了越秀山每个角落，观照了游园

众人的百味人生。

越秀山遛腿并非始于退休。20世纪80年代中期，家搬到越秀山脚，自己茶余饭后就不时到越秀山走走。当时公共休闲娱乐场所极少，私有住房不多，全家挤住一室的比比皆是，情侣往往都到公园约会牵手，公园里随处可见爱情的角落。时不时传出警察叔叔发现有碍风化的苟且之事，是情到浓时的不由自主还是钱货两讫的交易行为，反正是缺少私密场所惹的祸。另一类是看书温课的人特别多，正是文化知识价值暴涨之时，学子为赶考升学，白领蓝领为文凭为职称，许多人都在公园找个相对安静地头潜心攻读。那时5元的门票价格不菲，公园古朴原始，幽静安宁，可以惬意漫步或驻足，特别适合劳累后的闲适放松。

近几十年，随经济快速发展，一切向钱看加剧了社会的浮躁、功利、放纵、不择手段，体现在公园里是更多的抢眼色彩，放眼可见的标语，遍布公园不时反复播放守则公约倡议之类的聒噪，旁若无人的游客随身的高音量喇叭，无处不在扰人清静的广场舞，每年不下两个月围闭大半公园办灯会的喧嚣……总让人觉得，社会还是要少一点激昂、口号、夸饰、艳丽，更多一点节制、恬静、矜持、温良谦让的好。

遛腿的精髓在于悠闲，在于从容，追求的是一种宁静随意。退休后自己把它作为每天打发日子的活动主项，是经过认知、认怂、认命后的一种选择。

退休了就是个老人。身体机能已经退化，毛病也不断增多，得降低生存标准过日子，不能再如青壮年般折腾，激烈的对抗性运动不适合自己了，有个力所能及能够坚持的活动，就是最好的养生之道，这是自己的认知。

打发日子有多种方法，在于你怎样选择。早年喜欢的足球篮球等动粗的活动已不敢再惹；琴棋书画吹拉弹唱这类雅的又从未沾边，也没这细胞；网球高尔夫类似的高大上总觉得离自己太远，想都没想过；大众化的扑克麻将又嫌劳神费时……结果是武的不行、文的不会，高的不成、低的不就。而走路最简便，可以随时随地，天生就会，属适合懒人的笨办法，这是自己认知以后的认怂。

有人退休后不断开创生命新征程，活得有滋有味，光彩照人，让人羡慕。而自己不愿再做新的进取，安于现状，甘于平庸，归于淡泊，自守清净，这是基因决定的性格所缘，是认怂后的不得不认命。

养生理论汗牛充栋，"动"比"不动"好，这是占绝大多数的主流观点。而不管怎样动，采用什么形式，能长期坚持的就是适合自己的，对自己而言也就是最好的。由此看来，越秀公园遛腿，确实是选对了。

（2019年）

小格局　大得意

为纪念中国人民大学复校40周年，学校举办"与改革同行"活动，邀约上访谈节目，我婉拒了。

恢复高考后的77、78级学子，是不可复制的一代人，每个人都有属于自己的不同精彩。他们的成长发展和国家改革开放历程紧密相连，是祖国40年巨变的亲历者、推动者、贡献者，也是受益者。人民大学的同学里，自己属于经历简单而又平凡的那一类，没什么故事拿得出手；加之退休多年，激情已逝，波澜难再，只好不识抬举，表示对不起了。

而学校发来的采访提纲中，其中一条："人生中取得过哪些成绩？令自己最骄傲的事？"却引起了自己的沉思。

每个人，不论身处何种阶层，是王侯将相，还是贩夫走卒，也不论境界如何，总有个人认为值得一提的往事，或者说有自以为可以显摆骄傲的地方。活了几十年，究竟自己有些什么值得肯定的？哪些是自己最得意称道的事呢？

回望来路，从大的分野讲，这辈子基本上只干过两种职业：农民和统计。

1968年，我高中"毕业"回乡务农，一干就是十年，还不包括正式成为农民前，无课可上，已在生产队挣工分的两年。可谓一颗红心，一种准备，认命在农村干一辈子。

　　那是忧吃愁穿的十年，为温饱，苦活累活脏活哪样都没
少干，农林牧副渔，几乎全懂全会。十年，埋头觅食，角色主
要是农夫，也曾在木匠、船夫、干部间转换腾挪。不管哪一行
当，都是标配苦力形象，在社会最底层，拼筋骨卖力气，希望
窘迫的生活能有一丝亮色。

　　这十年，躬耕陇亩，纳粮献赋，乏善可陈。真要拎出什么
来说事，讨上了老婆，生养了三个孩子，免于他们冻饿，算是
不容易的事了。参加工作当了小官后，他人调侃，说我在同龄
人中什么都没耽误，其中一项指的就是别人只生一孩，而我三
个，拥有巨大人力财富。至于背后多子多女多冤家的苦厄，生
第三个孩子被生产队罚款80元，当时最少抵400个劳动日的辛
酸，就只有自己知道了。

　　大学毕业踏入统计江湖，一待就是26年。在这行业里，浸
润着自己的喜怒哀乐，印记着自己的成长轨迹，成就了自己生
命长河中最壮阔的一段生涯。统计职场二十几年，本应是雄心
最高远、精力最旺盛时期，也没有什么值得骄傲的精彩闪亮故
事，有的只是听从内心呼唤，忠于职责的平凡和执着。倒是在
这大变革时代，领导关怀，机遇恩赐，使自己在1986年把老婆
孩子挪进了广州城，这无疑是值得高兴的得意之事。这在城里
人眼中不是什么事的事，对于我这个农村出来的穷小子而言，
却是生活中的转折性大事。跳出农门改变命运，是当年农村青
年的集体无意识。毕业四年，全家脱离农村，结束了二元结构
的日子，生活展现了全新的一页，家人高兴，我也为之自豪。

　　而在我心目中，这辈子最值得骄傲的事，不在农夫和统计

工作范围里，而在考场上：1978年高考数学考试，平生第一次解对数题，而且做对了。

当年高考，二十多天的复习，晚上基本用在数学科上。由于对在学时读过的知识有足够的把握，时间主要花在自学未读过的"对数、三角、解析几何"上。对数本是1966年高一数学课本最后一章的内容，因"5·16""文化大革命"开始，停课闹革命而成为空白点。所谓自学，就是阅读课本，理解定理定义，习题一道都没做，也根本没时间做。结果，这辈子只解过一道数学对数题，是在高考考场上做的，而且做对了。因了这道题的12分，自己成了县里的高分考生，上了中国人民大学，从而成就了自己的今天。

2017年腾讯大粤网为纪念恢复高考40周年，我被邀请上了访谈节目。主持人老范，原南方日报社社长，同乡老熟人，两人用各具特色的客家普通话坦率交谈。老范接着我当年仅报考家乡一所师范专科学校的话题说，当年我们家乡，农村人能考出来，有份工作，改变生存状况，就非常满足了，能考上人民大学，那是很了不起的，无疑对你以后的发展起了很大作用，若就读层次低的学校，你可能达不到现在这个高度。接着问我，假如没有高考，你将走哪条路呢？我回答，这难以假设，但以我非贫下中农家庭成分的条件和自己的脾性，最不可能的是从仕。老范感慨地说，恢复高考，不但让你从仕了，还当上了厅长，过去认为最不可能的事实现了。

老范的一席话，从一个角度诠释了人生做对一道题带来的蝴蝶效应，而背后反映的是时代改变命运的大命题。没有改革开放，没有国运的转机，自己能解再多再难的题都没有后来。而能成为幸运儿，在同一起跑线上，个人的品性就起决定作用了。

说人有格局，一般是指这个人有胸怀、抱负，有胆识、远见之类。自己没什么大格局，既缺雄心壮志，更无远大理想，平凡历程中，能自傲的也只有解题、生儿育女、居家过日子的琐事。而自己在做好这些日常俗务中体现出的"随遇而安，活在当下"的人生态度，以及由此秉持的"脚踏实地，认真负责"的处世精神，却是自己认为最值得称道赞许的。

一次与孙辈聊天，我以过来人的口气说道，一辈子很长，不同阶段有不同的要求，现在你们要好好地读书；父母要好好地工作；而爷辈的我则要好好地休闲养生，这里面各人努力的重点不同，但要求是一样的，即要以认真负责的态度，对待自己所处阶段的任务。

多少年来，自己就是这样一步一个脚印走过来的。

当年能在十几届学生同场竞技中脱颖而出，基础扎实是主要因素。早年求学时刻苦谈不上，用心认真是真的，从小学到高中，没有不会做的作业，成绩一直稳定在前几名。若高考没有中断，按成绩录取，上大学就是十年前的事了。

"文化大革命"中回乡当了农民，既没有战天斗地改造自然的豪迈和梦想，也不曾怨天愤懑和沉沦。觉得原本根就在农村，回乡务农天经地义，比城里离乡背井上山下乡的知青幸运多了，认定了一辈子就干"农民"这一营生。环境无法改变，那就随遇而安、心无所持、随俗浮沉，努力在现实中寻找最适合自己的谋生之道，展现了较强的生存适应能力。其中的木工技艺，不论建筑还是家具，都为大家认可，属于总有活干的师傅；不应聘中学民办教师，辞去干部差使，除了家庭成分影响不愿担当外，也是对自己依脾性过日子能耐的一种自信。上面提到的"免于他们冻饿"，这在今天属于贫困线水平的话语，在当时我所处的温饱难求的农村生活环境来讲，已足以和今天"中产阶级"经济内涵媲美了。

入职统计，虽非自己所愿，但既然执了此业，就必须敬业以诚，这是为人做事的底线之一。统计几十年，不管担负哪级职责，始终本真做人、认真做事，不负所托。视数字真实为统计生命，按照统计法律法规赋予的权责，独立行使统计调查权报告权，忠于数据原貌，不虚妄，说真话，无愧良心。结束统计生涯后，一直关心我成长的20世纪80年代的老局长评价说："没有看错人！"对我26年统计工作给予了最大认可。

"随遇而安"，用当前流行的话说就是"活在当下"。适应形势，用心生活，不逃避现实，不怨天尤人，面对命运的挑战，不计较过去，不折腾未来，认真做好现在，虽无大格局，但天道酬勤，功不唐捐，局部成绩的累积，细小成功的集合，最后你会发现，人生达到了自己未曾料想到的高度。

（2018年）

我的本命年

今又牛年，算起来这已是自己历经的第七个本命年。

本命年是人生每十二年中的一个驿站。两站之间虽有更多的曲折漫长，但咀嚼一下，驿站中也不乏其独有的难忘记忆。

1949年是我的第一个牛年，老爸在笔记本上清晰记载，出生于己丑年八月十四日戌时。好事者说，这正是秋高草长农闲时节，是头草中之牛，而降生时恰是牛羊入栏禽畜归舍的日暮时分，一生将清闲且衣食无忧。也有人说，是时老鸦归树，倦鸟投林，既无祥光也无异相，纯属平凡之牛，演绎不出传奇别样的人间悲喜剧；而生于农家，难逃是头"负重苦厄的劳作之牛"。

闲话终归是调侃。而国家法定，以公历纪年，是时为10月5日，即共和国诞生后第四天降生，是随着神州上下翻天覆地，共产党领导人民当家作主的新社会来到这个世界的，注定了是头与祖国同命运之牛。

1961年是我的第二个牛年，这是三年饥荒的最后一年。作为小学五年级十二岁的小孩，对吃的渴望无比强烈，留在记忆里的都是饿的滋味和场景。同院子一位母亲在镇上加工厂上班的玩伴，偶尔恩赐拇指那么大一块榨油后的糠饼给我，坚如砖土，香甜美味，至今仍觉没什么东西可与之媲美。那年母亲的养父去世，灵堂前合照，留下了一张我三根筋儿挑着一个头的

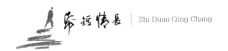

呆萌影像。

那时毕竟年少，人也单纯，虽然饿，啥都往嘴里送，但没做什么坏事，照样没拉一天功课。倒是发现有些老师不再在学校，个别的在圩镇上摆卖农产品。多年后才知道，他们耐不住每月工资抵不过一只鸡的无奈，不要教职回家了，以后听说这类自愿离队的一律不予复职。这年头村里有人患水肿病死亡，而自己也是头"饥饿之牛"。

1973年是我的第三个牛年，24岁已是几个月大女儿的父亲，高中"毕业"正式回乡耕田也已第五个年头。我所处村庄缺粮不养人，社员除生产队出工外，只能各展其能，另外想尽办法，为自己为家人努力觅食谋生。这年的我则不时农忙使牛种田，农闲外出务工，挣钱买高价粮，颇具"亦工亦农"角色味道。

那时农村，除大力发展生产外，对个人其他活动多有限制。农民全靠双手过日子，顾不了那么多条条框框，特别是像我们那样人多地少的穷村，找饭吃的技能更是五花八门，各种工匠也特别多。为了让生活延续下去，在政策中打擦边球或干脆犯规，"走资本主义道路致富"，使自己的日子不至断炊。这一年的我，算是头"劳苦的不甚安分之牛"。

1985年是我的第四个牛年，作为省里第一批下派挂职干部，在当时梅县市挂任统计局副局长已几个月了。自己非常珍惜这次学习机遇，充分利用负责业务工作便利，了解各专业方法制度，动手并指导协助同事撰写调研分析报告。省局和国家局都曾转载刊行自己写的文章。春节前带领刚组建的城市调查队，边学习方案边计算编制物价指数，我的办公室是政府大楼里，年关前唯一仍白天上班晚上亮灯的房间。

这一年，麻将随改革开放春风正悄然兴起，自己除了见习了三个晚上外，深感耗不起这个时间，不再理睬"三缺一"的呼声。晚上经常不是在动笔，就是在学习实际工作中碰到的经济或统计理论问题。

这一年利用星期天再续木工前缘，动手制作了一张单人床、一个五桶柜，为自己增添了一笔有形资产。

这一年我加入了中国共产党，被提拔为省局综合处副处长，家属农转非手续也在办理之中，是头"幸运之牛"。

1997年是我的第五个牛年，也是入职省统计局的第十六年，担任副局长第六个年头。分管核算、法规制度、人口等工作，忙忙碌碌，乏善可陈。倒是几年来普查不断，除工业外，其他普查均担任省普查办公室主任。是年刚完成卸下基本单位普查办主任职责，仍担着农业普查办主任衔，年底还在国家表彰大会上作先进单位经验总结发言。总的活多，很充实，不用扬鞭自奋蹄，这一年是头"忙碌的低头干活之牛"。

2009年是我的第六个牛年，已转岗到省政协担任人口资源环境委员会主任，人称退居二线，仍在一些自认为大事要事的琐事里打转，正所谓"二"得一以贯之，不失本性。其时最令人头疼的人财物问题已没自己什么事，只管干活就是，比以前不知轻松超脱了多少倍，不时有时间等在校门口接孙辈放学了。大学毕业后一直就在统计这一亩三分地里干活，到政协后才知道，一切关系仍在省局，属裸身为政协忙活的打工族，仍是统计人。不过只干活而无需问其他事，正合自己脾性，这一

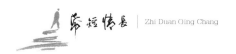

年可谓是头"虽未脱轭却不负重之牛"。

今年2021年是我的第七个牛年，也是退休赋闲在家的第九个年头。闲子一枚，只能自己找乐，每天延续散步、手机、书刊、电脑、电视岁月，主要靠眼与外界联系，鼻梁上的眼镜，起床戴上床摘，须臾不离。多年不断的越秀山遛腿，因腰椎问题也大打折扣，从转大圈到中圈到小圈，人老活动空间缩小，与他人接触减少，与医院接触增多，可谓衰老不舍昼夜。

颐养天年成了无用之人，做的自然都是无用之事，最多只能在跟家人外出吃饭时抢着买单，证明自己的剩余价值，刷存在感了。今年是自己的金婚之年，一贯只讲实效不计形式的我，看来得为这延续了半世纪的婚姻好好庆祝一下，摆一桌甚至两桌，认真体味一下仪式感带来的精神愉悦。"老牛粗了耕耘债，啮草坡头卧夕阳"，这一年自己已是彻底的"闲散之牛"。

七个牛年，各有其不同况味，但都深深地镌刻着共和国曲折发展的印记，涂染着国家命运的底色。而每个本命年之间的曲折婉转，更是酸甜苦辣，难以尽言。自认是共和国公民，不论在家庭在单位均尽职责有担当，有如牛的秉性，能吃苦负重且驯良忠诚。

作为共和国同龄人，命运与祖国紧密相连，运行轨迹高度吻合，一同跌宕起伏，一同忧愁欢歌。迈进第七个本命年，站在"两个一百年"奋斗目标历史交汇点上，作为老人我可以自豪地说，为中华民族伟大复兴添砖加瓦的路上，未曾偷懒，无愧无憾。

（2021年）

始终听从内心的呼唤

古稀回望，来路匆匆。1978年洗脚上田进大学，毕业到统计局再到政协，而后退休至现在，倏忽几十年，几乎都在劳作中赶路，为理想、为信念，也为五斗米忙碌。壮年入职统计，本应是雄心最壮阔、精力最旺盛时期，也没什么精彩闪亮故事，始终听从内心的呼唤，本真做人，认真做事，扮演好自己担负的角色。

我在广东统计担任最高职责十年，凡事尽心努力，但求无愧于心，那种对自己所负使命的担当，是一种高度职业自觉的心累，个中甘苦，扪心自知。

（一）

作为出产数字的部门负责人，求真务实已成为自己的生活感悟理性自觉，化为了深入骨髓的价值取向和思维方式。上任伊始即按自己提出的"历史赋予我们这一代统计人改革吃苦的使命"要求，不敢丝毫懈怠，始终把数字真实有据作为统计立命安身之本，视作统计生命贯穿各项工作之中。任内国家统计局两次巡视，均高度评价广东统计工作，充分肯定广东宏观数据匹配良好，数字真实可信。向省局党组反馈巡查结果时，对广东按《中华人民共和国统计法》独立行使统计调查权和报告权，不管GDP还是其他数据都不存在要报告省领导同意后才上报的做法赞赏有加，说"是全国唯一的"，与省领导交流及形成文字时改成"全国少有的"。十年，从未有省领导对统计数字提出期望或修改要求，这给统计工作放开手脚干事提供了宽松环境，给予了统计人莫大的信任和极大支持。

浸染于广东从上到下求真务实干事创业氛围，自己带头并一再强调各级统计部门守土有责，拿出的数字要对得起党和人民、对得起自己，经得起现实和历史的检验。要有说"不"的能耐，更要有说"不"的勇气，不能为迁就计划，为所谓的政治需要而违背职业道德，丢了良知而失信天下。在数字真实性问题上，相关部门或地区找我相商通融，一概未能如愿。

正如平日说这人本真老实是赞语，说太实在老实则含有呆板蠢笨的意思一样，自己有时也不合时宜地冒这种傻气。

2003年，新任省委书记在大小会议上不时提出"标兵""追兵"问题，说追兵的一只脚已插到了我们身旁，要求全省正视自身不足，向他省先进理念学习，继续当好改革开放排头兵。每当是时，会场气氛严肃而压抑，台上领导均神情严峻。两次省政府常务会议，省长走到我座位前，敲着桌子要我到追兵省调研，说为什么人家地区生产总值比我们少不了多少，而财政收入却差了一大截。对此，我站起来"抗命"说，我们数字匹配良好，应是他们来向我们学习。

当年广东人的务实表现之一是重里子不重表面，特别是珠江三角洲发达地区，更讲求财政充盈百姓钱包鼓胀，对地区生产总值多寡不甚注意。再加之改革开放后调查单位成百上千倍增加，不少企业单位怕露富，不愿实报更不会虚报以免增加税费，而改革尚未到位，统计工作人财物的保障又跟不上，对全省而言数字漏统成为当时的主要问题。作为浸润统计系统多年的老兵，我对身后追兵的数字水分，也有只能意会难以言说的体味。本想向省领导说明有关情况，但转而考虑到国务院已下发了2004年开展全国第一次经济普查通知，统计是用数字说话的部门，你卖完嘴皮拍了胸脯，工作没跟上数字拿不上来，很快就将被现实啪啪打脸。向班子成员说明"抗命"问题时，我说明了不能也无法向兄弟省统计局调查数字水分问题的原因，强调根本是做好自己的工作。

结果，国家统计局据普查数据对2004年各省生产总值下算一级，在广东原一万多亿基础上添加了2825多亿元，增加了17.6%，增加的数量远超其他省份，跟自己普查前估计可能增加二至三千亿吻合。我省经济总量的龙头地位更加稳固，结构优势更加明显突出。事后，省长和常务副省长先后问我经费有什么困难，却在统计系统内传成给姓卜的奖励了一大笔钱。

抗命、没把握的话不说、未能及时为领导分忧，失了部属的职责，这种过度沉湎于务实的思想基础就是保守求稳，是缺少变压力为动力开拓进取精神的表现。正如后来接任的省委书记评价广东人说的那样，广东人的优点是务实，缺点是太务实。

2003年国家统计局第一次巡查时，随行记者把我的汇报材料发给了《统计信息报》，说材料非常好，报社要全文照发，给各省参照做样板。当时版面已排好，记者一再解释，我最后表明版权是我的，报社只好撤版作罢。当时也没其他更多的原因，主要是有些调查方法和自动化建设项目还未出最终成果，不愿广泛宣传更怕担说大话之名。这是当时广东人"多干少说"，甚至"只干不说"过于务实理念在自己身上的典型表现。

一次在单位会议室只有境内记者参与的经济形势通气会上，我介绍完情况后很认真地说，我这里既讲了成绩也谈了问题，但你们的报道往往只登载好的，说问题最多也只是笼统地一笔带过，那老百姓眼里统计局岂不是变成宣传部门了，拜托大家了。对此，几十位记者只瞪着眼看我，一句回应的话也没说，估计心里在嘀咕，还有这么天真不懂规矩的领导呀！

这种过于本真的执着，除了历史局限性外，也是自己格局不够高远的体现，在风云际会年代，往往使所负职责单位和个人错失不少发展良机。

（二）

他人总认为，身处主位，不时在聚光灯下露脸，特别是新闻发言，电视有影，报纸有名，享受的是高光下的春风惬意。而自己的感受恰恰相反，觉得这是最让人烧脑煎熬的时刻。

广东经济新闻发布，省政府新闻办公室筹办主持，一年二至三次，中外媒体及各国驻广州领事馆经济参赞参加。与会者的问题五花八门，境外媒体尤其踊跃，经济问题不时夹杂着政治元素，角度特别刁钻。散会后还常被麦克风围住，没有十分八分钟的，摆脱不了那些执着敬业的新闻工作者。一些市统计局领导来见习，见我有问必答，顺畅流利，竟问我是否人家预先提交了问题，准备好后在会上作答。他们可能不了解，这种凭直觉的即问即答，更多的是人的心胸、识见、经验、风格集合的本能表露。

20世纪90年代后期，广东在全国率先实行新闻发言人制度。作为第一批新闻发言人，我的自信率性，得到省新闻办肯定，说我是发言人中最好的，用十分钟简要介绍材料，其余时间回答问题，记者十分欢迎，不像有些人，往往大部分时间念稿，最后几分钟才是提问环节。2003年《南方日报》在"政府信息公开制度化，粤新闻发言人制度先行一步"文章中提到，广东一些新闻发言人"视野开阔、反应敏捷、平和务实、熟悉业务，展现出独特风采，如省统计局局长卜新民等人的新闻发言人角色就广受好评"。

摄像机前，聚光灯下，西装革履，外表轻松，面带微笑，其实全身细胞总动员，精神高度绷紧，脑筋快速运转，少有局外人认为的那种众目聚焦的愉悦，退场后往往全身疲乏，感觉刚历经了一劫。这就是工作，一种必须完成的本分之责，没新闻界朋友赞誉的那么高大上，在全省统计工作者辛勤劳动成果上，自己仅作了分析判断，并用简明适当的语言，据实说出了大量数据背后蕴藏的经济实质而已。

忠于数据原貌，不受干扰，用数字说话，这是自信敢言的底气所在。遵从内心的呼唤，不虚妄，说真话，是最省心省

力的事，什么时候都不用担心自己曾经编过何种谎言，提供过什么假数据，现应如何圆谎掩饰。真诚直接，自然赢得赞许认同。

（三）

新闻发言人属公众人物，表现如何主要由媒体和群众评判。而作为政府部门主官，经常在不经意间遭受领导突如其来的询问，这更是一种不为外人道的，对个人政治业务素养的考验。

一次年底的全省经济工作会议，省委书记谈到农村工作时，分别问了身旁左右的领导农民收入多少，两位回答未让书记满意，便直接向台下发问："统计局局长来了没有，多少？"我站起来回答后心里也直打鼓，当时只有预计数，自己曾瞄过一眼，但没十分把握。会后给处长打电话，结果连小数点后两位都没错。像这样在大会小会或偶遇中，被领导询问具体数字，或作有关情况解析汇报的事不时遇到，都涉险过关，表现完美，一些政府同僚都说厉害。

人脑并非电脑，不可能什么都清晰无误，却总能化险为夷，真是应了"狗急可以跳墙"那句古语。这说明一个道理，人的潜能是巨大的，在一定条件下可以激发出意想不到的水平。对于我这种岗位的人来讲，能"跳墙"的根本要件是敬业。

职场中很满意自己工作的不多，但不管你满不满意、喜不喜欢，既然执了此业，就必须敬业以诚，对得起自己所负的职责和俸禄，这是为人做事的底线之一，也是成功的基础。统计虽非自己所愿，但一旦入职也就不敢懈怠。担任领导后，除了繁杂的政务外，眼睛更是盯紧经济和统计现实及理论前沿，上班自不必说，八小时外的新闻、报刊、网络无不如此，不自觉地成了职业习惯。夫人孩子的电话一直记不住，但可以在需要时，让曾过目的数字脱口而出。这种职业的敏感，是长期关注积累的潜能在瞬间的自然流露，更是敬业的本能体现。

美国畅销书《一万小时天才理论》作者丹尼尔·科伊尔发现，若想成为某个领域的专家，至少需要付出一万小时的努力。自己在统计行当里浸润了若干个一万小时，虽成不了专家大师，却也锻造折腾成了懂行的统计实务工作者。说我厉害的人，看到的是白鹅凫水优雅安闲的表象，看不到水下面的两只脚，其实在一刻不停地扑腾。任何成功都没有什么容易可言，天才鸿运是稀罕事，长久的坚持，慢慢地攀登才是常态。

（四）

业务活难不倒人，难的是与人打交道的工作。2000年政府机构改革，职能转变，权力再分配，那都不是什么事，犯愁的是如何完成裁减人员编制任务，结果把文件规定可用的六把"裁人的刀"全用上了。相当一批脱岗人员并非自愿，一些人三番五次找上门来要求留任，最多的一位找了七次，在我办公桌前一坐就是一两个小时。我非常理解退岗人员心情，认真倾听诉求，好言抚慰，但无法改变结果。那位仁兄第七次找我时，我本来无意贬损他人自尊，但晓以大义说不通，只好针对他提出的理由实话实说：你所担负的工作最没难度，而又没效率不出活，能耐排在处室后面，年龄又符合提早退岗政策，只能裁你。一位不愿到新调整岗位的同事，一直纠缠，无奈之下只好说还有一条出路——辞职！这些狠话管用，好几位在我把话说绝后都没再找麻烦。

都是好人好同事，让人转岗、退养、学习，均属无奈之举。我这里是最后一关了，推无可推，好话丑话都是实话。行政编制被砍去一半，压减九十名，相应的处级领导职数被裁去了一截，四个国家事业单位处室，因经费难以为继，人员又需妥善安排。虽经做工作，省编办给回了三十个事业编，按实有工作人员，仍缺编几十个岗位。为了保证每位同志都能在省财政有个拿工资的位置，不给留下来的人和后人留下隐患，不黑脸下狠心真没其他招数。

在自己这个位置，凡事难以都遂人意，难免遭人误解，开罪一些人。自己始终听从内心呼唤，不忘初心，无愧良知，向最好结果努力，积极妥善处置，最终总能得到大家理解，释然而不留积怨。

统计非权力部门，基层工作辛苦且难受重视。如何调动保护基层干部职工工作积极性，为他们着想说话，创造相对宽松的工作环境，对当家人来说也是个难题。

第一次全国经济普查后，各级统计部门利用普查数据核实下一级地区生产总值数字，结果全省总量增加，排头兵位置更加巩固，而各市县区减少、持平、增加的各约占三分之一。增加的高兴，持平的好说，减少的统计局局长就心慌了。

统计界没人想搞砸数字，更不愿从中作假，都知道真出毛病，板子往往打在自己身上，虽然问题的根子原本就在上面。为此，我一级一级往上找到主管副省长、省长、书记，说明市县生产总值减少，历史问题累积是主因，也有方法、制度改变的因素，更是统计工作人财物条件与任务不相匹配的结果，要求领导在即将召开的全省经济工作会议上，为统计系统解压排难。结果，书记在会上对全省县以上领导指出，广东统计队伍是支过硬的队伍，现在有些市县经济总量减少，客观原因是主要的，责任在上面，各地要全面加强统计工作，让任务与条件相适应。书记一字不漏念完我拟写的两页文稿后，又手指着台下朗声说，地区生产总值减少的市县领导注意，不能那么没水平，出错就难为统计局局长！事后表明，还真没什么局长遭罪，有个别转岗的都给了较好的安排。由上面担责，为基层排忧解难，为实事求是创造相对宽松的环境，整个系统都非常称道。

转岗到政协后，一次统计局老同志座谈，20世纪80年代的老局长评价我时说："当时没看错人！"退休后一次提起这事，老局长又当面肯定我："当年大学生很多，不少非常聪明，但综合德才，你是最全面的，事实证明我们没有看错人。"这是对我26年统计生涯的高度认可和最大赞许。

近三十年的农村底层生活，使自己一直也高贵不起来，但也不曾低贱下去。本真、善良、淳朴、厚道的客家草根秉性，使自己不生非分之想，不使坏，不害人，不张狂，不逾规，平凡着、坦然着过自己的日子。因而也一直在人生路上的各个隘口得到贵人相扶，众人相帮，正如一次飞机上偶遇省委书记，要求我汇报完有关工作后，竖起大拇指说的那样："很好，老实人不吃亏！"

（2022年）

纸短情长

奶奶

奶奶离开我们已四十年了，总想为她老人家写几句话，却苦于无从下笔。

我没见过爷爷，而奶奶和父母从未提起家庭和个人往事，自己也少不更事，从不发问，浑浑噩噩，不知祖上来路去处，只是偶尔从其他长辈的片言只语中知道奶奶的点滴，根本无法串联成完整段落。但与奶奶共同生活了近三十年，特别是上学后直至初中毕业，与奶奶同睡一张床，老人家的音容形态仍清晰如昨，提笔案前，脑海里萦回的尽是奶奶生活中的琐碎印记。

奶奶生于清光绪十七年（1891年），我出生时已届花甲。记忆中，奶奶穿着大襟衫、交头裤、围身裙，典型客家老妇女装扮——大襟衫右边斜下开襟，装配布纽扣；交头裤宽头大脚，穿着时将裤头交叉绞紧反扎于内即可，或用"裤头带"扎紧；围身裙做家务时胸前用带子扎于腰间，出门劳作则折成方巾戴在头上，夏可遮阳，冬可为头脸护暖。三件套均为黑蓝两色布缝制，从我懂事起就没见奶奶更换过式样和颜色。

奶奶身材高大，骨骼硬朗，天生一双大脚，五个脚趾张开，大脚趾骨节往外突，是那种未受鞋袜约束，肆意生长的天足。冬天脚跟挂满爆裂的血口，睡前总拿蛤蜊油往上抹。脚底长鸡眼，经常用针头、剪刀挑破硬皮，挖去赘肉，减轻疼痛。

几乎每天晚上都要往腿上关节擦涂自己泡制的药酒。玻璃瓶打上半斤白酒，草药摊上买回一条千斤拔，切成片，酒色变赤即可使用。上了年纪，整天忙碌，腰酸体疼，抹点药酒以图活血行气，实际擦的是安慰剂。拔把青草，挖点树根疗伤治病，是当年农村普遍的做法。乡下人命贱也命硬，能熬能挺，无可奈何中自我修复能力也特别强。

奶奶担负了大部分家务，一双抓地沉稳有力的大脚，支撑她从早忙到晚。早晨天没亮起床，晚上八九点收拾好厨房后才洗澡回房间，真正的两头黑。

每天操持七口之家的三餐，洗补衣服，侍弄菜园，饲养鸡鸭，熬煮饲料喂猪，从百米外上十米深的水井挑水供全家使用，打扫房间包括公众场地的庭院门坪，如此等等，手脚不歇，一刻也不消停。

奶奶讲卫生爱干净，房间、灶台、厨具收拾得整洁有序。木制的饭桌锅盖等家什，经常搬到水井边，用茅草擦洗得泛白，纤尘不染。那时农村烧柴草，厨房檐低屋小，烟熏火燎，难得见到像奶奶拾掇得这么洁净的。洗过的外衣被帐，奶奶用米粥水浆过再晒。20世纪50年代后期开始，每人定量蒸饭，失去了浆洗衣物的物质条件后才停止，而改为在衣服晾晒到半干时，到庭院去把皱折扯平，尽量让物件复原挺括，这习惯一直保持至她晚年不能走动为止。乡下还真没发现有像奶奶这么认真讲究的。

早年有奶奶罩着，我家务活干得不多，唯一固定职责，就是放下蚊帐后，点着煤油灯，拿着草纸堵上一头里面涂上煤油的灯管去收拾蚊子。把灯管迅速罩住落在蚊帐上的家伙，着惊一飞就粘在灯管壁上了，旺季有时一晚可以消灭一二十个。这活净化环境，轻松又带娱乐性，我干得主动认真。

上世纪五六十年代，农村的臭虫跳蚤特别繁盛，我经常和奶奶把床板搬到太阳底下暴晒，并用力把床板一块块往地上撞击，掐死掉在地上的臭虫，再往床上缝隙里涂六六粉敌敌畏之类的农药，但总灭绝不了这些讨厌的吸血鬼。

奶奶刻板的传统服饰下蕴藏着刻在内心的善良。中华人民共和国成立前，因同情可怜而收留了一位外地乞讨老妇人，村里人都叫她"老招"。老招粗短矮个，脸上脖颈长满了粉瘤，右脸上最大的近尺长，遮盖了半个脖子，一直垂至肩膀下，牵扯得脸部眉眼都变了形。在奶奶资助安顿下，老招没再流浪，留在了村里，不时帮人做些脏活，没吃的时候到我家奶奶总给解决。1949年后成了我们村的村民，20世纪50年代末在公社敬老院老死。由于长相吓人，村里孩子都不愿靠近她，而老招人好，懂感恩，与奶奶一直往来。我因见多了她，不怕，幼时敢躺在她怀里摸她的大瘤子。

奶奶与他人从未红过脸，更没吵闹的事，只管沉浸在自己无尽的忙碌中，可谓与世无争。奶奶最听不得农村中毒言毒语的咒骂，总摇头叹息怎能用这种言语伤人呢！她自己从不讲粗口，更没半句污言秽语。偶尔真生气了，说我们孙辈最重最毒的语言就是"瞎眼狗"，是指不懂大人苦心不识好歹的意思，都是平声语调，而且仅是自言自语、自怨自艾的情绪宣泄。

家庭最难处的婆媳关系，在奶奶与母亲之间根本不成为问题。两个好脾性的善良人，互相尊重体谅，对话和言悦语，从没怄气的时候，堪称这方面的典范。

奶奶大字不识一个，早年漂洋过海到印度尼西亚，在万隆跟爷爷过了几年，也算是见过世面的人。平日不串门，也极少跟人八卦聊天，寡言少语，但有时在床头也跟我念叨几句她曾见识过的世界。

奶奶说，过七洲洋（南海）要七天七夜，那船可大了，船头宰猪船尾听不见，海上有的鱼长翅膀会飞，一群一群地跃飞水面。奶奶说，印尼那地方好，经常晚上下雨，白天出太阳，放把火，烧出一块荒地，种上木薯和玉米之类作物，不用管理就有收成。奶奶说，在印尼，煎出油后的猪油渣是用来生火的，她们从来不吃……总让我觉得外面的世界很精彩。

"二战"日本南侵太平洋，侨汇中断，爷爷也因日杂店两次遭日军抢掠焚烧而破产。奶奶在家毅然卖掉一亩半水田，让刚上完高一的父亲继续求学，完成了高中学业。没文化的奶奶在当时的农村，做了一件极有文化远见的事情。

结婚时，母亲把好房子腾给我做婚房，奶奶把最好的房子让给母亲，自己住进了我原来较小的偏房，奶奶和母亲为我进行了一次亲情无私的爱的具体传承。那还是吃不饱的20世纪70年代，饭钵蒸饭，每人每餐限量，一大家人同桌吃饭，奶奶经常从自己钵中给两个孙媳妇拨一口，老人家深知并体恤她们妯娌正在哺育喂奶的艰辛，那默默无语宁肯让自己挨饿的举动，让人倍感慈爱而又心酸。

1980年春节，人民大学空寂的红一楼宿舍里，我收到了大哥来信，告知，奶奶在大年二十六辞世，三天后的除夕已入土安葬。

春节期间，丧事从简，村里的老叔公慨叹，集嫂一生善良，从不跟人红脸计较，连大声说话都没有，这样的好人老天竟没给我们多点时间悼念她！

手捧信笺，低声饮泣，悲从中来！

耄耋之年的奶奶，渐渐卸去了家务劳动，仍在力所能及继续从事捡拾收整清扫卫生之类的杂务。1978年我接到大学入学通知后不久，奶奶到后院收整晾晒的衣服，被门槛绊了一跤，我赶忙把老人家抱到床上，接诊医生说摔坏了右腿股骨，下不了地了。第二年暑假，我还与坐在藤椅上的奶奶拍了合照，现奶奶永远地走了，给我留下了慈祥善良勤劳的不尽回忆。

奶奶不到四十岁就与爷爷分离，在老家侍奉婆婆、养育子女。我所熟知的奶奶，从不对外吐露土地改革中一段不堪岁月的那些恩怨，除了家务，其他事一概不入耳入心，不惊不诧，在与世无争的软弱与淡然中，度过自己的后半生。

奶奶是位普普通通的乡村妇女，没受过什么文化教育，但她拥有深厚的善良这一人格美的根基，处处体现出与人为善的教养，一生慈悲为怀，是一个心中没有仇恨的人，在我眼中，显得尊贵无比。按马克思的劳动价值理论，家务劳动不创造价值，但我所熟知的奶奶却用真真切切的辛劳和真情，为我们营造了一个温暖的家，更给我们传承了无价的良善家风，让我们受用一辈子，并福荫后代子孙。

（2019年）

父亲

（一）

　　整理母亲遗物，发现已辞世十几年父亲的一本笔记本，硬壳红皮，线装32开。父亲用娟秀细小，就是那种小心认真，在账册上填写阿拉伯数字的会计人员笔触，记载了自己早期的自传简历，诸如工作变动、到学校进修培训时间、获奖表彰项目奖品、组织政治审查结论，以及入党志愿书、孩子出生年月日时辰等大事。

　　翻开笔记本，仿佛打开了父亲的档案袋，总限于慈祥严厉两端的父亲形象，丰满立体起来。特别是笔记本中夹带的，缴交了19个月的中共党费证和两封申诉信，让我粗略窥见了父亲当年追求进步，努力争取加入共产党，而最终落伍的心路历程。

　　1951年4月，26岁的父亲经族人介绍，以高中毕业学历，从农村老家进入大埔县银行工作，直至退休。

　　中华人民共和国成立后，共和国蓬勃向上，欣欣向荣。20世纪50年代的那一辈公职人员，争取加入共产党，成为许多人必然的热情和行动，父亲也不例外，把此作为自己追求的崇高理想。从笔记本中记录的事情看，其时父亲可谓无事不可对党言，忠诚坦荡，光明磊落，积极靠拢党组织的赤诚忠心历历在目。

几经努力，1955年父亲被支部吸收为预备党员，区委同意，而县委不批准。1959年，支部吸收、公社党委批准为预备党员。但1961年转正时，支部同意，公社党委不批准，取消了预备党员资格。从笔记本中保留的，入党介绍人手写的上级批复理由是：党中央对吸收党员提出更高更严方针，确保堡垒作用，1961年以巩固为主；社会关系较为复杂；工作表现一般。

笔记本中的细节表明，理想之路，蜿蜒曲折，读书时集体填写加入三青团表格、家庭出身、海外关系等成为高山隘口，几经攀爬跋涉，终归还是回到原点。

第一次不批准时，父亲表示"丝毫也不灰心"，"自己经常鞭策自己，创造条件争取入党"。而在缴交了一年半党费，毫无征兆情况下被突然取消了预备党员资格，犯了什么差错，有什么历史问题，表现哪里不佳……父亲百思不得其解，无法接受而又无可奈何。郁闷念兹于心一年多后，1962年5月他向大麻公社党委呈交了不少于两千字的报告，提出申诉，要求对取消预备期资格进行复议。

报告针对批复理由，提出四点申辩：一是党章未规定出身其他家庭者不能吸收；二是转正讨论是组织延误半年至1961年的；三是自己关系相对单纯，政治历史清楚，三级党组织均调查下过无问题结论；四是工作每年受表彰，奖励从不落空，何谓一般化。

父亲最后申诉，"如果说取消预备期是一个处分，那么我要求党委复查，实事求是下结论。倘使这个决定不属于处分性质,那么我根据党章规定,提请党委再作调查研究进行复议"。

报告中父亲再次表达了对党的认识和加入共产党的决心,把憋在心里一年多的想法付诸笔端,有理有据,不卑不亢,但未得到任何回应。难以回复、不予理睬、不识大局添乱、又有什么新规……对此只能臆想了,笔记本中没留下任何印记。

掩卷静思,感慨之余,我心中掠过了一丝悲凉。

父亲待人以诚,与邻为善,洁身自爱,不爱表现,而又业务水平高,具备单位里"好人"品性,很受人尊敬。但同时又是那种在某些方面倔强且有些许清高的角色,是容不得糊弄,只要敞开心扉坦诚相对、什么事都好说的那类人。以父亲的性格,没申请或申请了没通过是一回事,而预备期一年半后没什么过错,忽然取消资格,肯定难以接受。

提出申诉,徒添悲情。在于那时的父亲,看到的仅是自身的表现和单位小环境的情况,不明白时局决定命运的道理。远离你的上级领导和决策者,主要从原则从不公开的要求中作出判断取舍,尽管熟知你的基层同志及组织认可欣赏也没多大作用。当然,父亲更看不到和理解不了的,是当时以阶级斗争为纲下日益严酷的政治大局。

随着政治运动的推进,阶级斗争的弦不断绷紧。在那段特殊年月里,父亲也认真反思检查,把家庭出身作为原罪记在自己身上。记得一次在家,父亲谈到,将解放时,两个同乡相邀到大埔山区,参加共产党开办的培训班,因自己家里过得去而没去。由此,父亲感慨地说:毛主席讲,"在阶级社会中,每一个人都在一定的阶级地位中生活，各种思想无不打上阶级的烙印"。看来真是这样的。相信此时的父亲，已经明白自己难以顺利加入党组织，不再争取加入先锋队，只想以自身做一个共和国的公民了。这种无奈的转变，体现出以阶级斗争为纲下，像父亲那一类人的心灵创伤。

改革开放初期，对过去冤假错案和不公正待遇，普遍进行了平反或改正。1980年父亲向县委提交了申诉书，"恳请上级党组织，对我六一年不适当被大麻公社党委取消了预备党员一事，按照政策全面落实，作出确切决定"。申诉书中，父亲提到自己"始终以一个共产党员的标准衡量和鞭策自己，兢兢业业为革命搞好工作，因而每年都评为先进，立功受奖，特别是打倒'四人帮'后，1977—1979年连续被评为出席公社劳模大会代表，1978年度还被评选为县金融系统出席全县劳模大会代表"。

取消预备党员，父亲一直认为是对他的不公正处分，自己是"左"倾路线受害者。再次提出申诉，本意肯定不是热望加入组织，否则有更多简单便捷的程序可走，不必如此越级大费周章。根本点在于，他要为"不白之冤"讨要一种说法，属于取得心理平衡的一种举动。他的这种执拗，早年是对"极左"路线的一种抗争，二十年后再提，就显得有点固执任性了，实际上也没得到任何回音。

父亲珍惜看重追求理想的这段历程，一张32开对折，巴掌般大，缴交了19个月的党费证，不离不弃，毕生珍藏。1983年，五弟在大学加入了中国共产党，父亲专门写信祝贺："你是我们家第一个入党的，是全家的光荣！"父亲早年未竟的理想，在孩子身上实现了。

（二）

在孩子心目中，父亲早就是共产党员。

20世纪50年代每每给母亲来信，都有专页或段落，嘱我们姐弟听毛主席话，好好学习天天向上，做共产主义接班人。听着母亲的谆谆叮嘱，父亲的形象在心中高大而温暖。在小学高年级至初一填表时，我总想当然地把父亲写成中共党员，稍长才知摆了乌龙。

小时记忆中，父亲一年也就回家一两次，慈祥而又严厉，家里人都有点怕他。春节总领我们姐弟上街买礼物，我和大哥能得到自己想要的连环画册，以及诸如木制手枪、小皮球之类的玩具，合力抬回一把果蔗和一筐潮州柑，每人还有三角五角的压岁钱，这是我们的幸福时光。

一次我在邻居院子捡到一支铁皮小漏斗，可以套在瓶口灌酱油米醋的那种，在屋檐下接雨水玩。恰好父亲在家，追问漏斗来历。我如实报告，父亲不放心，呵问是否从别人家里偷的，把我逼问得委屈哭了。父亲仍不放过，捡的也不行，这是有用的东西，从哪里来的放回哪里去，我赶忙照办。父亲从不允许我们贪占别人一点便宜，更遑论偷拿东西了。他平日不在我们身边，最怕孩子从小沾染不良习气，令人不齿。

父亲鼓励开卷有益，希望孩子读书求出路。小时候我最喜欢父亲购买的多卷本《红旗飘飘》，里面不少都是将帅前辈撰写的革命斗争回忆录。我从小学低年级稍能阅读时就爱不释手，一篇篇的战斗故事让人激情澎湃。我很早就在街边出租摊上，看完了六十回本的《三国演义》连环画，四年级暑假，囫囵吞枣地读完了原著。1959年父亲专门到梅县地区艺术学校，把当年读初三招录去的大姐带回中学，他不愿自己的孩子将来当"戏子"，要正经八百地读书上大学。没想到遇到比父亲更强硬的肖校长，高一把大姐又送回了艺校。

父亲一生笃实率真，凡事依本性行事，从不使什么心计为自己谋取额外的哪怕是正当应该的权益。1981年，梅县地区银行要把父亲从公社营业所调到市里培训学校当老师，负责银行会计等业务教学，允诺届时安排二居室以上住房。父亲一辈子在大埔工作，辗转县支行和多个公社营业所，是绝对的业务骨干。作这种安排，也是当时的领导对他的一种照顾，让他晚年有个好的落脚归宿地。家人也都希望父亲能调回老家县城工作，但父亲却依自己秉性并不领情。此时正是父亲舒心满足、心情大好之时，四个儿子随时局转机，凭自身努力跳出了农门，连顶替接班的事都不用考虑了。于是毅然于1981年底不到五十七岁时提前退休，回到乡下老家，如一贯实心眼的本真。

退休后，按当时单位规定，看病门诊自费，住院可以报销，父亲从不偷奸耍滑，反倒是该住院也不愿住。1988年夏，突然口齿不清，左脚行走拖沓，呈典型脑梗征兆。医院要他住院，大姐大哥轮番劝请，他都执意在门诊治疗，害得我写信

"骂"了他一顿，说明这不是个人的事，带来严重的后遗症将全家遭罪，父亲才住院一个多星期，未痊愈即出院，以后一直如是行事，刻板顽固，拿他没办法。

告老还乡后，宗族诸事总推父亲领头。华侨归省、外出工作人员回乡探家，必定登门看望父亲。华侨港澳台同胞在家乡做公益，都指定父亲为收款人和主事，族人也服他差遣，父亲正直公道廉洁的德行，成为一种信誉和执行力。

父亲耿直的性格也让村人折服。一次村内一子侄新居落成请客，父亲赴宴，问为何不见他父亲，回答说老人吃不了多少，身体也欠妥，事后给他夹些菜肴即可。父亲平日就对该子侄的不孝颇有微词，闻言大怒："不叫你父亲出来坐上席，我马上让大家散席走人！"唬得当事人赶快照办。

20世纪80年代末，卜姓从乡政府赎回祖祠，整修并重立先祖牌位。在祖祠安龙转火庆典是日，父亲被族人一致推举为德高望重长者，捧始祖牌炉上座登龛。父亲辈分年纪不算最高，但公认德望无人能及，家庭和美，儿女个个成才，作为最具先祖精神美德的衣钵传人而享此殊荣。

1942年父亲上高二时，因太平洋战争爆发，日寇南侵，侨汇中断，接着祖父在印尼的杂货店两次遭日军抢掠焚毁，资财尽失。是时家里经济拮据，祖母决然卖掉一亩半水田，让父亲完成了高中学业。客家传统的耕读文化，使父亲成为旧时村里唯一的高中毕业生、小知识分子。

植根于农耕文明的乡绅文化，有着两千多年的悠久历史。农村出去为官为商等成功人士告老还乡，他们的成就德望为乡民敬仰，他们的学问识见为乡民钦慕，成为农村传统文化的继承者，引领社会风气的带头人。在现代工业文明的冲击下，"叶落归根"的传统价值观已被逐渐抛弃。特别是改革开放后，通过考学、打工、经商这种向城市流动的方式，农村的人才和人口被吸走，又因城乡巨大的利益差距而不复回归，农村日益老龄化、空心化不可避免。

农村传统意义上的乡绅早已难以寻觅。父亲作为从事公职多年的知识分子，回归传统，回到生他养他的故土，就有了一些旧时"乡绅"的味道，以自己的德望识见，襄办公益，维护教化，和睦邻里，老而仍有所担当。回望父亲一生，忠厚而严厉，胆不大却疾恶如仇，可谓低微却崇高，平凡而伟大。

（2016年）

母亲

近凌晨一点，一直昏迷的母亲忽然醒来，口齿清晰地问守护在床边的我："新民，这是在哪儿？""妈，在家里。"我俯身在她老人家耳边轻声回答，母亲"哦"了一声，微微颔首，满意地闭上了眼睛，从此再没醒来。三十多个小时后，母亲如愿在老家终老，离开了她操持守护了一辈子的家和子孙们。

母亲出生于梅县松口梅江河北岸梁姓人家，40天后被抱养到南岸的卜屋村。18岁上屋嫁下屋，与父亲成了家。至85岁辞世，一辈子以卜屋老家"三栋屋"为轴，度过了自己勤俭朴实、坚韧善良的一生。

父亲在邻县上班，一年也就回家一二次，逗留五七天。母亲领着先是3个，后来是5个孩子，和六十多岁的奶奶在老家生活。在这个"男外出，女留家"的梅县客家典型家庭模式中，母亲既要料理家务、照顾老小，又要出门干活，举凡上山砍柴、下地耕种均一肩承担。在悠悠岁月中，充分扮演了好母亲、好媳妇、好妻子、好婆婆的家庭角色。

母亲治丧期间，原生产大队的女性老书记前来烧香吊唁，对我说，当年集体生产里，女性使牛做田的极少，你妈算一个，为人特好，是我尊敬的大姐。母亲小学四年级时，养母腿疾不能行走而辍学，从此独挑家务及田间活计，犁耙碌碡各项营生都是好把式。农业集体化后，她经常在生产队担负使牛的重体力活，直至20世纪七十年代交班给我才罢手。

母亲和奶奶，两个好脾性的善良人，长期朝夕相处，互相体谅尊重，不论什么时候对话，都是和颜悦色，从未见她们高声争论，更没有红脸怄气的时候。在那半年几个月不知肉味的日子里，每逢赶集日，母亲必定自己或托人买几两肉，单独炖给奶奶。晚年奶奶摔伤大腿无法下床，酷暑卧床生压疮，母亲勤换床褥，细心擦洗换药，很快治愈，两年内没有再患。她们如此和谐的婆媳关系，在农村里是极少见的，所有认识的人无不佩服赞叹并奉为楷模。

母亲对孩子的爱，默默地体现在日常生活的方方面面。"三年困难时期"，母亲农忙使牛，下午有时能领到两个比乒乓球大点类似窝窝头的麦包，她总是带回给我们，而自己只是向食堂要点煮"饭筲"带点米腥味的开水充饥。母亲对我们从不动粗，偶有责难，都是讲道理式的，绝对没有那种暴风骤雨、劈头盖脸的粗言滥语。真生气了，母亲执扫把枝条的手总是高高举起，从未落下动武，让自己的孩子皮肉受苦。我们兄弟几个在家庭的影响下不讲粗口脏话，在农村也算是比较少见另类了。

土改时，家庭成分一、二榜均为中农，因村里的指标问题，三榜被定为"华侨地主"（复查后调降）。二十几岁的母亲顶着精神重压，在白眼和屈辱中，默默承受着。几十年来，从未在我们面前表露过什么怨气，更没有吐露那不堪岁月的点滴细节。过去的就过去了，家庭成分阴影下生活足够窝心，她不想让自己的孩子因揭疤而添堵。

"文化大革命"后恢复高考，我和四弟同年被录取，成了当地的新闻。放榜后不久，母亲在镇上卖菜，隔邻的菜农以羡慕的口吻询问，听说溪南卜姓一家兄弟俩，一个考取北京一个考取广州是吗？母亲含笑回答，就是我的孩子！那一刻，母亲心中充盈着自豪满足，觉得为家庭为孩子，所有的付出都得到了最丰厚的回报。

大学头两年，平时没见提笔的母亲给我写了两封信，抬头"新民儿"，信末署名"你的母亲"。四年级的底子，加之解放初的两年夜校，早年与父亲通信的历练，虽有一些白水字，但文辞通畅明白，字体整齐娟秀。信中告知，大家安好，不要挂念；孩子们有什么事，一定会尽力解决，不要担心，安心学业；一再叮嘱，一个人在外，诸事千万注意，安全健康第一。其时，母亲一家，年近九十的奶奶因病长期卧床，两个弟弟一个在广州一个在北京上学；我的小家，大女儿一年级，两个小的幼儿园托儿所，都正处于最艰难的"黎明前的黑暗"时刻。分家几年，还是母亲最理解挂念外出的孩子，字里行间浸透着的浓浓母爱让人动容。儿子再大，在母亲眼里都是孩子，一再叮咛的声音，是那样的绵长深沉暖儿心窝！

母亲超过1.65米的个头，身板挺直，衣着得体，端庄贤淑，老辈人都说她是当年村里的美女。三年困难后，生活境况逐渐好转，一次在自留地里干活，母亲兴致很高，小声唱起了李叔同的《送别》："长亭外，古道边，芳草碧连天……"并提起她曾有过两件旗袍。我相信，当年母亲穿着这纯中国式的服装，肯定充满了东方女性含蓄优雅的魅力，非常出众。母亲一生善良，与人无争，"四清"运动时，驻队的两名解放军干部，私下把母亲评为村里四位"最善良勤劳的母亲"之首。就自己几十年对家乡生活的认知，解放军说的一点也不虚妄。

2001年冬至日，母亲蛛网膜下腔出血，在市人民医院住院105天。初始昏迷两天两夜，半个月后再出血又陷入昏迷7天6晚。两次我赶回家乡，站在病床前，母亲很快苏醒过来，睁开眼直呼我的小名，激动得我眼泪直流。一个多月后，因胃肠应激性大出血她再度昏迷。我从外地出差赶到医院，前两次的奇迹没有出现。看着全身插满引管导线不省人事的母亲，想到医生曾告诫若出现上吐下泻大出血则难以救治的话，意识到自己可能将永远失去了母亲，情不自禁在病房里大哭，是平生第一次的那种男人歇斯底里的号啕失态，弄得同事和自己的兄姐不知所措。

105天，大姐和大哥及家人晚辈尽心陪侍，其中大哥既要上班，又要操持母亲的病事，几乎早、中、晚一天三次骑着摩托车往医院跑。日子稍长，看管存放摩托的老伯说，老人家还没好啊，你不用交费了，随便放。大哥在县城工作，收入低，母亲诸事全赖他出力奔忙。当年母亲没医保，我多次表示，老人的费用由我们外出的兄弟负责。但大哥明确表示，不，我也同样要负一份经济责任。两个弟弟更是自觉主动向用于治病的账户汇款。2002年春节，我们兄弟的假期是在母亲的病房里度过的。除夕我和四弟值班，母亲极度虚弱，迷糊昏睡在病床上，兄弟俩听着远处不间断的稀疏鞭炮声，床前床后，陪着母亲度过了除夕之夜。大家都把对母亲的爱化为具体行动，用心尽力做好作为儿子能毕生心安的孝顺事。

母亲是坐着轮椅出院的，脑子不灵光，认不了人，左眼也因病危时瞳孔放大致盲。村里一些人私下议论，花这么多的钱财力气，换回一个废人，不值。我们兄弟觉得万分庆幸，九死一生，我们的母亲还在，我们共同的家还在，这是我们的福分，付出再多都值！

我们请了两位四十挂零的妇女看护母亲。头一个多月，还专门从医院雇请了一位有护理经验的护工一同照看。半年后，一次我回家探望。刚进门，母亲对着我说，新民你回来了，让我高兴得泪花闪闪。母亲的记忆慢慢恢复，除患病期间的事，其他明白如前，左眼也重见光明。但长期卧床，肌肉萎缩，无法站立。我们在院子里用水管架设了类似双杠的设施，供母亲练习走路，虽见成效，但终究年纪大了，最终只能搀扶着在院内走走，出门还得坐轮椅。主治的脑科主任闻说后，一直说是奇迹，能活下来就已够神奇了，现还要下地行走，这都是护理得好的结果。熟悉的环境，爱的缠绕，唤醒了母亲的记忆，对家对孩子的无尽眷恋，加之一生劳动铸就的好身板，使母亲闯过了一个个死亡险滩，展现出了特别顽强坚韧的生命力。

自己在广州生活了三十几年，除了一次全家刚迁到广州，一次父母到广州过年，春节未回家乡外，其余春节肯定与父母在老家团聚。20世纪90年代开始有长假，每次也都是往老家赶，从未在外地度过一次假。我和夫人对孩子讲，与爷爷奶奶在一起的日子越来越少，而我们大家的日子还很长，要求孩子们理解。孩子都非常支持，他们每年也起码回老家一次拜见长辈。这是融化在血脉里的亲情，是人类世代相传的根基！

2010年6月22日母亲走了，我和夫人照常一年回老家几次，每次都会在母亲原卧室待一会儿。当年，我们回家都不敢预先告知，不然母亲总扳着手指叨念着睡不着觉。离家时，总一再叮嘱，有空就要回来，我都肯定回答，没空也要挤时间回来。每次母亲必定在大门口目送我们离去，现在卧室书桌上摆放着的，就是当时我拍的母亲的照片。镜框里的母亲，从大门边的椅子上努力支起身来，挥着右手，满脸的不舍和无奈，满眼深情的期待和牵挂。照片上钤印着我依《游子吟》意写的四句话："慈母眼线牵万里，意恐游子迟迟归。纵为参天栋梁木，难报亲恩三春晖。"我总觉得，母亲没有远去，她以另一种存在，始终和我们在一起，冥冥中继续护佑着她的子孙。

（2015年）

四弟

（一）

四弟走了，与癌魔抗争四年三个月，生命的年轮定格在了58圈。其时，2015年4月4日清晨，是日，清明节前一天，白天阴沉，晚上月全食，老天爷也为英年早逝的魂灵哀伤。

四年前，四弟因发烧检查，意外发现了结肠癌。弟媳四处奔波，延请名医，上下求索，悉心照料。四年四次大手术，两个疗程化疗、放疗，其中辅助于中药，仍未能有效阻击癌症的疯狂，正是当打之年的壮硕汉子，最终消弭于不治之症中。

每一次手术住院，大哥都从老家赶来，与我一起值班陪侍，五弟星期六日则从深圳到广州，轮换侄儿或嫂子值夜班。四弟能吃流食后，妻子天未亮细心熬制汤汁，把米泡好，肉剁碎，在高压锅里煮烂，再用罩网过滤，浓稠软滑，一早由我们送往医院。癌细胞在四弟体内肆虐，我们无从助力驱灭，只能把一切祝福化于细微的服务，祈祷借助兄弟情谊，提升四弟战胜病魔的正能量。病友赞叹，你们兄弟真好。四弟每每自豪地说，我们兄弟"没得说的"。

四弟坦然面对突如其来的不幸，积极配合治疗。在不同场合几次说道，患这种毛病的人，日子比我好的人很多，比我差的人也很多，既来之则安之，听天由命吧。在众人面前一直是副硬汉模样，淡然面对，从不吐露生死感慨，即使在晚期癌痛厉害时刻，在病房里也从不哼哼。

在亲人面前，四弟则如常人一样，表现出对生的眷恋柔情。第四次手术后，面对两个可爱的不懂事的孙子，他对儿媳说，可惜看不到孙辈长大了。再刚强的汉子，同样都有难以割舍、儿女情长的真性情。我第一次见到四弟流泪，是2013年底，兄弟四人在佛山四弟家中谈到身体，四弟说，第三次手术后一天也没有好过，随即流下了两行眼泪。当时癌细胞已在腹腔扩散，手术已无法根绝肿瘤，这是预感时日无多的伤感。另一次是在最后阶段，2015年春节前，我在佛山中医院病房里向四弟告别，四弟点头后流泪了。我心酸得拿纸巾为他拭去泪痕，自己禁不住热泪长流，一手握住四弟的手，一手搂在四弟肩上，两个不善表达情感的男人，面颊贴在了一块。乘电梯到了楼下，我仍未止住泪水，四弟身上两个有瘘口，已无法排尿，隔天做一次透析，折磨瘦弱得只剩躯壳，到了这个份上，每一次的再见都可能是永别。

人都畏惧死亡，渴望生存，难以割舍人间乐趣和所爱之人，无法接受死亡的寂灭和虚无。但到了不能挽回的时候，四弟却非常释然。2015年3月底，他拒绝了各方面劝解，给医院签下了各项承诺，断然不再透析，平静地对我们说，"大家都尽力了，我自己也非常辛苦，不要怨我不再坚持"，坦然走向人生终点。

（二）

四弟小我八岁，初长于"三年困难时期"。"文革"中度过小学中学，没多少时日好好念书，但秉承家族渊源，成绩始终居于前列。担任少先队大队长、班长、团支部书记，一直是学生头儿，亦是学校的体育明星、宣传队台柱子。1974年高中毕业，松南中学留其任教，当时实行贫下中农管理学校，大队不同意，说还没有接受贫下中农再教育。离开学校，随我在深山锯木开船板大半年，之后除了在生产队劳动，不时跟我出门打家具。1976年他加入公社统一运输站，推着大板车为商店运送生产资料和日用百货，挣工分也为自己挣几块零花钱。可谓十七岁开始闯荡江湖，尝试甜酸苦辣百味人生。

农村的孩子野，铸就了四弟强健的体格；加之良好的体育天赋，玩什么都能玩成霸主。小学三四年级时，无师自通，前空翻后空翻都能折腾出来，地区汉剧团两次要招他为武生学徒，大队不点头，好事就黄了。中学时是学校乒乓球冠军，篮球主力。外出工作后，春节回家，直至四十挂零，仍司职公社篮球队组织兼得分后卫，风采不逊当年。平日在单位，寒暑易节，每天坚持游泳。晚期探病，安慰的话已属多余，其他议题不合时宜，兄弟间谈的往往都是体育比赛，只有球赛消息才能稍为转移他的注意力，暂时减轻癌痛的折磨。四弟向我们宣布不再透析的那天，为减轻哀伤气氛，我含泪谈起了CBA北京夺冠和亚冠足球，最后四弟问我："恒大出线了吗？"我分析了当时态势，告知恒大一枝独秀，肯定可以出线，这竟是我与

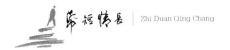

四弟这辈子最后的交谈。

　　1977年恢复高考后，四弟赴考大学未能上榜，1978年改报中专，以高分考取了广东银行学校。出门几十年，每逢春节，除个别年份外出旅游外，都回老家与父母兄弟团聚。生病这几年，他一直以未能回老家看看为憾。最后时刻，遗言郑重叮嘱侍候在身旁、已在澳大利亚定居的儿子："要带孩子回老家走走！"老家，生于斯长于斯，从这里起步出发，是成长的肇始地；老家，留下了懵懂童年莽撞少年的印记，有永远挥之不去的青春记忆；老家，有父母坟茔，有剪不断的亲情、友情、乡情。他要儿孙回老家，是告诉他们，不论走多远，根都在这里，这是四弟深深的家乡情怀，不忘根本的赤子心愿！

（三）

　　四弟在银行系统工作35年，勤奋敬业，忠厚笃实，与人无争。在不同单位的各种岗位上，评优或推荐干部，经常得票第一。辞世18天后的4月22日，中国政府发布百名疑犯红色通缉令，赫然位列第八的原广东省交通银行行长刘昌明的名字，勾起了自己脑海中四弟与之抗争的一段往事。

　　2004年，刘昌明从广东建设银行副行长提任广东交通银行行长、党组书记。翌年，刘拟提任佛山交通银行副行长的四弟，担任广州某支行行长。为此事，四弟与我多次电话或面谈，要我与省人民银行行长和省金融办领导沟通做刘的工作，表明不想当一把手、愿意当副手的愿望。相关领导都说，你弟弟应是实在人，不愿提拔当头的话好说。如此不识抬举，刘昌明大怒，亲自找四弟面谈，结果不欢而散。四弟表示，愿留在佛山改任非领导职务。刘不答应，说不到广州任职，也不能留佛山。四弟强硬回应，可以，除汕头外，任你安排。最终，四弟被派往惠州，筹办惠州交通银行，做开荒牛去了。抗命背后，不愿担当只是其中一个因素。真正的原因，按四弟的说法是，我看不起他，不愿为他所用。四弟几次与我说到，刘四十一岁当上行长，颐指气使，一上任就把省行一大批中层干部，换成从外面调进的年轻人，做事不按规矩乱来，迟早要出事。

事实上，刘昌明上任只两年多，经内部审计后调离即潜逃，2009年就被红色通缉令通缉。刘与人勾结，编造假公司骗贷，违规贷款98亿，案发时仍有46亿未追回。当时若四弟真到广州任职，难保不受刘罪恶陷阱的牵扯，跟从或抗拒，都将带来一系列麻烦或遭受无妄之灾。淡泊名利、是非分明、不趋炎附势的傲骨，使四弟无论什么时候，都能堂堂正正做人处世，始终立于不败之地。

紧跟着媒体报道的一条消息，让我再次认识了四弟的风骨。省科技厅一巡视员，以受贿罪在惠州法院受审。其中提到其在佛山南海区一小区购买公寓，因曾关照过房产老板，房价以七折购得，比市价少三十万元为受贿。四弟恰好住在这一小区，当年购房，老板给他打六折，四弟不为所动，只要求一般人都可以拿到的折扣，最后多交了三十万。是时四弟为南海交行行长，他不想由此而犯错，更不想欠下老板人情，在自己道

德防线上留下缺口，为日后带来更大麻烦。

有人满口"刚直不阿"，只是他还没有条件或资格被诱惑，在真金白银面前经受住考验，那才是真正使人信服的人品。在权力寻租普遍、"金钱万能"盛行时期，四弟坚守了做人的底线，几十年金融生涯，一直挺直脊梁做人。

（四）

四弟走了，他的电话号码、微信、图像资料，关联他的一切我均精心保存。翻看相册，1971年大年初一生产队青年二十八人的合照，相片中的四弟圆脸小眼，天真无邪。"三年困难时期"，许多人"三根筋儿挑着一个头"，他却仍脸圆圆的不显瘦，打小就被大家称之为"肥四"。成年后腹部扁平，身材俊俏，"肥四"的绰号却亲昵地伴随一生。当年四弟十三岁，是相片中年龄最小的一位，如今却成了二十八人中已逝的四人之一。见影思亲，悲从中来，慨叹人之无常，天之不公。不少恶人，福禄无恙，终老天年，而"好人命不长"反倒成了经常得到应验的箴言。

四弟一生向善，却不时遭受命运的捉弄和老天的磨难。20世纪90年代初，从广西回佛山，小车在封开西江大桥上，被一辆满载红砖的大货车，越线迎面撞进河里。在后排睡觉的四弟，睁开眼时已在水中，黑暗中摸索往外闯，找不到出口，已开始喝水时，才从玻璃破碎的窗口浮出水面，游到岸上。锁骨骨折，面颊和手掌满是玻璃碴子，鲜血直流。再迟几秒，紧随而下的货车就把小车压扁了。事后描述，仍让人毛骨悚然。20世纪90年代后期，肺囊肿数月不愈，他不时咯血，且患部紧挨动脉，医生担心出现难以止血的险况，考虑开胸切除。最后多方探究，发现囊肿下面是结核，对症下药才了事。

人的寿命有长有短，最后终究都要离开这个世界，但老天不能安排四弟这样的走法，艰难残酷，长时间的肉体和精神折磨，最后还是一去不回。生前身后，操碎了心的家人不知流了多少眼泪，付出了多少悲伤，眼看着亲人鲜活的生命一点点地流逝，而无可奈何！健康真不仅仅属于个人的，它还属于父母、爱人、子女、兄弟姐妹这个大家庭啊！

四弟走了，留给我的是无尽的回忆哀思。1978年我们兄弟俩，一个考上北京，一个考上广州，在山区农村老家，成了一时的新闻，让老爸老妈脸上充满了光彩。打小到老，几十年兄弟，从未脸红怄气。老家建房、母亲治病……凡要出钱的事，一接电话，四弟二话不说，付的款只多不少。1981年我在大学穿的第一双皮鞋，就是四弟给的。搬新房，我请老乡书法家为他的客厅写几个字，我提供了几条修生养性的，没合他意。最后他自己提出，还是"天道酬勤"吧，实在。四弟不是那种锋芒毕露、时时灵光闪现的人，但凡事多做少说或只做不说，勤奋努力，兢兢业业，一步一个脚印，而且具有可以做一辈子朋友的憨厚忠诚。"天道酬勤"四字正是其一生的真实写照。

四弟走了，不舍啊惠明，来生我们还做好兄弟！

（2015年）

叔婆

打记事起，叔婆就一个人生活。因丈夫名通章，村里人都叫她老通，我这一辈的叫她老通叔婆，她的本名赖玉英倒很少人知道。我们住同一院落，她跟我家不是至亲，却走得最近。我们兄弟都叫她叔婆，不另加前缀，是一种亲昵的表示。

叔婆抽烟喝酒嗜茶，肤赤结实，豪爽干练，性偏刚烈，百分百的女汉子。丈夫早年出洋到暹罗（今泰国），一去杳无音讯。独子成年后与母常闹矛盾，一怒之下投身国军，车祸客死他乡。叔婆孑然一身，随性自由辛酸地过了一辈子。

经叔婆要求，加之我家房屋少，幼儿园时妈都让我晚上跟叔婆睡。老式大床，铺的垫被薄，冬天加上稻草，暖软了不少。天冷时节，叔婆总把火熜放在被窝里取暖，几次把被套烤出窟窿，所幸从未引发火灾。

叔婆喝浓茶，喜欢多人围坐共饮，偶得一泡好茶，必定呼朋引伴品鉴，她总说"茶三酒四"才有意思。在院子横屋上堂，即叔婆房门口的小厅，闲暇时节，总有不少人在喝茶聊天，不时几个常客，一壶寡淡无味的粗茶，可以相对无言闷坐半天。若手头稍松，叔婆的"茶座"，有时还出现花生饼干等茶点，一高兴，打上一瓶白酒，几个老友吆五喝六，可以神聊多个小时。

叔婆的爽朗声名远播，走村串户的收卖佬、游荡在各村池塘摸小鱼虾为生的穷汉了、赶集路过的相熟外村人，都不时在叔婆那里歇歇脚、喝杯茶。我打小跑腿给叔婆买茶叶，当然都是三几分钱一包的劣质混合茶，自然地夹在长辈群中蹭吃茶点。我更喜欢冬天在叔婆房间里，躺在被窝听大人摆龙门阵，特别钟情侠义武打传奇，对神怪鬼异故事，既爱又怕，听完觉得夜间哪儿都有鬼魅，不敢出门。

叔婆还在娘家时，经常一人住在村外十字路口的塘寮里看护鱼塘。一天半夜，一小偷狼狈地逃奔过来，躲在塘寮后，很快一伙手执木棒锄头等家什的人追来询问，叔婆镇静回答，没看见有人经过，被搭救的小偷感激万分而去。

随后不久，小偷汉子手捧泥棺材鸡和一瓶酒，回到塘寮相邀共饮。杯盏之间，叔婆认真数落汉子，不能做此一辈子抬不起头的可耻事，年轻有力气干什么都可以把日子过下去。小偷连声诺诺，以后走正道出洋到了印尼，还专门给叔婆寄过一打袜子。这个颇有点像侠客传里的故事，在叔婆淡淡的叙说中，我读出了她年轻时的侠义心肠和无所畏惧的敢作敢为。

叔婆还对我专门介绍说，泥棺材鸡即叫花鸡，掏去内脏，把鸡裹上泥巴，放在火里煨熟，扒去泥巴时鸡毛会一并煨去，味道特别香。大学毕业实习，我和朱同学到了常熟，城里一家餐馆门口"叫化鸡"的大字招牌，立马勾起了自己对泥棺材鸡的垂涎，可惜穷学生囊中羞涩，不敢踏进店门，至今引以为憾。

叔婆怀具一身好厨艺，人民公社放开肚皮吃饭时，是当仁不让的村里食堂大师傅。我经常可以吃到叔婆专门留给我的饭焦，撒上点糖捏成团，焦香甜脆，美味极了。可惜这种好景实在太短，很快陷入连续三年的饥饿之中。公社开三级干部会，她都是掌勺的当然人选。村里有红白喜事，一般都请她主厨，她据主家经济状况，安排丰歉得体。一位堂叔结婚，家贫得喜宴只有四斤母猪肉，她精打细算，素菜荤做，照样帮主人把场面撑了下来。村里人做丧事，她总是主动相帮，分文不取，只要厨房有浓茶就行。我母亲和夫人，能整几款拿得出手的客家菜式，技艺都是当年不时帮叔婆打下手得的真传。

叔婆还有一门傍身的手艺，就是会做褥子，即制作木棉床垫，这是南方木棉产区特有的技艺。先剪裁缝制好布料，再装上木棉，厚薄软硬悉听主人喜爱，叔婆都可以满足。

制作时有一道工艺，是在剪裁好的布面上，等距离扎上长短一致的粗棉线，用于固定木棉和定褥子厚薄。小时我对缀满了棉线的布料很好奇，总问为什么老做这种打结的衣服，于是"打结的衣服"就成了叔婆口中褥子的别称。晚年体衰，先是母亲后是妻子，总跟叔婆到主人家去帮助灌装木棉，这最后一道工序，讲技巧也颇费体力。做一床褥子，有几元工钱，印象中这是叔婆最主要的现金来源。

我记事时叔婆已五十挂零，孤身一人无牵无挂，又干练泼辣，村里人家有事，特别是贫苦家庭遭难，她都慨然前往，帮忙出力。"四清"时期，30多岁的堂叔因肾病在县城住院，孩子多堂叔姆脱不开身，叔婆几次往返照顾探视。最终不治后，参与动议，组织村人硬是把尸体从50多公里的县城抬回村里土葬。"三年困难时期"，村里一家男主人，受不了无边的饥饿和全家老小困顿无助的折磨，说是往河里寻了短见。叔婆帮女主人几天沿河寻觅，直至打听到确切信息为止。村里很少人能像叔婆那样，为他人仗义奔走，无私无酬，只要一个信任尊重就心满意足了。

叔婆一直在生产队使牛做田，以后母亲接了她的班，再往后传给了我。叔婆直到接近六十岁才放下犁耙，负责饲养耕牛，算是半劳力。这是头棕黑色的公黄牛，性烈，干活力气特大，算是生产队的宝贝。一次夏种干完活，母亲刚给它卸下牛轭，突然发疯似的把母亲顶翻在地。接着几次见人就想冲上去，阉了后仍这个德性，叔婆奈何不了它，而我刚好无书可读，则代为放牧。

一次，刚把它从牛栏里放出来，这家伙就低头向我冲来，吓得我丢掉牛绳往外跑，追到厅里，我无路可逃，牛轭猛然向我顶来，瞬间只好向旁一闪，牛角擦着大腿砰的一声撞在墙壁上，屋顶抖落大量尘土，我的右大腿外侧划出了一道明显白痕，有惊无险。再后来我有了经验，抵近牛轭，用牛绳把套在牛鼻子上的铜环扯起，迫使牛头仰起无法低头发力，它就只能乖乖跟在主人屁股后面往前走了。所谓做事要"抓住牛鼻子"，就是这么一个意思，即要抓住关键。

又一次傍晚，我在田野刚拔起拴牛的桩柱，没来得及靠近牛轭，它就向我冲来，在众人的惊呼声中，追过两块刚割完稻子的水田，我跳上一处高坎，牛轭才停住脚步，牛眼瞪人眼，坎上坎下两个家伙都在直喘粗气。不能再冒这个险了，生产队见医治无效，牛确实疯了，只好到公社畜牧站办好手续把它宰了，叔婆没再放牛，从此退出集体生产行列。

1972年我大女儿出世，年近七十的叔婆已失去了当年叱咤风云的劲头和风姿，愿意为我看顾孩子。这时的叔婆尽显女性柔软，给孩子喂米糊、换尿布，抱在怀里哼童谣唱儿歌，搞怪逗乐，周到细致。每逢赶集，都要挤出钱来给孩子买零食，有什么好吃的总叫孩子一块享用。在她那儿，任凭孩子打闹撒野，也从不讨嫌生气，叔婆正在弥补长河岁月里缺失的家庭儿孙温馨。

叔婆无所顾忌率直容易光火的坏脾气，往往少不了与人闹点矛盾，也不易与人长期相处。我们家了解她，包容尊重她，她也就一直与我们家过往得亲密无间。她晚年长时间不愿担戴五保户之名，更不愿进敬老院，除了要强的脾性外，也有我们家可以依靠的原因。实际上我们也把她当作家里老人看待，一切粗重活，包括挑水、洗衣服、打理自留地，等等，大都由我夫人操劳。有什么病痛，主要由我或夫人带她上医院，并掏钱买药，孩子也跑前跑后侍奉。一次因支气管破裂吐血，继而咯血几天，夫人带她上中心医院检查抓药，邻人都认定是肺病，探问只在门外不敢进房间，我和夫人照样床前床后照顾。

叔婆这一辈子，为他人事筹划有方，周到绵长，自己一个人的日子则从无长久打算，什么也无所谓，只要有隔夜粮，更无愁苦事，以致不时一塌糊涂，陷入困顿艰辛之中。20世纪60年代以后，集体生产越来越不景气，加之年岁渐长，三荒四月时的叔婆不时陷入断粮境地，我少时不止一次偷拿家里的米给她救急。仅有的两间房也卖掉了一间过日子,不知什么时候床也卖了换粮,改睡铺板。一次要我把阁楼的棚门拆了做成圆桌,贱卖了买米,聊救燃眉之急。为他人缝制了无数的褥子,自己垫的却是稻草。使牛做田时,几个壮丁伙伴都是到她那里集合后一同出门的,有时她把煮好的饭让大家充饥后再下地,自己没晚饭了再说。她无所谓的穷慷慨,在物质匮乏时期,让自己吃了不少苦头。

1986年我举家迁离农村进城,叔婆身为五保户且有我母亲和邻居照顾,但毕竟眼前缺了主动关心的人,也少了成天"阿太阿太"地叫的我家孩子,精神的慰藉没了主旋律,叔婆人生的最后几年是凄苦的。

1991年叔婆88岁辞世,得到了极大的哀荣。全村人为她举葬,筹钱打斋做半夜光佛事,许多村人为她戴孝,侄辈争着执幡捧香炉。为孤寡老人的后事如此排场,在方圆几里地,至今多少年了仍传为佳话。是时盖棺论定,村人都述说叔婆的好,盛赞她是侠肝义胆有担当值得大家敬重的好人。事后,我们兄弟四人为叔婆修了坟墓,每年我和夫人都委托他人或自己回乡拜祭,2017年出资为叔婆重新整修了已显破败的坟地,感念她的为人和对我们的关爱。

（2017年）

纸短情长

（一）

列车向北飞驰，群山村落迅捷后隐。我茫然地望着一掠而去的北国萧瑟原野，脑际不断浮现三天前离家时，妻子无语泪飞的一幕。

1978年10月20—21日，是中国人民大学复校开学报到的日子。计算好行程，我从10月16日动身北上，五天四晚，正好赶趟。

离家是日早晨，我和三个孩子围坐在饭桌边，吃着妻子为送行精心准备的鲩鱼米粉，这是那年头农村难得一见的奢华早餐。一抬头，发现妻子正站在饭桌对面，怔怔地、深情地望着自己，咬着嘴唇，眼泪大滴大滴地从脸颊上往下滑落，一股酸楚袭上心头，泪水模糊了我的双眼。

接到录取通知后，就知终有分离的一天。而这一刻到来时，没有殷殷叮咛，不见绵绵话别，心底波澜翻滚，"竟无语凝噎"。此刻，妻的泪水里充盈着难舍难分之情，饱含着行将经年别离的愁绪，眼泪不着一字，胜似千言万语。以后的日子怎么过，这个夫妻间不愿提及而又非常现实的问题，此刻更是无暇思虑。但彼此都心知肚明，随着北去的车轮声，女人艰难的日子开始了。

妻姓张，与我同村。"四清"运动时，生产队合并而相识，"文化大革命"开始后，一同在田间劳动而相知相爱。张全家反对，理由简单而又现实——平头农民，其他成分家庭，兄弟多房屋少，所在生产队条件差，难以养人。但做母亲的还有一句话：人倒是不错的。

妻当时不乏追求者，张家总想让最受宠的三姑娘，有个好婆家好归宿。在那非贫下中农家庭出身，即足以抵消你全部或大部优点的年代，贫农家庭出身的她，却死心眼地跟了我这个不名一文的"贱民"，认定的就是世间最传统朴素的"人不错"这条死理。

结婚用了最简便的仪式，两人到县城大姐家住了一宿，回家摆了两桌，请至亲们吃了顿饭完事。没拍结婚照，连到公社登记都免了。

当年林语堂大婚，做了件奇事，他把婚书一把火烧了，说："烧了吧，因为婚书只有离婚时才用得着。"这可看作他对妻子许下的盟誓。林语堂的狷狂洒脱，我等俗人无以比拟。不领结婚证，在于两人同村，不用这玩意儿迁户口，是一种农民式的实在，但所表达的对婚姻的坚守却是一样的。

婚姻是两个人的事，我们彼此扶持，风雨同舟，爱情融化在日常生活成了亲情，个人不再是独立的人，成了彼此牵挂的双方。

在那个普遍贫穷的年代，结婚多年，真没给妻子什么舒坦的时光，但在村里还算不至于断炊，属小日子能维持下去的人家。恢复高考后，许多农村的"老三届"不敢踏入考场，除忧心学业荒废难以捡拾外，其中一个重要原因，就是拖家带口的，无法割舍那份传统的天生的家长责任。今天抛家北上，把重担一股脑儿丢给妻子，确实是辗转彷徨，于心不忍而又无可奈何之举。

（二）

"北漂"四年，鸿雁传书，一个月也摊不上一次。两地悬心，不是不惦念，而是不知怎样表达说什么好。

多年夫妻，彼此相知，该干什么，一个眼神动作就心领神会。男外女内，出门挣钱主要是我的责任。家务操持自留地活计，更多由妻包揽。贫贱夫妻相守，平日语言交流不多，只是默默地为这个家努力付出。现在，自己从生产者变为了纯粹的消费者，靠助学金过日子，对家里的事一点招也没有，只能揣着明白装糊涂，"不闻不问"了。

信中自己只是简要介绍生活学习状况，谈点见闻，将对妻儿的担忧埋在心底，鲜有询问家里其他情况。妻的来信则简短明了，一页小学生作业薄纸，报平安、谈收成、提请注意身体，没有半点愁事难事。双方没有半句甜言蜜语的卿卿浪漫，也不摆弄任何善意的谎言，纸短情长，书不尽言、言不尽意，但都刻意地让对方放心，平安如常，没什么要担忧的。

我深知妻的困境，别的不说，一岁、四岁、六岁三个孩子，分别上托儿所、幼儿园、一年级，衣食、卫生、教育、安全……哪一样都足够她焦头烂额的。一次大女儿患急性肝炎，半夜高烧不退，妻只好背起孩子，往儿公里外的镇中心医院赶，住院几天，把病压了下去。三个孩子，每年总有几次让母亲惶惶无措午夜惊魂。

面对只能一肩独挑的重担，妻强化了家禽和自留地商品生产，以往从不涉足的码头扛水泥化肥、挑河沙等一应能挣钱的苦力都抢着参加，三毛两角的也不嫌弃。乡村最传统古老显得卑微的砍柴卖草的活，妻也没少干。拼筋骨、卖力气、动脑筋，尽力填补因男人求学，断了金钱来路后各项刚性支出的缺口。加之生产队出勤，一年365日，从早到黑连轴转，一刻也不消停，圆胖的脸转为黑瘦，整个人小了一圈。

一年后暑假回家，妻很高兴地告诉我，她已经学会了抡斧头劈柴，并说，一次碰到一根扭纹柴，劈到一半用手去掰，反倒被夹住了，只好噙着眼泪忍住痛，捧着柴筒找人解救。妻当轶闻趣事讲，却听得我鼻子发酸。从山上弄回的木头，要变成粗细合适能进灶膛的柴火，须用专门的劈柴斧肢解，这需要力气和眼手配合的准头，一般都是男人干的事，丈夫不在家，妻变成全能的了。

孩子都特懂事，两个女儿担负了半头家务。大女儿烧开水、煮饭、炒菜，小女儿扫地、喂鸡鸭。姊妹俩煮好猪饲料，用木桶盛好，扁担一人一头抬到百米外的猪舍喂猪。城里一些这个年龄段的宝贝，连鸡蛋都不会剥，饭还要他人喂。穷人的孩子早当家，她们和母亲一样，正历经艰苦岁月。

（三）

我一直慨叹，客家妇女是中国最伟大女性。客家人在岭南立稳脚跟后，因所处环境山多地少，男人不得不外出谋生或读书求仕。"男外出，女留家；男工商，女务农"，这种互补型家庭成为普遍模式。妇女于是成为一家之主，所谓的"家头教尾"（养儿育女）、"灶头锅尾"（操持家务）、"针头线尾"（缝补衣服），到"田头地尾"（耕种土地），事无大小，活无轻重，都由妇女一肩承担。

客家妇女是旧时汉族中唯一没有缠足的女性。她们在长年累月的劳作中，铸就了罕有的勤俭刻苦和坚韧品格。我的曾祖母、祖母、母亲都是这么走过来的。自己的夫人也躲不过宿命安排，今天轮到她扮演这种家长角色了。

妻秉承了卜屋的良好家风，兼具客家妇女的优秀基因，善持家能张罗，坚韧要强，不是那种满脸愁云，总爱诉说自己艰辛委屈的女人。今天尽力支持丈夫求学，默默履行做人母为人妻的职责，承受着认为应该属于自己的苦难和重压，没有半句烦言怨语。

大二下半年，妻竟寄来20元钱，说是给我作零花之用。捧着汇单，总觉得沉甸甸地发烫，要多少柴火多少菜蔬才能换来这20元钱！我上学后，妻没再添置衣物，遑论寒暑，也不管怎样"隆重"场合，"礼服"就是一身洗得泛白的蓝的确卡。我用妻子节衣缩食的20元，跑到北京最繁华的王府井商场，精心选购了一件格子上衣，暑期带回家，妻露出了欣慰的笑容。

　　第一次暑假回家，妻上山割柴草，我到山门口接她挑一程。重担压肩，走不了多远，黄豆大的汗珠往下淌，一百多斤的竹杠在左右肩来回转换，光脚板被田埂上的沙石硌得刺痛，龇牙咧嘴，表情痛苦。看着我的狼狈样，妻乐了，接过担子，笑着说"变了，修了"。当年中苏交恶，农村把受不了艰苦贪图安逸称为"变修了"，即出了"修正主义"之谓。一年的书斋生活，我心依旧，而身体其他部件却难以承受重压之苦了。

　　其时，身后群山莽莽，身旁碧野似茵，身前蜿蜒小道柔美静默，如诗如画。然而眼前，两大捆柴草如两座大山压在妻的肩上，现实生活不是诗更不是画，对于一个女人独立支撑的家来说，她承受了太多太多。

　　春节寒假，拙于盘缠，时间也短，我都待在学校。暑假回到家里，妻和孩子都特别高兴。只是第一年归家，开头两天，两岁的小子怯怯地瞪着眼看我，一声不吱，他不认识我这个陌生的"外来人"。而妻虽肩柔担重，却出入春风，不见委顿愁苦。妻认定，这是黎明前的黑暗，心中始终怀着光明，坚信有一个值得奋斗付出的明天和可以期许的未来。

　　有这么一句经典的说法，婚姻中，敬佩两种人：年轻时陪男人过苦日子的女人；年长时陪原配过好日子的男人。妻无疑配得上是这种女人，而我仍为能成为这种男人继续努力着。

（2015年）

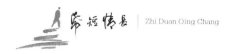

牵手走过五十年

都说人生苦短，在有限的生命中，两个人要共同把五十年光阴填满，也不可谓不漫长。

在贫困的乡村岁月相识，在艰苦的农耕劳作中相知相爱。夫人不顾家庭反对，认定了"人不错"这条亘古不变的死理，铁心跟了我这不名一文的底层农民，牵手走过了五十年。

在人分三六九等，非贫下中农家庭出身足以抵消你全部或大部优点的年代，贫农家庭出身的她，拒绝了那些根正苗红，甚至众人仰慕的国家职工等优秀追求者，跟着我一条道走到黑，单凭这一点，就消融了夫人在我心中的全部缺点，感动丈夫一辈子。

婚后的农家时光，两人胼手胝足，风雨同舟，努力为家庭付出。在缺衣少食的大环境里，免于了三个孩子冻饿，让他们在良善的家风中成长。国运转机时日，夫人支持丈夫北上求学，艰难苦厄一肩独挑，无怨无悔任何不堪，心中怀想的是远方的曙光和可以期许的未来。

夫人真难，而丈夫也实属不易。负笈京城，路遥囊空，连续三年，在空寂的大学宿舍楼里独度春节，最奢侈的娱乐就是一个人在大学旁的紫竹院公园里，裹着棉衣扒在湖沟栏杆上看人家冬泳。贺岁声中对亲人无限思念的无奈，奶奶辞世家人也只好事后写信告知的悲伤，只能属于自己那个难忘的年代。

毕业后，受宠于时代，夫人的身份变成了国家职工，全家进了省城。四年求学，四年拼搏，结束了一家二元结构生活，丈夫没有辜负时代和命运的转机，凭实力、德行和机遇，以男人的担当，回馈了夫人当年的真情和勇气，用无声承诺的行动，证实了"人不错"眼光的独到和执着理念的可期。正如我大学班主任老师的评价："卜嫂伟大……不是所有苦过的女人都有这么幸运的！"

有人说姻缘天定，可在岁月长河的现实变幻中，多少婚姻之舟说翻就翻，山盟海誓化为了风流云散，良缘佳偶而成劳燕分飞。也有人说，男女婚姻像押宝，差错和误会往往临机反转，倒有可能幸运中奖。方方面面都下足功夫的，最后不一定能赢。

今天一些知情人士说，夫人当年选择姓卜的举动，是成功的风险投资，是选对了一只后市可期的ST股票。虽是玩笑话，但也表明"人不错"包含的品性、责任和担当，确是婚姻的坚实基础。

两人三观差别不大，拥有正直善良的做人底线，具备中华民族勤劳刻苦本色，没有这些共同点，很难长期和谐厮守。然而生活中，各人都有自己的爱好和处世风格，内在性格也存在一定差异，她感性我理性，她急我缓，她干脆我谋定而后动。这种不同，在搭帮过日子中，未必都是消极因素，反而可能"互补"，成为婚姻稳固的积极因子。

平日里，她主内，家务事说了算；我主外，大事拿主意最后拍板。内外、大小是相对的，实质是经长期磨合，据个人长处而形成的分工合作、和睦相处。

生活就是由许多必须面对处理的烦琐小事构成，偶尔的诗和远方，更多的是眼前的苟且，一地鸡毛。没有一纸婚书，没有一张结婚照的我们，在锅碗瓢盆油盐柴米中琐碎庸常，都是人间烟火的日子，平和淡然，宠辱不惊，随遇而安，这是牵手五十年恩爱半世纪的生活真谛。

世上没有十全十美的婚姻，文艺作品中那些美丽动人的爱情婚姻故事，更多的只是寄托着人类美好幻想和期许。人无完人，缺点和毛病谁也少不了，能否和谐牵手，关键不在互相欣赏对方的优点，而在于双方互相宽容适应对方的缺点，接受对方的不完美，有如夫人包容迁就了我懒务厨事的惰性，而我接受了夫人某些固执一样，让我们避免了许多盆碗相碰的摩擦。

年事渐高，脑眼手脚机能不断下降，忘性大于记性，脑筋瞬间短路时有发生，行事出差池的概率增大，对由此产生的不愉快，双方都给予了充分理解，认定这是衰老的一种必然表现；并约定，对造成的麻烦，不用去查找追究具体原因，更不能因此指责埋怨，一笑了之就是。这就是人生，是你无法躲避必须接纳的生活的一部分，若为此怄气碰撞，那就是自找晦气徒添悲情。

生而平凡，也理解对方的普通，五十年牵手，哪有什么天天顺心的事。所谓恩爱，就是不管如何互不嫌弃，因爱而迁就妥协包容，相安无事。

日子漂白了黑发，岁月读出了彼此的皱纹，时光易老，唯有陪伴最是长情。去年五月新冠疫情肆虐时夫人发烧，不愿上医院。在我的劝导陪同下，从下午四点折腾到晚上九点才从发热门诊回家。对着只是咽喉发炎的诊断结果，夫人又提起了本可以不看医生的话时，我很深情地对她说："夫妻中一人有难，另一个日子也好不了。年轻时就是找个伴，有个家一起过日子。年长后各忙各的，身体也好，自顾自也没什么感觉和问题。年老不上班毛病也多了，孩子虽足够孝顺，但毕竟有他们自己的家和工作，两个老人就成了命运共同体，真正的相依为命，这时才觉得爱之深思之切，谁也离不开谁了。"夫妻间从不讲温情话，老了反而动了真情，也是人老体衰，对"少年夫妻老来伴"的真切感受体味。

春节在乡下老家，想起了今年是自己的金婚之年。看着家门口的芦苇和身旁的老伴，袭《诗经·蒹葭》形而改其意咏之于朋友圈："蒹葭苍苍，白露为霜。所谓伊人，就在身旁。蒹葭萋萋，白露未晞。所谓伊人，已成老妻。蒹葭采采，白露未已。所谓伊人，白首齐眉。"表明将用一生的彼此陪伴，证明婚姻的初心圆满："死生契阔，与子成说。执子之手，与子偕老。"

（2021年）

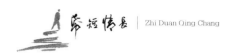

孩子的名字

1972年夏，大女儿降生，大哥替我到公社为孩子上户口，据此领取各种票证，用于购买新生儿简单的生活必需品。

大哥很快回来，数落事情没办好，用"一妹"称谓登记，民政部门不同意，说这是乳名，要正式的大名才行。

从怀孕到临盆，家里从未议论过将来的宝宝属男属女，该起什么名字之类的事。可现在没有正式名字上不了户口，再不当回事也要胡诌几个字了。

家乡流行按排序叫孩子小名，如大妹二妹三妹之类，大哥给女儿填上"一妹"，就是按习惯叫法做的。这是不讲文化的年代，乡下人起名不管雅俗，拣两个吉利字往上凑完事。我觉得这"一"字好，第一个孩子嘛，"妹"字不行，那就换成"心"字，心肝宝贝啊！也就几分钟的事，孩子的大名"一心"就确定了下来。

老舍姓舒，大孩子在济南出生，他给起名"舒济"。当时是繁体字，"济"字17划，家人和长大后的孩子都觉麻烦，他夫人说这是难为小孩。再生，老舍给起名"舒乙"，"乙"字仅一笔，他说这可以了吧。这是文化人的洒脱率性，学问家的狷狂逸事。

作为没读几本书的乡下人，觉得"一"字为大，是汉字中最简单的，而当年见得多的与"一"配伍的就是"一心一意"，叫"一心"再加上姓，合共才七笔，以后即使没书读，孩子对自己的名字也不难认写。这纯粹是会生孩子不会起名的随意，属于底层农民没识见修养的无所谓。

二女儿起名"一静"。有人笑我这是希望不要再生女孩的意思，就如不少家庭连续生闺女后起名带"婷"字一样，有的干脆就叫"招弟"什么的，祈愿接下来生男孩的目的特别强烈明显。

其实后两个孩子"一静""一定"，名字如大女儿一样都是随心几分钟就定下来的事，没别的更多想法，无非就是给孩子一个代号而已。

我一点都不嫌弃女孩，别人可并不这么看。我大哥两个女儿，分别叫"一意""一冰"，公社卫生院的何医生，医术精湛随和诙谐，把我兄弟俩几个孩子的名字串在一起编了个顺口溜："一心一意盼儿子，接二连三四千金。冰封静止且打住，一定生男宝贝亲。"何医生毕业于梅州卫生学校，膝下三千金，他的打油调侃，反映了当时农村普遍渴望生男孩的社会现实。

没想到小子的名字日后成为大家调侃的材料。"卜、不"谐音，都说这孩子有个性，不管你怎么说，我就是"不一定"，持否定态度。省府门诊部梁大夫退休很多年了，偶尔见面总问卜一定现在怎么样了，说这孩子的名字有特色好记，模样她也很喜欢。儿子参加工作后，一次，上级部门电话询问参会人员姓名，单位回答"卜一定参加"，"怎么，这么重要的会都想不来人，想干什么！"几次类似的误会，都是姓名惹的祸。

多年后，一次闲扯，深谙姓名学的老友何先生说，你家孩子名字很有意思，"心静定"不但美，而且有禅意。心静，恬淡着一份心境，一份洒脱，一缕清香，心静安宁，幸福就近了。连上定字，心静则定，定则安，安则生慧，单看这名字，孩子都不笨。没文化起的名字竟可以这样解读，他这一八卦，忽然觉得自己也好像有文化了起来。

家乡有"人名无白水"之说，本意为人的名字是特定的字，不能用同音字代替，但不少乡亲流行的却是读音相同即可，无所谓错别字的反解。

1982年第三次全国人口普查，村里入户登记员把"一"写成"益"，而这次普查所得成了乡村最全面权威的档案材料，以后孩子迁户口、入学注册、制作身份证件等，凡涉及档案内容的姓名都得用"益"字，实则就是被改了名。几年后我才知道这码事，对此也只能苦笑自嘲，登记员比我更没文化，但平日我一直还是用"一"字书写称呼孩子。

现实中因自己或他人错写错用名字，给迁移、入学、婚姻、继承等等带来无尽烦恼的事真是不胜枚举。

孙子出世，当父母的在电脑上折腾，下载了几十个美词妙字，为孩子的名字搞起了排列组合。这个生僻、那个拗口，俗了、雅了，怎么搭配都有种自己也说不清的不满意，总觉得差了点意思，跑来要我帮忙拿主意下决心。

其时，我刚拜读完王湾的《次北固山下》，对"海日生残夜，江春入旧年"这一脍炙人口的名联没有更多的感悟，倒是特别欣赏"潮平两岸阔，风正一帆悬"的颔联。作为曾经的江岸人家，又有船夫经历，觉得这一联意境恢宏阔大，尤其后句更加传神，让人眼前仿佛出现江水漫涨，崖岸宽阔，和风吹拂，船帆高悬的大江行船图景。

姓名虽只是个符号，但往往饱含了父母家长们的祝福和期许。我不祈求家人后辈富贵荣华，最希望他们一世安稳，岁月静好。对，就叫"帆正"，表明人生航船免除了礁滩交错、波翻浪涌大河的凶险危难，也避开了弯曲幽暗、前景不明小河的艰辛曲折，祝愿他在平野开阔、大江直流、波平浪静里，帆正高悬，稳妥向前。

一通"宏论"后，我再次表明，仅供参考，最后拿主意的是你们。做父母的当场没表示反对，哪知过两天回来说，"帆正"两字，一、四声组合有些拗口，且广州话"帆、烦"同音，不特别合适。儿媳是广州人，亲家一口纯正广州话，让自己的孙辈名字带"烦"音，犯了忌。

改，我按客家话发音思维提出，把"帆"字的"巾"去掉，变为"凡正"即可。"正"在流行词语里是"好、靓"的别称，"凡正"就是啥事都挺好，干什么都顺心的意思，且客家话"帆、凡"同音，还保留了"帆正"的含义。"帆"变"凡"，一声变二声，发音顺了，这事就过了关。实际上广州话"帆、凡、烦"同音，而且普通话里"凡、烦"发音更无二致。

我说得貌似有文化，更多的是瞎扯，只是起名的一个由头

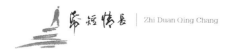

而已，同样属于随性随意之为。

　　长期以来人名往往带有时代烙印，我叫"新民"，就是缘于建国后四天出生，谓之"新中国公民"而得。这种随大势的名字，同名的特别多，当年中央党校培训班一百多号人，竟然有三个"新民"，都和共和国同龄。

　　我们镇上一邮电局职工，紧跟中苏友好时代大潮，给孩子起名工、农、兵、学、商、布、尔、什、维、克，后面都带"夫"字。最后一位是女儿，叫克夫，百无顾忌，照样婚嫁生息，幸福绵绵。

　　随着思想多元，像援朝、跃进、文革、永红等铭刻时代印记的名字，逐渐被或时尚好玩、或有内涵或张扬个性的名字所代替，不少人还依生辰八字、阴阳五行起名。生活好了，起名的口味提高了，精致考究、缥缈虚玄也是人之常情，无可厚非。

　　其实名字这代号，叫什么并不重要，普通人过普通的日子，再响亮美妙的名字也只是普通的名字。现实中，再草根的名字背后都有无需向外解释的寓意，都倾注了父母极大的期望和祝福。莎士比亚说："名字代表什么？我们所称的'玫瑰'，换个名字还是一样芳香。"名字只是一个符号，人的内在品质最重要，实实在在做个好人，用自己一生的努力不玷污这个名字，让普通的名字因自己而生辉放彩，让父母每念起你的名字就感到舒心宽慰骄傲，这才是名字达致的最高境界。

（2017年）

愣

——记小外孙

自孙辈们进幼儿园始，我就服了"预备役"，时不时在老伴无法"视事"时披挂出征，接送或陪侍这些小毛虫。广州雨多，于是，从黄华路到大石街的大道小巷，不时可看见这样的场景——一花甲老人，双肩挂背两只幼儿园书包，一手打伞，一手牵着身穿雨衣的幼儿，另一幼孩则擎着伞，牵着老人身上书包的一角，三人一体行进在归家的路上。老人满脸责任感，"牵好、注意自行车、有水坑、别闹……"嘴里不停嘟囔着，似老牛护犊，更似公鸡领着鸡仔，这是自愿贴钱当保姆的祖辈，自己揽来的活，无怨无悔。

小外孙不怕他爸爸，相应的也不怕他爸爸的爸爸和妈妈，怕妈妈，也怕他妈妈的妈妈和爸爸。由此，二闺女喜欢把孩子往我家送，好管教。加之住得近，四个孙辈中的小外孙成为服务的主要对象，他的言行印象也就特别深。

有点愣，这点像他外公

一次从幼儿园回来，他要到中华广场玩。

我说太远了，

他说可以坐公共汽车去；

我说没钱，

不用钱，有卡就可以；

没卡，

书包也可以，在机器上碰一下就可以上车；

没有这种书包，

用荷包滴一声也可以上；

没有荷包，

那用屁股靠一下，机器也会响，跟着做了个撅屁股的动作。

总不能说没有屁股，小子赢了。

上一年级后，放学回家后，时不时冒出一条脑筋急转弯的考题。

一次说，蚯蚓可以再生，为什么一刀砍下去就死了？

原本犯有重病吗；

错！是竖着一刀，劈成两半就活不成了。

一次问我，什么动物经常跌倒？

学走路的婴孩；

不对，是指动物；

人也是动物；

是特指森林里的；

我回答不上来。

小子得意了，狐狸嘛，它狡猾〔脚滑〕。

接着问，为什么先看见闪电后才听到雷声？

光速快于声速；

错，因为眼睛在前耳朵在后。

类似问题，我脑子几乎都转不过来，总得到小子"真笨"的评语。

春节开学后不久，一天吃晚饭，小子考我，念了一首诗《所见》："牧童骑黄牛，歌声震林樾。意欲捕鸣蝉，忽然闭口立。"要求回答作者是谁：A袁枚；B杨万里；C李白；D骆宾王。我还未开口，他自己回答是A，然后问他们还活着吗？我说都是几百千多年的人，早死啦。他说，不对！李白在广州亚运会开幕式上还演唱呢！看来小子把现代唱歌的"李白"看作当年的诗人了。接着又来了一句，骆宾王应该还在，他七岁就能作诗，准还活着。这回不是脑筋急转弯了，自己玩起了"穿越、混搭、无厘头"的时尚元素。

前不久，也是晚饭时，问外婆见没见过王二小？

外婆回答不认识，是什么人？

小子生气了，怎么会不认识呢！儿童团的，把日本鬼子带进八路军包围圈，是英雄，死啦。

我解释，外婆当时还没出生。

那太婆一定见过王二小，她1910年出生，那时还有皇帝，还没有共产党也没有国民党。

今年秋季开学后的一个星期三下午，过了五点半我到学生托管处去接他。一问，作业还未动手，老师说他刚回来。小子接着说，对了，公公，以后星期三不用这么早来接我，三节课后还要值日打扫卫生，其他同学不愿干，我就报了名。你看，这小子傻不傻。

愣就是傻，愣就是呆，愣就是天真，愣就是童趣。人在幼年，往往有惊人的灵性，常发成人所不能的天问。随着年龄渐长，成熟代替了童真，庸常遮盖了天趣，说话做事都力求合辙押韵，循规蹈矩，没了个性，失了自我，显得无趣。

学习向下看，这跟他大学时的外公一样

一年级开学不久，数学考试99分，全班十几人100分，还有99.5的。他妈满脸苦大仇深，小子倒挺满意，对我说，外公，已经99分啦！又一次数学考试，93分，他说同桌的才92分，还有88分的。反正每次没考好也从不发愁，总有人比他更低分。

对功课这门主业学得如何，他不十分在乎，或说不怎么上心。小子语文强于数学，在有限的我检查的家庭作业中，数学全对的不多。一次跟他说数学作业怎么总有错的，小子立马反驳说，不对，上学期有一次全对。

前两星期的礼拜六，跟我们上白云山，他妈交代一个月都不能给他买玩具。我问他为什么这么严重？小子满不在乎回答说：讲大话嗮！

讲什么大话？

早忘了，不知讲了什么；

是不是作业没做完，又说已做完了在玩？

其实是真忘了，不是讲大话。一副无所谓的样子。

这次上白云山原本答应的剑自然不能买了。他想滑草，我

们怕危险不同意，气得小子黑了脸噘着嘴大声嚷，只知道你们的感受，就不考虑我的想法，以后永远不跟你们来白云山了！

学习极讲天赋，家长的逼迫，往往事倍而功达不到一二。给孩子创造必要的环境条件就可以了，更多的应由他自己办好。一同事的孙女，与小外孙同级不同班。天天放学后，爷爷坐在课桌旁陪着做作业，爸妈回来接着陪，晚饭后又继续，成绩并没有小子好。我常感叹，这样孩子和家长都没有了自我。努力加勤奋并不等于天才。我赞成小子既不懒惰又不在乎的学习态度，需要改进的只是屁股坐不住，小处经常出错的毛糙。

要当共产主义接班人，这点比他外公强

上一年级后不久，一次神秘地跟我说，外公，我可能第一批加入少先队，而我两位姐姐都是第二批的，不过不知道行不行。

入队那天我接他放学，白衬衣前飘着红领巾，一脸高傲的微笑。前边一位同班的女同学，几次回头叫他，都不搭腔。最后这位孩子挣脱奶奶的手跑到他面前，朗声说，你真帅！小子仍不回声，把眼睛斜向一边抿着嘴笑，满脸的舒坦灿烂。几天后说，长大了就接爷爷的班，当共产党员。看来，这红旗的一角真不是白系的。

小外孙方脸大眼，朋友赞他最具“官相”。几次在餐厅，陌生老者指定他日后是个人物。但小子出生时既无飞龙在天，更不见满室霞光，倒是因早产一月，全身从头到脚插满导管在

育婴箱待了一个星期。估计因此发育不全，眼睛散光，正戴镜纠正。说到出息，从政副科级、从商万元户、从艺达三流、从军为士官，务工技术员、务农专业户，能自食其力，自由有尊严地生活，足矣！

其实，孩子还是小毛虫，不久会变成大毛虫，然后是化蝶还是变成灰蛾，天地造化，与祖辈的我关系不大，自己所做的，只是尽祖祖辈辈传下的职责义务而已。

（2012年）

成长与衰老

这是两个足球。一个是名牌，阿迪达斯，皮革外包，正式赛场用球。另一个是孙辈自制，报纸为内胆，塑料胶带密集缠裹为外壳，家庭客厅球场专用球。没有真假，都是足球。

由于具备梅县足球之乡基因，幼儿园年代，两个孙辈用皮革球踢污了我家客厅一面白墙，粉刷一新后又重遭毁容，并打碎了若干零碎家什。随个头渐长，将有一天会砸烂整个客厅，甚至推墙拆屋，我果断下了禁止令。

爱好激发创意，刚上一年级的二外孙动手制作了纸质足球，比皮革球小两号，轻盈不蹦跳不污墙，外皮破了，胶带一缠完好如初，成了孩子们放学后新的客厅用球。腾挪茶几杂物，用拖鞋摆好球门，一对一或一对二盘带攻门，也常常专门点球决胜负，我多为裁判或观众，不时也是场上队员。

两小子在激烈的对攻战中，两次把我精心收集的石湾陶瓷工艺十二生肖的狗公仔踢下博古架。第一次闯祸，我让小外孙的母亲"赔偿"，辗转托人还真弄回了一个石湾工艺珍品。第二次没办法了，至今架上的狗，仍是胶质材料的街边劣等货。有一次，把我最喜欢且常用的名师制作宜兴紫砂壶砸下茶几，摔掉了壶嘴，害得我暗中心疼了好一阵。游戏中闯祸，我从不责备，只嘲笑他们技艺不精脚太糗而已。当年自己在乡下房前屋后学校走廊上踢柚子，包括平日的撒野搞怪，更不知闯下了多少该打的祸事呢！

现在最小的孙辈都已上了初中，个个住宿在校，一年多来客厅归于了宁静，有如自己归于孤寂一样。问他们这两个球怎么处理，回答说不要了，扔了。

丢掉？！望着静静地躲在客厅角落的两个球，我心中顿感少许的戚然。这何止是两个球，它们是有温度的存在，承载的是爷孙的亲情欢快，蕴藏的是孙辈的成长印记和爷辈的无限温馨回忆。

从幼儿园到小学低年级，每当放学在校门口等待孙辈时，都伸长脖颈，盯紧校门，目不转睛地注视着穿着同款校服个头大小差不多拥挤出门的学子，唯恐错过了自己的宝贝，恪尽职守，风雨无阻，自觉揽活，无怨无悔。

刚上三年级，小孙子就坚持不要接送，考虑到要过马路等红灯，坚持继续履行职责。这小子来了脾气，无视老人的存在，自顾与同学快步前行，一副不用你管的坚定倔强。几次下来，爷辈只好作罢。慢慢地这些小毛虫，对越秀山金印游乐场项目也失去了兴趣，小外孙还说出了玩这些太幼稚的话来。自然地，雪糕冷饮等当年馋嘴的美食也吸引不了他们。聚在一起时，话少了，看书玩手机的时间多了。

随着骨骼拉长，肌肉增加，心智认知、自主自尊也在不断发展增强。当年客厅里小孙女的芭蕾舞，孙子无师自通的拳术套路、街舞；四个小家伙模仿旭日阳刚声嘶力竭地演唱"春天里"的欢快场景；爷辈回答不了脑筋急转弯考题时小子们的得意笑脸，以及只有孩童才能发出的认知世界的"天问"，都和客厅里的球赛一样，只能存留在自己脑海和电脑相册里了。

大外孙年长弟妹几岁，心智逐渐成熟，前几年已足可以与我促膝谈心，深入平等对话了。一次，在我例牌寒暑假请四位孙辈外出吃饭桌上，与我谈起他代表学校以贫富问题为题，参加韩国世界中学生论坛，并言及丘吉尔说道，年轻时不是社会主义者没良心，30岁时不是保守主义者没头脑问题，并指社会主义是指财富利用的公平，非中国的生产资料公有，说这方面北欧最佳。两年后，他以学校A级成绩优秀的学业被海外七所大学同时录取，最后选择了生物专业名气最好的学校。我问起学校与专业选择动机时，他谈到了理想与现实可能的矛盾和困惑，提到了富二代与穷二代择业的不同与无奈。交谈中让人体味到儿子对父母的理解及体谅，以及对家庭的担当情怀，这孩子确实长大了。

今天对孙辈来说，许多往事都变成了浮云，提起一些可笑的旧事，他们有时会说，噢，有这样的糗事？毕竟有更多属于他们青少年人的欢乐忧愁压力，他们的日子正是属于一心向前无从分心的时光。但当有照片或实物依托时，他们也常常会恍然大悟，哦，是这样，记得。正如前几天给大外孙发去越秀公园东秀湖堤岸石缝里成长的小叶榕照片一样，问他还想得起这棵与你同龄，在落羽杉遮盖下努力向阳往上高耸的榕树吗？回答说，当然记得，从小公公婆婆就不时指着说，这树与你一样又长高了，还与树留过不少影，印象很深。看来，开篇提到记录了孙辈成长节点的两个球，是断不能丢的。

当年为了讨生活，昏天黑地，竭力觅食，在自己子女的幼年少年，几乎没有共同的游玩嬉戏，情爱只能体现在努力免于他们的冻饿之上，压抑在自己的无奈惆怅之中。从幼儿园到小学中学，一次也未接送过他们。二闺女初中分在郊外学校，地处荒僻，买辆单车让她自己上下学，虽时有担心，也从没破例。

现孙辈们半月也未必能见面一次，我曾分别到过他们的寄宿学校，虽进不了校门，放言就是认个路，用得着时可以随时征用出发，延续接送差使。至于大外孙隔了一个大洋，确实离得太远，且到了要他照顾老人的年龄，那就算了，也只能算了。

时代不同了，也是人老感情脆弱，总不想让孙辈受半点委屈，这不可阻挡的天生亲情，让孙辈成了自己心中最柔软的部分。

这种所谓的隔代亲，是人类对家庭延续的欣喜，也是自己对当年奔波困顿岁月，与子女缺失温情的一种自觉不自觉的补偿，更是有血缘关系的生命，在接近终点处与起点发展处相遇，碰撞出的更加灿烂的生命之光，摩擦出的更加浓郁的亲情。

而伴随孙辈成长发展的对面，是爷辈的衰败残弱。记得孙子出世时，我出差在外，正偷空在三水孔圣园参观。家人电告，母子平安，欣喜之余调侃说，巧了，爷爷正在孔子弟子席上，那虔诚为他祷告，这小子将来道德文章一定差不了。是时，按四舍五入计，自己正向花甲之年靠拢，倏忽一觉，十四个春秋过去了，仿如昨日。同是那一年，摆在我书案上小外孙玩摇摇车的照片里，两岁虎头虎脑的他，现已是一米八几的长条高二学生，孙子也已上了初三，而爷辈则踏进了古稀之门。真是，时间都到哪儿去了？他们用于拔节增智，而我则花在漂白黑发，雕刻皱纹，迟缓行动，阻碍思维，制造病痛上了。

2020年最后一天下午，自己因腰腿问题在正骨医院候诊，大厅里手残脚瘸，拐杖轮椅病床代步的不乏其人。望着各式人等的背影，觉得人生就是一个闭环。从褓褓摇篮，四肢爬行，蹒跚学步；到腾挪跳跃，健步如飞；继而小心缓行，踉跄磕绊，举步维艰；再到三脚跛行，四轮代步，病榻缠绵，又回到了原点。

再联想到孙辈，从他们身上看到了当年的自己，慢慢成长，独立远行，活成自己父母的样子，而后渐渐老去。这里面孙辈的成长与爷辈的衰老不舍昼夜，过去的日子都成了回不去的岁月，从中产生的亲情疏离，只是彼此间物理间隔的变化，而情感的距离是不会随时间而变远的。

成长与衰老碰撞出的这种疏离，也是人类繁衍发展血脉相传中老人难免遇到的一道坎。对此，包容一些，看淡一些，坦然一些为好。

（2021年）

十年缘聚白云山

2002年始，因了老乡和泛老乡的缘由，变偶尔零散登山为呼朋唤友结伴前行，每星期六相聚于白云山中，喝茶聊天吃饭逗乐，遂成定制，至今已整十年有余。

白云山，三十余座山峰簇集于广州北郊。每当雨过天晴，朵朵白云缭绕于群山之间，因而得名。早在2200多年前广州建城就闻名于世，许多文人墨客和社会贤达，在这里留下了诗词题刻和足迹。今天更是被誉为"云山珠水"的广州一张名片，是当代广州人欢娱休闲的五星景区。

我们这一群人，缘聚云山，十年如痴，走出了情趣，走出了健康，走出了和谐，走出了友谊。

缘聚白云山　品茗享悠闲

喝茶是聚会重要的活动。茶聚地点，先是九龙泉，后是望景、锦绣南天，现在是山湾，都是幽雅精致之所。山友有公务员、老师、工人、自由职业者、医生、小业主等，其中不乏深谙茶道之人。我的普洱茶之饮，就是始于十年前由他们供给，伴随登山的延续而渐入境界的。

温君工书法、善诗词，收藏品鉴普洱茶多年，每次登山，捧一名家制作的宜兴紫砂壶，轮换着不同品质的生熟普洱茶，亲自燃煮山泉，执盏冲泡。其时，微微的山风中飘起淡淡的茶香，悠悠地吮啜，红黄鲜亮的茶汤在舌尖上打转，在齿颊荡漾，随之甘醇充盈喉腔，回甘与余香慢慢在肺腑间蔓延。几巡后，感觉口内生津，气脉顺畅，烦倦全无，浑身松爽。

品茶讲究茶的品质，更讲究冲泡技巧、环境、气氛、人际关系。在白云山这等神仙福地，一群志趣相投，没有任何利益矛盾的山友品茗论道，成为一周中最轻松怡悦时刻。大家操着乡音俚语，肆意地谈古论今，交流各种信息传闻看法感悟。每个人都是讲者又是听众，既快乐了自己，又娱乐了他人。在单位，在他人面前以至家里，只能腹诽的委屈不平事，在这里都尽可以快意恩仇，矛盾得到拆解指点，压力郁闷得以宣泄解脱。这时的你，坐在白云山中，仿佛天下风云就在眼底，家长里短置身其中，甘醇的茶汤成了润肠益智的仙品。这时的我们，喝的是茶，咀嚼的是轻松的幸福，享受的是气定神闲慢生活的惬意。

缘聚白云山 健步固筋骨

登山道路有几许，还真没有细数过。我们走过摩云路、柯子岭、千尺嶝、廉泉路，也从西门以及鸿波山庄往上爬，走得最多的是南门直上山顶公园的大道。最难走的当数摩云路，其中一段连续八百个台阶的陡坡让人望而却步。我第一次攀爬，望着绵延不见尽头的台阶，想着宛如步行直上四十层楼，心里直嘀咕发怵，除了满身臭汗，中间还休息了两次才完成"壮举"。几个来回后，慢慢地就感觉不过如此，步履轻松，一气呵成了。

身心愉悦的活动容易成瘾。一周没去，心里就像亏欠了什么，总觉得还有一件事情没做完。凡是省内公务，差事一完，星期五肯定驱车返穗，下面盛情挽留，双休日到名胜地看看也从未动摇过。多少次在北京开会，星期五下午散会，乘最后一班机也要往广州赶。只要自己能掌控的，不论公务私事，碰上星期六上午的一律挪移，登山时间不容侵犯，寒暑易节，十年不改。

当年陶渊明"采菊东篱下，悠然见南山"，米缸里肯定还有剩粮，屋角也有能挨几天的油盐酱醋茶。山友们快意云山，背后是每个人都有一份赖以谋生的职业。统计加官场是自己的事业、功名，也是不得不坚持的苦役。这里面，业务工作难不了人，难的是一种责任，一种对自己所负职责的担当。坐了这个位置，就要对社会、对事业、对上级、对部属、对自己有个交代，努力尽心做好，难以都遂人意，但求无愧于心。这种高度职业自觉的心累，如若没有舒心放松的白云山闲散时光的平衡，将无从拆卸消除；没有每周不少于两小时攀爬健步加固的筋骨，繁忙的公务就将不堪重负。

缘聚白云山　老伴结伴行

结婚几十年，真没几次与老伴白天结伴消闲。早年，温饱难求，耽于刨食；尔后，外出求学、工作，多年两地悬心；

辗转迁徙，在广州团聚后又不解风情，偶尔一同逛商场，穿行于琳琅满目的商品货架间，老伴问什么都有口无心地回答，挺好。几个回合下来，伤了老伴自尊，也倒了老伴胃口。知道我的兴奋点不在这里，以后，愿和女儿同行不再叫我，纵然买的家什太多，也只叫我等在商场外，仅作为提背货品的苦力使用。

世间所谓夫妻和谐是相对的，即使亲若一体，彼此都还有个性差异的矛盾。几十年日子平淡而单调，又天天相处，加之经历、识见、文化有别，平日夫妻间除拿晚辈说事外，少有更多的话题交流。

缘聚白云山，终于找到了白天结伴消闲的最佳节点。不论哪条道往山上走，都是一路翁歌姬舞，林清气爽，健步其中极易引人谈兴。老伴喜看言情剧，街谈巷议的八卦新闻，自己则主看体育、时政、纪录、科教频道，电脑浏览网页，其时都成了交谈的内容。而故乡农村的人和事，更是双方共同的回忆。当年不曾有花前月下的浪漫，现在更没有十指紧扣的亲昵，同样两心相系，家庭难免的盆碗相碰的烦恼争吵，在白云松涛声中化为了和谐之音。

缘聚白云山　情深谊更长

为庆祝十年相聚，一次茶叙中举行"感动山友人物"评选。十几个人七嘴八舌，最后大奖由"山友之魂——胜哥""甘醇之源——温君""衣食之母——何生"胜出，还有一些

各类的提名奖。我即兴给的颁奖词是：

"山友之魂——鸟无头不飞，人无魂不灵，亦步亦趋，啸聚山林。因了您这棵挺拔伟岸的大树，才有了一群不散的猢狲。"

"甘醇之源——茶，喝茶，请喝茶。唯您才能掬一片心香，泡出世间最甘醇的普洱茶，让友谊之泉温暖净化山友的心肺肚肠。"

"衣食之母——腰包渐鼓的人千千万有谁请你吃饭？唯您乐此不疲长期为他人肚儿行善。洒甘霖润云山友不求回报只把真情献。"

胜哥乐善好施，德高望重，学识广博，长于为众人解疑释惑。何人何时入伙登山，他日记里清清楚楚。每次聚会，怀揣几种茶叶，不时之需时就派上了用场。品茶时，总能从书包里掏出花生之类的茶点，一次不落。他不仅是山友的精神领袖，更是登山身体力行的楷模，威望高，号召力极强。

十年来，茶后午餐、一鱼两食、凉瓜炒蛋、牛腩萝卜、茄子煲……都是家常菜，大家争相付钞，点完菜就有人已付了款。其中买单最勤最主动的就是何生。郑霸夫妇每次相聚必定做东，但三日打鱼四日晒网无以把握他们行踪，只获得提名奖。

评奖纯粹是调侃逗乐，颁奖词更是语含戏谑，但从一个侧面反映了缘聚白云山的欢快和谐友善融洽。事后我试填了首"打油词"——《沁园春——十年缘聚白云山》：

素练束腰，叠翠披肩，妙曼身姿。看水清山幽，翁歌姬舞，神清气爽，心旷神怡。蒲涧瀑泉，红尘不到，自古名山神仙居。喜今朝，平头百姓闲适，五星景区。

更有当代"闲人"，笑聚山林十年如痴。品温君香茗，润肠益智；何郑饭餐，壮体健肌。笑谈天下，人间玄机，纶巾二叔令旗挥。真如是，闲云野鹤辈，情缘投机。

（注："胜哥"大家尊称"二叔"）

现实中，亲戚、朋友、同事，能有几人可以每个周末相聚！十年，在历史长河中仅为眨眼一瞬，但对个人而言，却是人生不短的一个阶段。其中，因恒心因兴趣因时间，因种种其他原因，不时有旧的山友离开，新的山友进来。大浪淘沙，而肇始于十年前的七位"常委"始终未变，乐此绵绵，甘之如饴。

十年不辍，舍公事之羁、琐事之扰、俗事之绊、官帽之诱，是一种为健康、为友情、为自己的坚持。十年相聚，成为挚友，心贴得更近，成功了有喜事好事，大家庆贺分享；失意了，挫折了，大家鼓励相帮，不让朋友独自神伤。

"白云山之恋"成就一辈子情缘。这条志趣相投之路，将一起走下去，十年、二十年、四十年……地老天荒，直至无穷！

（2012年）

周年忆老友

送别锦胜已届周年。

每每忆起远去的老友，心里就怅然忧伤，点点滴滴，如梧桐夜雨，落在心头。

（一）

初识老何，是1992年仲春时节。统计局和人事厅在省政府大院同楼办公。那天办公室来了位中等身材，仪容英俊，颇具军人风姿的中年汉子，一打招呼，两人就知对方是谁了。

大哥曾在老家教育局招生办上班，每年秋季大学招生，招办几个人都得在广州军区的珠江宾馆待上月余，不时受到广州军区新闻处任职的老何热情招待和相帮。老何热心乡梓，诚以待人，急人所难的美名，早已通过大哥的口在我心中留驻。其转业到人事厅后，上门认名，虽为初次见面，实神交已久，可谓一见如故。

尔后，楼梯上致意，四、五楼办公室间串门喝茶，参加对方朋友圈活动餐聚，各种交流逐渐增多而成好友。再后，开始了17年星期六几乎不间断的共同攀爬白云山并午餐活动，双方无话不谈，心意契合，遂成莫逆。

　　老何出身于邻镇农家，我曾三进山村何家拜访。一次，老何专门陪同到松源圩镇旧地重游，在1971年我当木工参与建造的百货大楼前，面对当时破旧已改制分租给个体工商户的大楼，两人感慨地话说当年。我提到建粮库时在圩镇旁一栋二层楼住宿，门前一口水井，外面是水稻田，卵石路连着粮仓。老何说这是他外婆家，曾在那住过不少日子。当年他已从军外出，不然我们或许几十年前就已认识。对此，两人颔首含笑，觉得人生兜兜转转，志趣相投的有缘人终究相识相聚。

　　每次到何家均受到最高礼仪款待，而我无以回报，只给老何留下一幅三种形态房屋的纪实摄影图片。一九四九年前，老何的爷爷在祠堂天阶横屋盖了两间泥房，供全家栖身。中华人民共和国成立后，其母省吃俭用建了三间夯土瓦面木结构二层楼，改善了居住条件。改革开放二十几年后，老何兄弟几人合力建了水泥钢筋楼房，自己在乡下拥有了城里般的三室两厅。祖孙三代用实物形态诠释了中国风云激荡的农村生活变迁状况，他们靠自己的双手，通过艰辛勤奋劳动，成为了不同时代"艰苦图存""勤俭创业""诚实致富"的代表，让我识见了老何不忘根本忠厚传家的源远流长。

　　我在老何家乡看到的青山绿水都凝聚着他深深的乡土情结。河道疏浚、村民饮水、植树造林、堤围村道、文化广场建设等，都用其人脉资源和影响力，尽力为家乡办实事好事，赢得村民广泛赞誉。特别是对家乡子弟上学就业问题，他更是不遗余力。推荐入学入职，解囊救济，好事善事不计其数，贤名远播。当年的出手相助，对于农村孩子可谓大恩大德，一位入学，一份工作，往往改变命运前途，撑起一个幸福家庭。

作为中国散文家协会会员和广东作协会员，老何满腔的桑梓之情，同样体现在他著写的文章书籍里。他所著《千年古镇松源》一书，图文并茂介绍了家乡悠久的历史，描述家乡古道、民俗、人物、崇文重教人才辈出的文化，以及正在开创未来的前景；用17万字400多面的书稿，致敬生养自己的家乡，为故土留下了宝贵的人文精神财富。

近两年在报刊发表的《老家门前五口塘》《捡纸炮》《细井旧事》《别了"有尿卖么"》《军魂依旧》等随笔，我作为第一读者，深切感受到了老何跃然纸上的故里深情。

老何喜怒形于色，本真睿智，一身正气又颇具才华，23年的军旅生涯更铸就了他旷达干练和威武不屈的刚强。一批与我相熟的他的老乡战友，不论在部队还是退伍后，都把他当作最可信赖的朋友交往，有什么事首先想到的是找老何，他们口中传给我的都是老何的贤名。

部队提干时，一同事利用职权多次以老何家庭关系问题为由压制干扰。转业到地方，老何不计前嫌，仍热心为其孩子解决上学就业事宜，犯病时又多次上门探望，感动得昔日同事热泪涟涟。老何不念旧恶以德报怨的心胸，让我超越了尊敬而仰视。

作为正厅级领导、省外国专家局局长，老何传统但并不保守，敢于改革创新。在职称评定规则、人事工作法制、人才引进、博士后工作站建设等方面作了开拓性工作，在转业后的岗位上建立了新的功勋。

在白云山道上，一次，两人谈到当下一些年轻人不孝的可恶举止时，老何深有感触地说道，爱父母爱家乡的人才有可能爱祖国爱集体爱他人！诚哉斯言，他正是如此身体力行的楷模。

十七个年头的星期六与老何在白云山漫步，笑笑自己也笑笑他人，是最开心惬意轻松的柔软时刻，因故不去，都会预先请假说明。在庆祝十年相聚白云山的茶叙中，大家举行了"感动山友人物"评选，"山友之魂"桂冠自然落在老何头上。我即兴给的颁奖词是："山友之魂——鸟无头不飞，人无魂不灵，亦步亦趋，啸聚山林，因了您这棵挺拔伟岸的大树，才有了一群不散的猢狲。"

老何德高望重，长于为众人解疑释惑，不仅是登山身体力行的先驱，更是山友精神领袖，号召力极强。评奖纯属调侃逗乐，颁奖词更是语含戏谑，但从一个侧面，反映了老何倡导的缘聚白云山的欢快和谐融洽。

而今没了老何，白云山之行失了灵魂，凝聚力骤降，山友星散了不少，缺了当年的精气神，形存而魄散了。

私下交流中，我和老何不时也臧否时政或古今人物，双方对问题看法都敞开心扉直抒胸臆。老何军人风中带着书卷气，对新中国建设艰难探索中伟人的一些做法，更多地认同传统说法，主要从客观上查找原因；而我则往往会从伟人也会犯错误的角度评价，虽为莫逆，有时看法还极相左。对问题不同角度的执拗，都只表达个人意见，不作激烈的讨论争辩，均理解对方，也没改变自己。面对老友，时时掏心，有时不争，这既是一种尊重、修养，也是两人一直保持友谊的基础之一。

与老何相处，深感他关心家国事，不论"居庙堂之高"还是"处江湖之远"，作为参战老兵，都如他在《军魂依旧》文章提到的那样："将'国'和'家'的利益紧密相连，决不玷污那面永远飘扬在自己心中的军旗。"

<h2 style="text-align:center">（二）</h2>

认识老何近二十八年，淡淡相交，谈得来，不掩饰，不累心，在一起时总觉得舒服而又随意，时间在不知不觉中流逝，老何也不时在众人前调侃我俩关系是"同性恋"。去年7月在广州老何家，他拿出珍藏的大白菜普洱茶冲饮，并提到，不缺咱俩喝的茶和酒。哪想到，2019年8月31日星期六中午，白云山兴昌酒楼，竟是这辈子最后一次与老何一起喝茶吃饭！

国庆节后，我从老家回到广州赶到医院。老何面戴氧气罩，血氧不到九十，手脚身上都是导线管子，瘫软在病床上。见到我，脸上露出微笑，与我点头招呼，他女儿调侃说见到老朋友高兴了！还没说上话，老何转头要他夫人孩子及其他人全部出去，说要单独与我有话说。

我握着老何的手，弯腰俯身低头，耳朵贴近氧气面罩。老何声音断续，夹杂着喘息，语音含混，听不甚清具体语句。

老何入院后即关停了手机，9月25日专门要回，说要告知老卜一下住院事情，向我谈了他入院及检查情况，说没什么大问题，就是全身虚弱无力，要好好调养。并一再告诫不要对别人讲，不希望人家探望打扰，也谢绝了我陪他聊天的请求。因有了这个前提，我大致明白老何是在向我讲述自己的病情诊疗经过及感悟，里面也夹杂着一二句意识不甚清醒的胡话。但最后一句，老何几乎一字一顿，声音清晰："医术是科学的，但有时也奈何不了命运！"说完头一侧，昏睡过去。

超过十分钟的叙说，耗尽了老何的力气，其间呼吸机几次鸣响，血氧下降到八十。我满含泪水，静静恭听，无言以对，其间只强装笑脸地说了一句："没事，你好好休息，出院后我们爬白云山时再慢慢细聊。"这是我这辈子面对老何说的最后一句话，也是唯一的一次违心谎言。

走出病房，强忍的泪水夺眶而出，我在走廊里失声饮泣。老何在生命的最后时刻，在特定的条件下，用这种特别信任亲昵的方式，向自己作最后的告别，让人一辈子难以释怀。

那日兴昌酒楼吃饭后第三天，老何赴俄罗斯旅游，身体不适，回来即住院检查。一发现就是绝症终末期，广泛转移，开刀不可能，化疗无效，家人遍请良医，均表示只能寄望奇迹了。为让老何更好度过余光，家人只好隐忍悲伤强装笑脸，瞒着实况谎报病情。前后住院仅二十几日，生命曲线竟垂直下坠，终至不治。

半年多来，白云山道上，老何几次提到胃不时有小毛病，后又说似乎喉咙也偶有不适。我一再劝他做个胃镜，并以老胃病经历证明无痛或常规都很简单。老何年长我几岁，生活自律，注重养生，每天再晚仍坚持写日记，且倒头就能入睡。白云山行走，虎虎生风，我须紧跟才能合上他的节拍，掰手腕更不是他的对手，这个年纪可谓身体健硕。老何每年自己到医院作各种体检，指标几乎都在正常范围内。他有消化系统家族病史，但却从未做过胃镜检查，事后看来，也许是疏忽遗忘，或恐是忌讳回避，只是想用其他各种指标证明自己身体没什么大问题，这或许就是智者千虑的一失，现在想来殊觉痛心可惜。

老何住院前投给南方日报的征文《南方的高度》，得到编委的高度评价，破例在头条刊发。他把原文与稍有删削的刊文发给我，我认为很有深度，肯定能获奖，要他届时请客，可这顿酒已无法实现了。他鼓励我将这几年发表在"统计文苑"的散文结集出版，并答应给我写序；多少次说他提供纸笔墨砚教我书法；说好孙辈不用接送了，趁手脚还麻利，一块到国内外想去的地方自由行……多少约定期许，老何都只能爽约了！

时光流逝，改变了许多东西，但有些总是亘古不变的，比如真情，比如知音，以后心事浩茫，谁与言说！事后许久，一些朋友知我与老何走得近，电话询问，好好的一个人，怎说没就没了？我简单作答中仍伤心哽咽，不能自持。

告别仪式上，银河厅内外挤满了自发赶来向一位尊者作最后告别的人们。在肃穆的大厅里，站在老何面前，心情悲伤沉重的战友朋友同事乡亲，心里都储存着老何在自己心中的某一处感动，是道德文章，也是一次小忙、一句规劝、一声赞美，抑或是一个举止、一个微笑。

告别仪式后，没有策划，没有号召，没有约定，一二百人在银河厅外静静等候了半个多小时，自发地跟着灵车，送老何最后一程，直至地下通道入口处。这不足二百米的里程，就是我们心中的十里长街。

（2020年）

宿舍三老

（一）

我刚进中国人民大学时，宿舍安排在校园红一楼，房号记不清了，反正在二楼，靠中间楼梯旁边。六位同学，来自五省，都是当地尖子，是年六百一十多万考生中的幸运儿。

宿舍里，按年序排列，头老赵，辽宁人士，1946出生，已过三十二岁；二老葛，愚公老乡，小老赵一年；本人建国当月出生，宿舍三老，忝列末座，排全班第十；最小是湖北小柒，应届生，不满十六岁。老赵和小柒，这一老一少，是全班也是全校年龄两端之最。

三老均已婚，老大老二老三，一孩二孩三孩，本人排头，与班里另一位农村学生并列，封建、愚昧、落后，管他什么锦标，总算拿了个第一。这还亏了当时农民学生不多，就是农经系，四十六人也才四位，不然桂冠还不定能戴在自己头上。后来听校长报告，学校还有四个孩子的，遗憾未能更上层楼夺冠。

老大老二带工资，其余白身，每个人入学前的境遇不同，都有自己独特的精彩故事。而现在成为同学，都是学生，四年后毕业，不论长幼胖瘦，同样拿国家干部二十三级工资。

　　宿舍不超十八平方米，三架双层铁床，六个铺位。仅有的一张两抽屉小书桌，摆在过道中间房间唯一的窗户下。我的铺位，位于进门左边靠近窗口的下铺，床头边正好是书桌。三十九年后的今天才知道，班里安排党员都睡上铺，难怪宿舍里老大老二老四三位党员同学的铺位，都在老五老六两位团员和老三我这无党派人士上面。开学后，校刊登载成仿吾校长到宿舍探望学生的照片，校长就坐在我的床上，而我则揽着站立的小柒，屁股垫在旁边书桌上。这是开学第一周，小组在拥挤的宿舍里召开学习讨论会时，校长光临看望学生时留下的珍贵画面。

　　这是从被耽误了青春的人中突围而出的群体，普遍患有"知识饥渴症"，拼命学习，有些人达到了近乎自虐的程度。当时人民大学刚复办，百废待兴，加之二炮司令部机关仍未完全撤离校园，整体空间有限，坐在马扎上读书的学生随处可见。争占图书馆阅览室座位，觅得幽静一角学习，就成了校园每日必定上演的一幕。正是谈婚论嫁的花季年华，一些男女在图书馆找到了自己"爱情的角落"，随风化开放，演绎着各种版本的浪漫或悲怆的"爱恨情仇"故事。

（二）

　　老大是班长，系里钦点的第一任"最高行政长官"。他睿智、沉稳、关心他人，遇事总有好见解"馊"主意，大哥风范十足。我觉得他什么都懂，总喜欢跟在他屁股后面跑。广东农民官话本就极为蹩脚，再加上客家土音，总把"赵"念成第四声的"操"，到哪儿都是"老操""老操"地喊，也不明白"操"在北方语系里的具体含义，不时引来他人的讪笑和老赵的黑脸。

一次，老赵和我在宿舍，隔壁的班党支书老孙，拿来一瓶五粮液，闲聊送酒，别无他物。除了我糟蹋了不到五钱，闹了个脸红耳热、醉眼迷离外，其余的，两个辽宁人，笑谈间轻松下肚，啥事没有，让书桌和我，初次见识了东北汉子的豪爽和酒量。

赵班长虽然也往图书馆等做学问的地方跑，但经常迟去早回，窝在我斜对面的上铺，摊开纸笔书本什么的在鼓捣。在铺位上看书写字，没有依托确实别扭难受，老大由此练就了遒劲有力的悬臂书写功力。我到现在仍怀疑，班长跑图书馆仅仅是为了装样子，表现领导读书范儿罢了。他上大学前，就在市里师资培训的学校教书育人，一直就是老师的老师，那点功课，估计他不用读，看看标题也明白了八九分。

（三）

老二为人笃实厚道，和善诚恳，话语不多，却是个有故事的人。可能是早年高原风霜剥蚀过度，脸上刻满岁月的痕迹，我们都叫他"葛老"，既是戏称，也包含了一份尊敬。

葛老1966年高中毕业后，自愿到西藏林芝支边。1973年推荐参加考试招收大学生，农场未推荐，自己跑到拉萨，千辛万苦要求参加考试，感动了工作人员，允许他进入考场。结果成绩居西藏第二，照样不能录取，白白辜负了扒货车进高原首府的壮举。

葛老可是读书的种子。每天背个大书包，早出晚归，图书馆几乎有他不关爱情的固定位置，篮足球各式运动不见身影，刻苦成就了葛老班里学霸地位。听说功课之外，他一直在编纂俄语词典，最后不知出版了没有。

葛老睡我上铺，每晚图书馆熄灯后回来，忙完各种杂务，必定调上两小汤匙麦乳精，美滋滋地喝完后才睡觉。他这服食麦乳精可大有讲究，小口吮吸完，蹑手蹑脚爬进被窝，全身放松，双眼微闭，大气不出，下气不放，全身大补。

一次刚"入定"，我向他借东西，他无奈点了点头，手指了一下，意即让我自己去取。没想到第二天晚上，他说我闯了祸，给我这一闹，害得他脖子和右手没补好，这两处整天不给力，并解释说，这和有些中药服食后，要求禁烟酒、忌辛辣、戒房事的道理是一样的。对我夸张的调侃胡编，葛老只是嘿嘿嘿地憨笑，不作任何解释。在疑惑中，大家却相信葛氏麦乳精有特殊功能，不然，为什么努力的人很多，就他成绩最好；身材瘦小，从不折腾锻炼什么的，却有使不完的劲；人品上乘，属中华民族优良品类，而被尊称为"老"呢！当年的麦乳精，估计就是麦片掺奶粉加砂糖之类的混合物，今天早就没这货品了，葛老却喝出了益智、健体、修身的好功效，我估摸，他肯定掺了不为外人道的偏方。

（四）

说到老三，这就惭愧了。本人是班里基本"猫"在宿舍里读书的有限的几个人之一。说基本，是指诸如期末考试等要过关冲刺的关键时刻，也不时背上书包，找个相对清静的地方拼命去。像政治经济学，每学期都是口试，各章节的内容都可能出现在考题里，不通读领会，抽签到题目后，在老师面前，就可能张口结舌、语无伦次、大汗淋漓了。但不管怎么粉饰，自己还是属于那种"临时抱佛脚""少壮不努力，老大徒伤悲"一类的货色。

一次跟单位同志闲聊，小吴很认真地问，局长，你这么帅，又那么有才……给我们讲讲当年大学的罗曼蒂克吧。这小子阿谀奉承声里暗藏机锋，连假设都没用，潜意识里就妄断有情况，耍我谈校园里自己的浪漫故事。

上大学前，自己已丧失了爱情选择权和被选择权，开学第一天的自我介绍，就已朗声表明——乡下人，一个老婆三个孩子。事后有人调侃，说得那么明白，这多让女同胞失望伤心呀。当年的婚恋观念，与现在一些年轻人相去何止十万八千里。历史系一位男生，进校后抛弃了原来的女朋友，女当事人把有细节的大字报贴在校园里，引起轰动，结果被开除。要想成为像陈世美那样的"名人"，还真不是那么简单的。除了够风流、能装、具手腕外，最根本的是要有狼心和贼胆。这种不念亲情、不计后果带来的"名人"负累，绝非自己这种胆汁不够的人所能担待的。图书馆爱情滋生地的功能对我没有吸引力，更愿意宅在宿舍里，公共

书桌就变成了自己的床头柜，几乎被独占了。

（五）

半年一过，我以鲁班的眼光发现，若制作一个类似"炕桌"的家什，架在铺上看书写字，对老大肯定功莫善焉，也可以减轻自己独霸书桌的罪责。一年级暑假回家，就按计划实施了。

对于有着多年木工生涯的我来讲，这是一项简单的活计，但作品却是精心设计、认真制作的精品。

这是一张约六十五厘米长、四十厘米宽、高四十厘米的长方形小桌。桌面向上呈二十度倾斜，下沿镶有凸出桌面的半圆小木条，防止文具纸张书本下坠。桌子打开是一个平面，可以架空在大腿上书写阅读，收起桌面为合在一起的两块木板，由铰接在一起的四支木脚连接，仿如马扎结构，可以挂在墙上。尺寸范式，都是自己在铺上多次测试量度的结果，符合人的生理特性和书写习惯，方便舒适，匠心毕现，具有独创性。

书桌采用当时家乡最流行的杉木制造，材质轻，不变形，素颜白板，光洁平整，水波木纹清晰可见，拼、接、卯、榫，每处细节均体现了匠人的精湛技艺。

1979年夏末，我捧着这件家什从老家出发，走四公里到镇汽车站，坐五十四公里汽车到县城，在姐姐家住一晚；第二天再捧着它，花十多小时，坐近五百公里汽车到达广州，再乘四十分钟公共汽车，到姑母家睡客厅；第三天晚上，又捧着它，坐三十六小时特快火车，两宿一天，跨越二千三百多公里，于第五天上午抵达北京。然后是电车转汽车，一百五十分钟左右后到达终点——北京西郊中国人民大学。

"炕桌"摆在赵班长铺上，方便、实用、轻巧、美观，像客家农民一样质朴实在。老大想不到，老三随便说说，自己并不当真的事变为了现实，不由得大加赞赏，够哥们够意思，认为本人读书虽不怎么样，但木工手艺还真是有两下子的。

"炕桌"产生了巨大功效，赵班长在上面佳作迭出。其中的名篇《我们班的五朵金花》，投稿后，校刊连夜撤下已排好的头版文章刊载，《中国青年报》全文转载，并派记者跟踪采访报道。由此，我们班被评为北京市高校先进集体，赵班长出席了人民大会堂的表彰大会。班里的女同学，成为了"网红"名人，示爱信如雪片般飞来，至今提起当年的"五朵金花"，仍无人不知。"炕桌"主人的学习成绩，也一直是杠杠的班长级别。

这一年我担任了第四小组组长，有人说这是"炕桌"的附带功能结果，这肯定是瞎说。开始的领导，由上面钦点，我这第二学年的组长可是"民选"，当然有"炕桌"的友情，班长是大力支持的。

"炕桌"绝对是校内独有、全国唯一。我至今仍后悔，当年没有注册专利，然后批量生产。你想，当时全国有多少上下铺的学生，急需这样一张桌子，只要有四分之一、八分之一的人购买，以此为基础，再与时俱进，那全国首富，就没马云王健林他们什么事了。

（2016年）

同游琐记

2013年12月初，北京四同学驱车冀、豫、鄂、赣、闽，直抵粤东北梅县松口——我的老家。

近几年，新中国诞生前后出生，号称老三届的学生次第进入退休年龄，自己78级的大学同窗也有十几位回家赋闲了。凑上几个志趣相投的外出游玩摄影，是时下老人打发时光的一种时尚玩意。今年退休后他们几次呼喊，自己都因心理准备不足，强调相距太远没有成行。这回人家把车开到了家门口，没有什么好说的，只能乖乖就范了。

我们一行五人，粤、桂、滇三省十六天，一路奉行轻松、灵活、闲适的自驾自助游主旨，"穷游"精神更是贯穿始终。山河壮丽自有他人评说，这里记录的仅是其中的琐事。

唯恐不周

故人自京师来，高兴惊喜之余，自然地努力尽地主之谊。他们"不去三角洲，广东五天听你安排"的一句话，害得我多次咨询高人，如何在规定的时空条件下，更好地展现广东秀美山川和社会人文精神。由此设计了多套方案，在哪里停留驻足、如何游览、哪些特色菜肴必须品尝，都一一作了安排。直至见了面，这帮家伙才直言，广东主要就是到你家乡看看，祸害你几天，了却多年的夙愿，然后一路向西，终极目标是云南元阳梯田。我此前的努力大半作废，哪套方案也用不上，赶快电话密集，重新谋划布局。

家乡松口，建镇一千二百多年，是岭南四大古镇之一，今被评为"中国历史文化名镇"，古镇古街风貌依然；是当年客家人下南洋的第一站、集结地，联合国在我国建立的唯一"中国移民纪念广场"，就在镇上的老港务码头上；明末翰林东宫侍读李二何，携太子返家乡隐居读书，以图反清复明的"世德堂"建筑群风韵犹存……正在进行的古镇旅游资源开发，是梅州特色文化旅游区的重点项目，该看什么自己可谓烂熟于胸。

住，真是委屈了这帮同学。兄弟几人为母亲也为自己建的二层半小楼，有六间房，貌似别墅，但金玉其外，败絮其中。结构陈设装饰，都是典型的改革开放初期贫困地区农民房水平，改变已不可能，只有在卫生、温情等软实力上下功夫了。

吃，倒是花了心思。吩咐家里准备最乡土的菜谱，走地鸡、炒散粉、煎酥烧、炸肉丸、狗爪豆、南瓜藤……相信最民俗的也是最世界的。也考虑了杀条大狗、宰头土猪，用家门口只饲草料的塘鱼搞个全鱼宴，如水浒里的英豪大碗喝酒大块吃肉。又专门购置了四条钓竿和系列配套工具，以备垂钓之需。回到乡下自己就是农民，满脑子都是小农意识的乡土味，目的就是想让同学在自己老家，度过一段充实休闲有特色的难忘时光。

见面后，一切都是如此的简单，所有的方案都是多余的，什么唯恐不周都是多虑的。大家一如当年在学，到北京怀柔山区实习睡农民土炕般质朴，在人民大学对面双榆树小饭馆，喝啤酒时哥们般的随意。这几个家伙，曾五大洲四大洋天南地北地跑，什么世面没见过，什么滋味没尝过。今天退休了，回归本真，聚在一块，比三十多年前集体宿舍的亲热，多了份恬静深沉，都感恩他人的付出，没有半点挑剔抱怨。时间也许能改变许多东西，却永远改变不了至纯至真的同学之情。

在为他们特设的家庭接风晚宴上，面对满桌都是农家春节才整的菜式，按老邱说一桌的"硬菜"，同学们仅对松口特色多动了筷子，但两斤装的XO喝了个底朝天，700克的也所剩无几。从晚七点到十点，夹杂着碰杯声，真话、醉话，满腔的都是同学情谊的掏心话。

政委司令

没有刘备，张飞就是个卖肉的，关羽就是个编筐的，所以挑头人很重要，而老赵就是这样的主。他是农经班第一任班长，从入学到现在，都是班里活动的具体组织者、指挥者，年龄也最长，是班里名副其实的"老大"。这次出行就是他倡议筹划的，我们称他为"政委"，谓之"党领导一切"，是队伍的实际领导人。政委管理一应内外事务，住宿吃饭、点菜叫早、理财管账等都由他负责。而老赵充分显示了当家人的本色，特别在砍价方面称得上达人了。

每到一地住宿，都是政委前往旅馆侦查安排。老赵牛仔裤、冲锋衣，棒球帽檐拖在脑后，墨镜别在额头，厚实的旅游鞋沾满尘土，忠厚长者的脸上却闪着狡黠的眼光，一看就知道是个行走江湖难缠的货色。探明合乎我们有热水暖风的住宿最低要求后，老赵开始展现身手。

"标间多少钱一晚？"

"一百五十元。"

"贵了，实价多少？"

"一百二十元。"

很快给出这个价码，说明还有不小的下调空间。

"靠马路吵，设施也旧……"如此等等，老赵鸡蛋里挑骨头后差不多拦腰一砍，"七十元"；

"你也太狠了，没有这个价的"；

老赵拿出转身就走的架势说："那我另找别家去"。

我们一般投宿县城或乡镇，十二月又是出行淡季，店家能做一单是一单，也不想谈崩让生意溜走，一般都能如愿就范。也有说往上加点吧，这时老赵也见好就收，再添十元八元的，于是成交。

老赵想必熟稔"砍价技巧"之类的秘籍，脸皮厚心不黑，能吹善侃，总让店家在哭笑不得中妥协。我们曾住过五十元一间房的，一般也都不会超过八十元，在出行开支最大的住宿项目上，老赵为大家省了不少银两。这两把刷子，按他自己说，是在退休后菜市场经常与摊贩神聊历练出来的。我很认同老赵，会砍价，但不小气，什么地方该花钱他一点不含糊，与质朴的农民打交道大方得很，资助有困难的人更是出手阔绰，这

与富裕贫穷无关，这是积极人生，是一种态度、一种乐趣、一种胸怀。

吃饭点菜，老赵也特"抠门"，不时在路边店，五六十元钱就打发了一顿，但毁损他人形象却一点也不吝啬。不知什么时候，我一路上张大嘴巴剔牙、百无聊赖挖鼻屎、端着大碗饿鬼似的喝面汤、眯眼困顿打呵欠、不标准的二郎腿等瞬时丑态窘相，包括对靓女多看了一眼，他镜头里全有。于是班里同学通过微信，图文并茂看到了我光鲜周正背后真实的另一面。我忍无可忍绝地反击，最后连他在哀牢山悬崖旁"高山流水"的影像也抛了出去。这是我的得意之作，用他教的侧逆光拍摄法，长焦侧后把他一泻酣畅的快意描摹得传神到位，配以莽莽群山的背景和泛黄小树的前景，称之为"人与自然的和谐"。本意是揭露领导也有随处撒野的尴尬，没想到更多的同学都为尊者讳，反而让自己陷入了揭人隐私的不义窘境。

我和老赵大学是室友，毕业后在同一系统工作。久不联系，常在心中，他像大哥般关心我的同时，相互间的戏谑也和友谊一起延续了几十年，越是缠斗越是喜欢凑在一块，也越是碰撞出更多的同学情谊火花。

大家封老喻为"司令"，对行走路线、停宿地点、游览景区等路线方针问题有最后决定权。老喻是1958年生人，比我们这帮退休老人小了一大截，按理摊不上"老"。十年前，他胃患恶疾，术后转移，切去半块肝后，近两年又连续两次微创，六年前就病休在家。病后他精研摄影，全国乃至国外到处跑，作品屡获大奖，在摄影界人称老师。他对生命的理解和摄影技术的追求都感人至深，冠之于"老"一点也不为过。

封他为司令，是由他的出行资历和胆色才干决定的。他是老驴友，驾着这辆多年前买的二手老款现代SUV，曾三进西藏，在海拔五千多米的阿里地区，钻在睡袋里车上过夜，元阳梯田也已去过两次了，属于"总在路上"的大侠。这次他刚做完切断肝肿瘤营养供应血管堵塞微创手术两个多月，就驾车从北京到云南，兜兜转转五千公里，基本上是他一人把握方向盘，尽管同伴有两人具有十多二十年驾龄。他说，山路崎岖，他人开车不放心。

老喻在继续创造生命奇迹，每天最多睡五个小时，躺下即能入眠，烟照抽，酒有节制地喝。为治病卖掉了唯一住房，租借独居在京郊农家。他平和淡然地面对一切，没有抱怨没有哀叹，你难以察觉他已恶疾缠身多年。与他同行，使人慨叹人生的无常无奈时，更多地感悟到生命的顽强与坚韧；与他相处，足以净化心灵，明白什么叫作无欲无求的坦然。

老喻直率开放，在学期间就以"科学无禁区"闻名，常有出位言论，现更直言是"普适价值"论者。每天阅看各种信息，每每与对政治同样兴趣浓郁的老程，讨论争辩国内外大事，成为穷游中的另类风景。也让人看到他身上满满的忧国忧民的知识分子良知，可谓是典型的地命海心式人物。

行止随心

从松口到元阳，一路向西，除广西巴马被纳入出行节点外，其他地方都是行止随心，路上看着办，像老赵说的，没有走错的路，没有不应该到的地方。

从广东罗定进入桂境横县（今横州市。——编者注），司令据头天晚上做足功课后的结果发话，该县的九龙瀑布很有名，值得一看。于是车头从正西改为向南五十公里，住进了离瀑布最近的横县灵竹镇。可惜第二天暴雨，车辆无法上山，只好作罢。

巴马随养生风气弥漫而名声大振，我们打算住上几天沾沾仙气。到达后发现，景观和氛围都令人失望。盘阳河依然蜿蜒清澈，喀斯特地貌照样婀娜玲珑，但两岸村寨几乎被钢筋水泥建筑填满，难以寻觅古朴原始悠闲养生的旧貌。到处都是商业性房地产和旅游业，我们住宿的长寿村旁的一块空地，外来大妈还跳起了广场舞。对这种开发性破坏虽早有所闻，但目睹之后感觉尤甚，殊叹可惜。因与想象中的落差过大，第二天到命河景区，拍摄了几张河流曲折回环浑然天成的"命"字后，就驱离巴马，继续向西，改而在百色住了三晚，作了红色深度游。

从富宁县城到元阳时路过个旧，想起小学就知道的锡都，大家都同意我的提议，拐进个旧市住了一晚，游览了这座因矿而繁盛的城市。向个旧进发的我们不走高速，专拣县乡道路转悠，为的是在文山红土地上，品味中国"三七之乡"的韵味。

元阳梯田，是哈尼族人自隋唐以来倾注大量心力，依山顺势不懈垦殖的杰作。这些漫山遍野布满高山河谷的梯田，不仅有自然之美，更蕴含深厚的哈尼族农耕文化风俗，成为稻作文明的独特景观存留于世，是世界之最的造型艺术群落。收割完水稻的冬季梯田刻意灌满了水，蓝天白云倒映田中，在朝晖夕阳的映照下，层层叠叠的梯田波光粼粼，金光闪闪，气象壮观。我们一连三天在哀牢山梯田各景点徜徉，守候捕捉晚霞和晨曦中梯田的最美光影。

元阳到昆明，喻司令说途中的建水县城东门，状如天安门般雄伟，于是专门绕几十公里过去流连了一番，到昆明安顿好后吃晚饭已十点多了。是岁为平安夜，大家喝酒胡吹，十二点了还给班主任老师打电话贺平安，一点也没耽误第二天滇池拍摄海鸥的活动。

自助自驾游，真是一种自由化与个性化相结合，灵活性与舒适性相匹配，让人尽享旅游乐趣与精神满足的出行方式。自主支配路线，自由支配时间，心向往哪里，就让它飞往哪里，风景为你停留，拥有自己专属的"随时随地"，享受轻松的自如。大家决定，明年五月再次集合，浙江美丽乡村游。

甜蜜"控诉"

出行结束后，我在班群微信上贴了一篇短文，正话反说，现转录于此，算是全文的最后一件琐事。

"甜蜜控诉"

有朋四君驱车自京师来，挟八千里路云月，怀直薄天穹情义，抵粤东梅县松口老家，不亦乐乎！

岁月不改真情，红尘难撼旧诺，是时，霞光满天，蓬荜生辉，深谊厚义，动天地泣鬼神，感动俺及家人一辈子！

四君子在老家穷游三天，虚赞松口千年古镇风采，后以情义美景诱惑绑架，将俺连同十几斤美酒裹挟而去，经粤东过粤西直指桂、滇。住农舍，吃排档，随心行止，专拣荒蛮僻远之地，用镜头光影，探幽访胜，猎奇逐怪。其间，南腔北语共话桑麻，自残互谑抵足掏心，其乐融融不一而足，喝饱了"地沟油"，操碎了中南海的心。

时过境迁，寻味而思，忽觉中了赵班头计，四君子实为四"损友"，祸害无穷，现择其大者"控诉"如下：

一、政治上，损俺一世英名。粤境内仍坚持AA制，假平等大义之名，用区区小钱坏俺仗义好客之侠名。

二、思想上，损俺腐败特殊，接不了地气。一直让俺坐副驾驶位住单间，他们挤坐后排睡两人一室。名为照顾我初次参游，实则想让俺始终揣着架子，走不下云端，永远接不了地气。

三、身体上，损俺肠胃，毁俺健康。天天小酒不断，时而酩酊大醉，乐也融融满腹乙醇，坏俺本已好转之胃疼。看，说话间，胃又来事了。

四、前途上，对俺一塌糊涂的摄影技艺指点中狂加赞许，高帽无数，让俺傻傻地于虚幻中做起了大师的白日梦，使俺下来不断往里烧钱找抽。

五、精神上，"毒"损心智，难以救赎。俗话说，"学好三年，学坏三日"，与四"损友"共处十六日，五个三日还多，早已被浸润黑透，无可打救了。这不，明知是"祸害"，却如瘾君子渴求毒品般的，心思思地期盼着下一次"损友"们的召唤，朝朝暮暮缠绕于心的是"祸害"的甜蜜！

（2014年）

写在后面的话

　　这是退休后应约而写刊载于杂志的散文选编。

　　古稀回望，依大的分野讲，从农村到城市，我这辈子主要只干过农民和统计两种职业。

　　出生至北上求学，二十九年的农村生活，留下了自己的懵懂童年、饥馑少年、困顿青年的酸甜苦辣印记。那门前的河，屋背的山，家门口的桥，故乡的人……无不成了深入骨髓的乡愁。正式成为生产队社员的十年，为温饱求生存，苦活累活脏活哪样也没少干，农林牧副渔，几乎全懂全会。十年埋头觅食，角色主要是农夫，也曾在木匠、船夫、干部间转换腾挪。不管哪一行当，都是标配苦力形象，在社会最底层拼筋骨卖力气，从中深谙了生活的不易，磨砺塑造了自己本真务实低调的做人基调。"乡愁絮语"篇就是描摹这一时期的文章。

　　统计职场二十几年，本应是雄心最壮阔、精力最旺盛时期，也没什么精彩闪亮故事，更多的只是在俗务里打转。安稳平庸岁月滋生了喜乐逸致，也萌发了忧虑闲愁，特别是退休后，在努力适应不舍昼夜的体弱衰老过程中，对自己、对人生、对社会的认知加深，对这段进城后的工作生活偶尔有感而发，因而成就了"城居闲侃"篇章。

亲情友情同学情，这是生活中的永恒话题，各人都有属于自己的不同故事。自己生于良善之家，从小在不缺温情的环境中成长，又将这一模式复制传承给了家庭支脉，总觉这是自己人生的成功之道。"纸短情长"篇便是这种亲情厚谊的感恩表达。

作为共和国同龄人，我的人生际遇与国家艰难曲折的发展历程高度吻合，一同跌宕起伏，一块忧愁欢歌。记忆中的往事虽零碎苦涩，但也不失欢快亮丽，形诸笔墨均为非虚构性写作，是自己情感的真实流露。文中显现的平凡岁月印痕，点点滴滴，用时序线条串起，足可窥见自己大致的人生轨迹，而背后都深深地镌刻着共和国艰难前行的印记，涂染着国家命运的底色。

承蒙杂志编辑的真诚约稿，促使自己老而动笔把过往点滴付诸文字。现不揣浅陋，将这些记忆碎片捆绑成册，纯粹是为自己人生后半节第一阶段生活作个交代，敝帚自珍，自恋而已，岂有他哉。

更感谢徐南铁老师，作为文化界名人，在文学各领域奔忙中仍热情为集子作序并题写书名，在此深表谢忱。